MISÉRABLE

par RICHARD MANOIR

Par une chaude matinée de juillet, à l'heure où le soleil frappe d'aplomb et brûle le pavé, dans un coin pour ainsi dire ignoré du vieux Boston, au fond d'une impasse dont les murailles lépreuses suintaient la misère et tous les maux qu'elle engendre, se passait une scène brutale.

Les éclats d'une dispute violente s'échappaient d'une étroite fenêtre où des hardes pendaient en guise de rideaux, et, après une bousculade suivie du bruit caractéristique de la vaisselle que l'on brise, la porte boiteuse de [illegible] s'ouvrit avec fracas et un garçonnet de sept à huit ans [illegible] [illegible] sur le pavé.

[illegible] montrant une grande émotion, comme si c'était pour lui un exercice quotidien, l'enfant se releva aussitôt, [illegible] les endroits charnus de son [illegible] individu [illegible] et montrant son petit poing noir à la misérable porte qui [illegible] :

— Tu me payeras cela, vieille sorcière !

Derrière les vitres embuées de l'unique fenêtre, la « sorcière » venait [illegible] véritable de cauchemar, avec ses cheveux épars, son bonnet [illegible] ses yeux [illegible] et louches, [illegible] peut-être, ses rides grimaçantes [illegible] pour que la harde sordide que [illegible] frémissement [illegible] colère agitait.

[illegible] était peut-être la plus ancienne [illegible] de l'impasse où elle avait toujours [illegible].

[illegible]

le régime de Sally ne leur eût pas été favorable, soit qu'elle y eût mis du sien, tous s'en étaient allés où vont les tout petits dont l'on ne veut pas ici-bas.

Un seul avait été épargné, grâce à la méfiance qu'inspirait alors à Sally un voisin trop curieux qui s'était avisé de s'étonner un peu. Forcé avait été à la mégère de garder le petit malheureux qu'elle avait envoyé mendier dès qu'il avait pu tendre la main.

Pieds nus, vêtu de guenilles dans lesquelles son corps maigriot flottait, il allait le long des quais, au coin des boulevards, attendre les quelques cents que des passants affairés lui jetaient distraitement. Le soir, Sally, après l'avoir avidement dépouillé de ce qu'il avait récolté, l'envoyait, après un souper sommaire, se coucher sur un paquet de chiffons dans le coin du taudis, puis s'en allait acheter chez le marchand à l'angle de l'impasse la bouteille de *gin* qui l'enivrait régulièrement.

Parfois, la recette était maigre. Alors la vieille s'emportait ; elle frappait le petit misérable, qui, trop faible pour se défendre, grinçait des dents, griffait, menaçait et l'injuriait de tous les vilains mots qu'elle lui avait enseignés.

Bref, cette vie était un enfer.

Ce matin de juillet, cependant, les cents n'avaient pas manqué, mais l'enfant, les pieds surchauffés par le macadam brûlant des grands boulevards, était, contre son habitude, rentré au milieu du jour. Il s'était dit fatigué et avait nettement refusé de se rendre l'après-midi du côté de l'hippodrome où précisément se courait le grand prix.

Il n'en fallait pas tant à Sally pour la faire éclater d'une de ces colères dont elle était coutumière et lui faire déverser toute une litanie des plus imagées, à laquelle le petit répondait en surenchérissant. Puis ç'avaient été des pleurs et des cris, car elle l'avait frappé et c'était à la suite de ce boucan qu'il avait été poussé dans la rue.

Ces scènes devaient être des aventures tout ordinaires dans Salt-Street, à en juger par l'impassibilité des voisins et le flegme du gamin qui s'essuya les yeux du revers de sa main sale, le nez de la manche de sa veste en lambeaux, et se dirigea en sifflant vers la gare de l'Est.

Il y avait beaucoup de monde en ce moment sur le grand quai, et, courant de l'un à l'autre, il s'offrit pour porter les bagages.

— Tiens, dit un voyageur que les obsessions de l'enfant agaçaient, laisse-nous la paix et va te promener plus loin.

Et il glissa une pièce d'or dans la main du petit.

Celui-ci eut un éblouissement. Cinq *dollars* ! Jamais il n'avait vu somme pareille. Il tourna et retourna la pièce, se croyant le jouet d'une illusion, puis, effrayé de cette petite fortune qui lui tombait ainsi, sans qu'il sût pourquoi, et persuadé qu'il avait dû y avoir erreur de la part de ce grand Monsieur sombre qui maintenant arpentait l'asphalte en jouant machinalement avec un jonc souple à pomme d'ivoire, il courut à lui.

— Eh bien ! eh bien ! dit le voyageur, tu n'es pas plus loin que cela ?

Le pauvre enfant leva vers lui ses grands yeux noirs effarés.

— C'est que, fit-il intimidé, c'est de l'or, ça, Monsieur.

— Et puis, voyons ? fit l'autre intrigué.

— Vous avez dû vous tromper, Monsieur.

Le voyageur eut un sursaut d'étonnement.

— Me tromper, tu crois, demanda-t-il, et pourquoi ?

— Parce que..... parce que, c'est beaucoup, ça, Monsieur.

Surpris outre mesure, l'étranger considéra cette figure grêle, éclairée d'un regard triste, ces lèvres pâles où déjà l'amertume avait marqué son empreinte, ce corps souffreteux dont les guenilles ne pouvaient dissimuler la maigreur, puis cette petite main noire tendue vers lui, non pour implorer mais pour lui rendre l'or qu'il avait donné.

Une honnêteté si héroïque de la part d'un gars si dépenaillé émut le voyageur. Souvent il avait ainsi, par fantaisie, au gré de son caprice, jeté de l'or à de petits malheureux, mais toujours ceux-ci, heureux de l'aubaine, s'étaient enfuis avec peut-être la vague idée d'une erreur commise ; et, sympathique, quelque chose de paternel dans la voix :

— Ton nom, mon ami ? demanda-t-il.

— Wretch, dit l'enfant, ne se doutant pas que ce surnom de misère trahit son complet abandon.

Comme pour Sally, les gens de l'impasse avaient d'un mot expressif désigné l'enfant, et wretch, qui veut dire misérable, lui avait été appliqué avec un mélange de pitié et de mépris.

— Wretch !..... Mais ce n'est pas un nom, cela, mon pauvre petit.

— Tout le monde m'appelle Wretch.

— Wretch qui ?

— Wretch, Monsieur, Wretch tout court.

— Et tes parents ?

L'enfant eut un haussement d'épaules témoignant de sa navrante ignorance sur les auteurs de ses jours, et après un moment de silence :

— Est-ce que l'on a tous des parents ? demanda-t-il, intéressé. Moi, je n'en ai jamais eu. J'ai un jour parlé de cela à Sally, et elle m'a frappé.

— Qui est Sally ?

— Sally, c'est la mère Sally, celle qui me garde. Elle est méchante, très méchante, et je voudrais être grand pour la quitter.

— Quel âge as-tu ?

— Je ne sais pas, Sally ne veut pas me le dire, mais je suis aussi grand et aussi fort que Jack, qui va sur huit ans. Jack va aller en apprentissage ! Il est heureux, lui, il aura un métier. J'ai demandé à Sally d'aller avec lui, mais elle ne le veut pas, il faut que je lui rapporte des cents, voyez-vous, et les apprentis ne gagnent rien.

— Que feras-tu alors quand tu seras grand ?

— Oh ! exclama-t-il plein de confiance, je serai fort, je viendrai ici porter les malles et les valises ; je travaillerai comme Dick que vous voyez là, dit-il, indiquant avec une envieuse admiration un robuste commissionnaire qui ployait sous le faix de nombreux colis, et comme cela je verrai tout le jour les grosses locomotives et la belle vapeur. Oui, ajouta-t-il pensif, j'aime tout cela, fit-il, embrassant du regard les allées et venues des trains sous le grand hall vitré, et je serai comme le grand Dick.

De fait, avec cet instinct de probité qui était au fond de ce petit être poussé à la diable, l'état de commissionnaire de gare était ce qui lui conviendrait, mais bien des années devraient s'écouler avant que sa petite poitrine s'élargît, qu'un ballot pût tenir sur ses épaules, et que ses jambes pussent franchir les hauts marchepieds.

Il devrait longtemps encore courir après les cents dans la grande ville de Boston, sans jamais plus rencontrer un voyageur agacé qui lui donnerait cinq dollars pour l'envoyer se promener.

L'inconnu, feignant s'être trompé, reprit la pièce d'or et remit dix cents à l'enfant qui allait s'éloigner tout heureux, sans un regret pour la belle pièce neuve aux reflets chatoyants qu'il avait tenue dans ses mains de misère, quand le Monsieur, frappé de ce détachement et plus ému qu'il ne voulait le paraître, lui demanda :

— Veux-tu venir avec moi ?

L'enfant interdit regarda l'étranger, ne sachant que répondre.

— En attendant que tu sois grand pour porter des colis, veux-tu me suivre ?

— Loin ? demanda-t-il, méfiant.

— Cela te ferait peur d'aller loin avec moi ?

— Oh non, car loin, bien loin, Sally ne pourra me reprendre, et j'ai peur de Sally.

— Veux-tu venir chez moi, à Albany ?

— Pas pour demander des cents dans les rues comme je fais à Boston ?

— Eh non ! Tu ne demanderas pas de cents à Albany, assura l'inconnu amusé, cela te va-t-il ?

— Mais alors je travaillerai, vous me laisserez aller en apprentissage ?

— Que voudrais-tu donc apprendre ?

— A faire des machines avec de grandes roues et de la vapeur qui fait pouf, pouf, expliqua l'enfant les yeux extasiés, les narines frémissantes, tout l'être soulevé par un désir intense, avide, qui tenait de la passion.

Quelque chose de captivant se dégageait de ce petit garçon chétif ; l'âme fière d'un être bien doué émanait de ce petit corps souffreteux. Wretch, à ce moment, était beau d'une de ces beautés morales qui ne peuvent s'analyser et qui, par cela même, saisissent et subjuguent.

— Va donc pour les machines et la vapeur qui fait pouf pouf, dit le voyageur, obéissant à un attrait qu'il n'eût pu définir. Suis-moi.

Ils sortirent de la gare, prirent une grande rue transversale ; l'étranger pensif, une lueur heureuse dans les yeux ; l'enfant ahuri, l'air d'un pauvre barbet qui sort de fourrière, grâce à l'intervention de quelqu'un, qui a découvert sous son poil crotté une race qui dit vrai.

Ils entrèrent dans le premier hôtel venu. Le voyageur donna des ordres pour que l'on conduisît l'enfant à une salle de bains et qu'un valet de chambre s'en chargeât. Puis il tira une banknote de son portefeuille, qu'il donna à la fille sur une de ses cartes la commande d'un trousseau complet pour un enfant, et avisant le chasseur de service :

— Ceci le plus tôt possible, adressez-vous n'importe où.

Deux heures plus tard, Wretch, complètement métamorphosé, vêtu d'un costume bleu sombre, coiffé d'un large béret, le teint légèrement animé par un repas réconfortant, quittait Boston pour Albany.

Ne sachant comment se tenir sur la banquette rembourrée du comparment de première classe où il était monté avec un émerveillement, son petit corps tout caressé par la douce chemise de flanelle qu'on lui avait mise, tout son être pénétré d'un parfum de lavande, Wretch regardait son bienfaiteur, se demandant, non si c'était un rêve, car le pauvre enfant n'avait jamais rêvé de la sorte, non plus si c'était un conte de fée, car Sally ne lui avait jamais rien raconté, mais si ce généreux étranger ne venait pas de ce monde mystérieux dont il avait entendu parler vaguement par quelques bonnes âmes qui avaient essayé parfois de lui faire comprendre qu'il y a un Dieu.

En face de lui, l'étranger, satisfait, le considérait avec intérêt. Curieux, il assistait au commencement d'éclosion de cette petite chrysalide ; il jouissait de la stupéfaction, de l'ahurissement de l'enfant, et dans son regard expressif se lisait cette satisfaction du chercheur en présence d'une découverte inattendue.

En effet, pour Robert Telson, Wretch était un rare spécimen de l'humanité ; la probité, le détachement de ce petit misérable manquant de tout semblaient le guérir d'une profonde misanthropie, d'un ennui de vivre. Le vif intérêt qui s'était soudain éveillé en lui pour l'enfant était comme un lien le rattachant tout à coup à l'existence que, dans des crises douloureuses, il avait songé à quitter.

Sir Robert Telson avait été un favorisé du *dollar* ; s'il avait, comme il l'avait dit maintes fois, vu se changer en or tout ce qu'il touchait, il méprisait cet or qui n'avait pu lui garder son bonheur, cet or que, vingt ans auparavant, il avait jeté à pleines mains pour disputer à la mort sa femme et son enfant et qui n'avait pu les lui conserver.

Depuis, sa vie s'était écoulée comme désemparée.

Très riche, à la tête d'une de ces fortunes colossales que l'industrie crée encore de l'autre côté de l'Atlantique, il dépensait sans compter, semait l'or au hasard, non par charité ni même par philanthropie, mais simplement parce qu'il en avait de trop. Partout et toujours il avait rencontré une avidité âpre et la plus noire ingratitude.

Les vues intéressées de ceux qui avaient avec lui quelque lien de parenté les lui avaient fait prendre en dégoût ; il avait fui toutes relations, et il arrivait aux portes de la cinquantaine, seul, sans un ami, se méfiant de tous ceux qui lui témoignaient des égards, se trouvant l'âme et le cœur vides et désespérant d'avoir encore un intérêt ici-bas.

Sans s'en douter, le petit malheureux de Salt-Street avait, ce jour-là, sauvé un grand malheureux, et tandis que, oubliant Boston et Sally, Wretch considérait à travers les vitres le paysage qui se déroulait, Robert Telson, réconcilié avec la vie, faisait des plans d'avenir et songeait à la carrière que pourrait embrasser un jour l'honnête petit garçon.

Et l'honnête petit garçon ne déçut pas le riche Américain ; c'était une belle nature que le malheur avait sans doute mûrie, mais sur laquelle le vice n'avait eu aucune prise. La fange de la ruelle n'avait pas souillé le petit Wretch, et Robert Telson s'attacha à lui avec la force du naufragé qui se saisit de la bouée qui s'offre à lui au moment où il se sent perdu.

A peine un an s'était-il écoulé depuis la rencontre du voyageur de la gare de l'Est et de Wretch, que nul n'eût pu reconnaître dans le jeune garçon aux cheveux noirs et soyeux, aux joues pleines, au regard limpide et confiant, le petit mendiant de Boston, ni dans le riche industrel au visage épanoui le triste Robert Telson, que le désespoir avait si longtemps étreint.

Wretch tout court avait perdu son nom de misère et s'appelait Edward
Telson ; le riche Robert, ce paria aux *dollars*, s'était fait du paria aux
cents un heureux compagnon.

Mais, à mesure que le temps s'écoulait, la crainte qu'on pût lui réclamer
cet enfant qu'il avait fait sien d'une façon si sommaire se fit tenace, obsédante. Ses héritiers, bien qu'ils n'en eussent rien laissé paraître, ne devaient
pas être sans voir en Edward la ruine d'une partie au moins de leurs
espérances, et Robert redoutait leur intervention, étant donnée la façon dont
il avait enlevé Wretch de Boston.

Aussi, réalisant une partie de sa fortune et confiant le reste à des gérants
sûrs, il partit deux ans plus tard pour l'Angleterre et alla se fixer dans
un coin du Lancastre, au milieu d'inconnus pour qui Edward fut son neveu.

II

Rien de plus gracieux que la villa Telson, sur la route de Walley à
Stonyhurst. Rien de plus fleuri que les prairies qui l'entourent, rien de
plus jaseur que le ruisseau limpide qui, traversant l'antique ruine de
l'abbaye, vient sur son lit de pierres polies murmurer à l'ombre des marronniers, derrière lesquels se dresse imposante la demeure somptueuse du
riche Américain.

Ses fenêtres à larges meneaux de pierre, son perron où deux panthères
de granit, les yeux mi-clos, les lèvres entr'ouvertes, semblent monter la
garde, son vaste péristyle à colonnes, ses nombreuses dépendances, lui
donnaient l'aspect d'un château ; mais l'homme du Nouveau Monde, soit
modestie de millionnaire, soit qu'il eût voulu montrer à la vieille Angleterre son mépris de toute prétention seigneuriale, avait tenu à ce titre de
villa, qu'il avait fait graver sur la façade, comme s'il se fût agi de la plus
simple habitation de plaisance.

Il y avait quinze ans, déjà, que Robert Telson s'était fixé à Whalley avec
Edward, à l'éducation duquel il s'était exclusivement consacré.

Il s'était fait son guide, son professeur, et, à mesure que les années s'écoulaient, de protecteur il était devenu son ami.

Il s'était surtout appliqué à faire de lui un homme ; et comme aux yeux
de l'Américain seule une vie active avait quelque valeur, il en avait fait un
travailleur.

Développant avec tact ce goût qu'aux jours de sa misère Wretch avait
témoigné pour les « machines à grandes roues et la vapeur qui fait pouf
pouf », il avait initié Edward au dessin, à la mécanique, l'avait introduit
dans les grands centres métallurgiques, intéressé aux inventions et décou-
vertes en cours, et avait engagé pour lui d'importants capitaux dans de
grandes Sociétés minières, le faisant ainsi entrer à pieds joints dans le
monde de l'industrie, où il voulait le voir se créer une situation absolument
indépendante de la fortune qu'il voulait lui laisser. Situation, du reste,
mieux en rapport avec la noblesse de caractère que Robert Telson avait
découverte dans son protégé.

Doué d'une intelligence peu commune, d'un sens pratique très éclairé,

Edward avait dépassé de beaucoup les vues optimistes de son bienfaiteur.

Quelques recherches et un hasard heureux lui avaient fait découvrir pour l'acier une trempe spéciale qui, pour les engrenages, offrait une résistance inconnue jusqu'alors.

D'autre part, son système de raccordements pour les voies ferrées venait d'être appliqué sur un certain réseau, et le jour était proche où les grandes Compagnies du Royaume-Uni adopteraient ses perfectionnements.

Si, à certaines heures, Edward Telson, monté sur un fringant cheval noir, parcourait les belles routes du Lancastre, il y en avait d'autres où, penché sur une grande table, il dressait des plans, combinait des chiffres et arrivait à des résultats que jusqu'ici nul n'avait obtenus.

De son côté, Robert, rajeuni, encourageait ce labeur, se plaisait à le stimuler, et quand il avait jugé Edward capable de diriger une grande exploitation, il lui avait acheté une forge de Manchester, qui avait été mise en vente à la suite d'un désastre.

C'était alors que le jeune homme, mettant en activité ses facultés exceptionnelles, jouit du succès de ses travaux assidus, et que Robert Telson s'était trouvé récompensé du bien qu'il avait fait.

Quoique les affaires, maintenant en pleine activité, retinssent souvent l'usinier à Manchester, le meilleur de son temps était pour la villa de Whalley, où Robert l'accueillait avec joie.

C'étaient alors de longues causeries, des discussions souvent ardues sur des sujets techniques que les deux hommes traitaient différemment ; Robert avec sa vieille expérience, Edward avec la fougue d'un esprit inventif, tendant sans cesse vers le progrès. Et il en résultait une sorte d'entente sur certains systèmes qui modérait d'une façon sage les innovations hardies du jeune industriel.

Jamais, entre Robert Telson et Edward, il n'avait été question du passé. Wretch, la gare de l'Est, Salt-Street et mère Sally semblaient s'être évanouis dans les souvenirs d'Edward. Quant à Robert, pour rien au monde il n'en eût fait mention. Jamais non plus il n'avait été question de l'avenir, et cependant Edward Telson allait avoir vingt-cinq ans.

Un soir que, contre son habitude, Robert, un peu songeur, se promenait dans le parc avec Edward et semblait n'accorder d'attention qu'à sa grosse pipe, dont il tirait des colonnes de fumée :

— Mon garçon, fit-il tout à coup après un long silence, je me fais vieux. Tu diras que c'est de mon âge, mais vrai, il y a en moi quelque chose qui se détraque. Ne t'effraye pas outre mesure, exclama-t-il, voyant Edward faire un mouvement de douloureuse surprise. Seulement, c'est pour te dire qu'en ce qui te concerne mes dispositions sont prises : j'ai fait de toi mon fils, tu portes mon nom, et je veux que tu hérites de moi comme un enfant hérite de son père.

— Mon oncle, je vous en prie.....

— Laisse-moi dire, c'est très sérieusement que je te parle et nullement pour faire de la sentimentalité. La mort, en somme, est pour tout le monde. Je sais que tu as de l'affection pour moi, que tu me regretteras ; mais, mon bon, attends que je sois parti pour me pleurer. Je disais donc que ton vieux Robert te fait son légataire universel, et c'est de bon cœur, mon garçon, car tu peux avoir la satisfaction de te dire que tu as été ma consolation. Quant aux quelques membres qui restent de ma famille, ils ont été largement désintéressés depuis longtemps, et de telle façon, vu les mesures que j'ai prises, qu'aucun ne s'avisera de t'inquiéter. Moi parti, tu seras riche, Edward, très riche, continua le vieillard ; peu de fortunes pourront rivaliser avec la tienne, mais tu seras seul, as-tu déjà réfléchi à cela ?

Edward, très ému, avait pris les mains du vieillard, et, les serrrant avec cette effusion contenue qui était dans sa nature :

— Oncle Robert, vous me faites mal, dit-il ; non, je n'ai jamais réfléchi à cela, jamais je n'ai envisagé cette triste perspective ; chassez ces idées, croyez-moi. A votre âge, il reste encore de belles années à vivre.

— Mais j'y compte, j'y compte bien, mon garçon, fit-il avec enjouement, et loin de moi l'idée de vouloir en diminuer le nombre, mais il faut tout prévoir, et je voudrais.....

Il s'arrêta, ne sachant comment formuler sa pensée, puis brusquement :

— Tiens, dit-il, si tu ne fais pas de rêves d'avenir, j'en fais pour toi, et si tu me vois parfois songeur, c'est que je te voudrais marié et heureux avant de m'en aller.

Edward sourit.

— Oui, continua Robert, je te rêve uni à une femme aimante, dévouée ; je rêve voir de petits Telson grimper sur mes genoux, tirailler ma barbe et mes cheveux blancs ; je rêve entendre bégayer mon nom par tes enfants et me sentir aimé par eux.

La voix de Robert Telson était tremblante. Sans qu'il y prît garde, une larme avait glissé furtive dans sa barbe où elle brillait comme une goutte de rosée, et l'on eût dit qu'il cherchait sur le gazon des grandes pelouses du parc ces tout petits qu'il évoquait.

L'air était doux, une brise tiède s'était levée et inclinait en passant le lourd feuillage des marronniers qui semblaient saluer ce rêve de vieux.

— Que dirais-tu de la jeune lady O'Byrn, demanda-t-il tout à coup, dévisageant Edward et se campant résolument devant lui.

Celui-ci, interdit, eut comme un mouvement de recul.

— Comment ! comment ! elle ne serait pas de ton goût ?

— Pardon, mon oncle, repartit vivement Edward, ce n'est pas cela, mais..... ajouta-t-il hésitant, vous comprenez.....

— Je comprends quoi ?

— D'abord, miss Edith est catholique.

— Ta ta ta, tu ne vas pas, je suppose, jouer au protestant bigot ? Ce personnage ne t'irait pas du tout, mon ami. Nous sommes protestants parce que nous sommes nés tels, voilà tout, mais avoue que, pas plus que moi, tu ne t'en es beaucoup soucié jusqu'ici.

— Aussi n'est-ce pas en ce qui me concerne que je vois un obstacle.

— Ah ! je comprends mieux. Eh bien ! en ce qui concerne miss Edith, tu prendras l'engagement de respecter son culte et de lui laisser toute liberté.

— Il y aura une dispense à obtenir.

— Vous la solliciterez, et comme je sais, car je me suis informé, que l'Eglise romaine exige que les enfants nés de mariage mixte soient baptisés dans la foi catholique romaine, tu t'y soumettras loyalement. Entre nous, vois-tu, mon garçon, les catholiques ont du bon, et l'on ne trouve pas, chez nous protestants, ce que l'on trouve chez eux. Cette unité de foi sous un seul chef, je l'admire. Quant à nous, avec notre libre examen, nous ne savons, la plupart du temps, où nous en sommes, avoue-le.

— Franchement, je n'y pense guère, mon oncle ; je suis très indifférent, je vous assure.

— A ton âge, je l'étais aussi ; maintenant, c'est tout autre chose ; plus on approche du terme, plus on réfléchit ; et ma foi, quand on songe à faire le grand plongeon, on aime à prendre ses mesures pour piquer droit. Mais, ajouta-t-il en passant la main sur son front, comme pour chasser une pensée importune, c'est de toi qu'il s'agit. Tu me disais que tu étais indifférent, eh bien, de cette indifférence, tu feras la plus large indépendance à ta femme en matière de religion. Est-ce entendu ?

— Oui, mon oncle, mais vous savez aussi que miss Edith est noble, et que.....

— Oh, là là ! la belle histoire, noble, noble ! Comment ! ce serait cela qui pourrait te faire hésiter ? Toi, citoyen de la libre Amérique, tu t'arrêterais à des préjugés pareils ? A ton avis, ces nobles Anglais vaudraient donc plus que nous ? Ah ! mais, s'ils ont des châteaux et des terres, j'ai des millions, moi ; s'ils ont des particules, j'ai mon nom honnête de Telson que l'on connaît sur les deux hémisphères ; je me suis fait ce que je suis, et je m'estime autant, si pas plus, que ceux qui n'ont d'autre mérite que d'être de race. La race ! Ils en font autant pour leurs chevaux et leurs chiens, qui n'ont, à leur avis, de valeur que par leur *pedigree*. Je suis d'un peuple jeune, d'un peuple neuf ; issu de travailleurs, je suis fier de mon origine.

La voix de Robert s'était élevée ; il s'était redressé, superbe dans son indignation de vieux plébéien, et, posant sa main nerveuse sur le bras d'Edward :

— As-tu, oui ou non, de l'affection pour miss Edith ?

Edward, un peu pâle, ne répondit pas. Les yeux baissés, il semblait absorbé par les arabesques qu'il traçait lentement, à l'aide d'une fine baguette, sur le sable de l'allée.

— Allons, réponds-moi donc, Edward ? fit le vieil Américain avec une certaine impatience, l'aimes-tu, ou me suis-je trompé ?

— Il est des choses dont il vaut mieux ne pas parler, dit tristement le jeune homme. Oui, j'aime miss Edith, peut-être aussi ne lui suis-je pas indifférent. Mais je ne puis oublier qu'Edward Telson fut le Wretch de Boston, et que si lady O'Byrn m'accorde sa main, ce sera dans la main d'un mendiant qu'elle la placera.

Brusquement, il s'éloigna de Robert et se mit à arpenter nerveusement la grande allée du parc, revivant avec amertume ce passé de misère : Boston, la ruelle infecte, Sally et les cents qu'on lui avait jetés. Et, dominant ce chaos fangeux, il voyait, comme une amère dérision, Edith, la nièce du vieux châtelain de Stonyhurst, sourire au petit mendiant de Boston !

— N'est-ce pas, dit-il, revenant à Robert, n'est-ce pas que cela ne se peut ?.....

Robert Telson enveloppa l'usinier d'un regard affectueux et compatissant ; puis, les yeux dans ses yeux, comme pour faire pénétrer en lui sa conviction :

— Oui, dit-il lentement, il était autrefois un petit mendiant, un pauvre petit être souffreteux et malingre, qui demandait des cents dans les rues de Boston, mais un jour un Monsieur lui donna une pièce d'or que le pauvre petit lui rendit, parce qu'il croyait que ce Monsieur s'était trompé. C'est de ce jour qu'Edward Telson est né. Les tristes années de sa petite enfance ne peuvent influer sur son avenir. L'héritier du vieux Robert ne doit pas courber le front, car son origine est noble, de cette noblesse de probité et de désintéressement qui, si elle ne donne pas un blason, donne des titres à l'estime des hommes de bien. La naissance et la race exigent la dignité de la vie ; il est des seigneurs qui agissent comme des manants, et des manants qui en remontreraient à des seigneurs dans certaines circonstances. De cette interversion des rôles doit naître l'égalité, ou plutôt la liberté pour chacun d'occuper dans la société la place à laquelle il a droit. Le sentiment qui te porte vers miss Edith — ne le nie pas, — car depuis longtemps j'ai deviné que tu l'aimes — est, je le sais, digne d'elle. J'ai écrit à son père, qui est en ce moment à son château des environs de Limerick, et j'attends sa réponse.

— Vous avez fait cela ?

— Les atermoiements ne valent rien dans les questions de ce genre, et, ajouta-t-il en souriant, il est un charmant avocat qui ne se fera pas faute de plaider ta cause. Aie confiance, Edward, crois en ton vieil ami Robert, qui veut te voir heureux.

Huit jours s'écoulèrent, et Edward était à son usine de Manchester quand une lettre de lord O'Byrn annonça à l'Américain son arrivée au château de Stonyhurst.

Stonyhurst n'est distant de Whalley que de quelques milles, et Robert s'y rendit le lendemain.

Lord O'Byrn pouvait avoir cinquante ans. D'une taille au-dessus de la moyenne, les épaules larges et carrées, le torse puissant, portant haut la tête, il présentait à première vue le type mixte du gentleman farmer et du grand seigneur. Ses traits, fortement accentués, avaient quelque chose de dur et d'absolu ; ses yeux, d'un bleu placide, n'avaient aucun reflet, et son sourire protecteur déconcertait.

Quand Robert se présenta, accompagné du vieux châtelain de Stonyhurst, oncle maternel de lord O'Byrn, qui, familièrement, appelait l'Américain son ami, le père de miss Edith ne put se défendre d'un mouvement de surprise. Il s'était figuré Robert Telson tout autre, et lorsqu'il vit ce grand vieillard à la démarche imposante, à la physionomie loyale et fière, à la politesse froide et réservée, au lieu du yankee vulgaire qu'il attendait, il parut soulagé.

— Vous m'avez écrit dernièrement, dit lord O'Byrn allant droit au but, au sujet de nos jeunes gens, entre lesquels se serait développée une certaine sympathie. Plutôt que d'entamer une longue correspondance sur cette question, j'ai préféré vous voir, Monsieur Telson, et je suis charmé de faire votre connaissance.

L'Américain s'inclina légèrement, prit le siège qui lui était offert et attendit.

— Votre neveu a vingt-cinq ans, dites-vous, Monsieur Telson ?
— Oui, Milord.

— Que fait-il ?

Le vieillard sourit.

— Le travail lui plaît ; il s'est, sur mon conseil, lancé dans l'industrie métallurgique, bien que sa fortune, qui est considérable, lui permette de vivre à sa guise.

— Ah ! il a une fortune personnelle ?

— Certainement.

— Et il est votre unique héritier ?

L'Américain eut un mouvement d'impatience.

— Milord, je vous ai écrit tout cela, me semble-t-il, et je vous prie de bien vouloir remarquer que je n'ai pas abordé la question de la dot de miss Edith.

— Nous n'en sommes pas là, Monsieur Telson ; miss Edith O'Byrn peut prétendre à une union assortie à son rang dans la société. Si mon enfant a choisi votre neveu, je vous préviens que ce mariage là faisant sortir de notre monde — il appuya avec emphase sur ce mot — je changerai certainement mes dispositions à son égard.

— Milord, fit vivement Robert Telson, mon neveu est dans une situation qui lui permet de ne rien attendre du chef de sa femme.

— Je ne vais pas jusque-là, Monsieur Telson.

— Vous m'avez mis sur le chemin, Milord, et j'aime d'aller jusqu'au bout. Dans les questions d'intérêt, et c'est la seule chose qui semble être en jeu en ce moment, fit-il avec ironie, il ne faut pas de détours. Avant que vous nous fassiez part de vos dispositions modifiées en vue de ce mariage qui fait sortir votre enfant de *votre monde*, comme vous dites, je tiens à vous prévenir que je refuse ce que vous étiez dans l'intention de lui donner. Mistress Telson aura une dot, et ce sera l'oncle Robert qui la lui fera.

Le châtelain ne put réprimer un léger tressaillement, on n'eût pu dire si c'était de satisfaction ou de dépit, mais se remettant aussitôt :

— Mon oncle m'a favorablement parlé de votre neveu, dit-il, et m'en a fait un grand éloge. Je n'ai pas encore consulté miss Edith, je le ferai dès aujourd'hui. Toutefois, je ne l'influencerai ni dans un sens ni dans un autre. Elle sera entièrement libre. Seulement, comme ce mariage s'est arrangé entre mon oncle et vous, je trouve que..... enfin je préfère qu'il se célèbre ici, à Stonyhurst.

— Ceci est un détail, Milord, fit avec un sourire un peu méprisant l'Américain, et je n'ai pas l'habitude de m'arrêter aux détails. C'est, du reste, affaire entre M. Morrisson et vous.

Il se leva, salua froidement lord O'Byrn et sortit.

Une fois sur la route de Whalley, il parut se secouer, et l'homme de la libre Amérique reprenant le dessus :

— Rascal ! jeta-t-il, comme pour cracher son écœurement.

Et, regardant de loin le château de Stonyhurst, il eut ce même sourire qui avait souligné sa dernière phrase à lord O'Byrn, un sourire où pustaient l'ironie et le mépris.

— Son monde ! Eh ! il est beau, son monde ! murmura-t-il, comme s'il en savait long sur le milieu que fréquentait lord O'Byrn. Une dot !..... Il eût dû faire un emprunt, le pleutre ! Voilà de l'or qu'Edward eût rendu ! Ah !

ah ! ricana-t-il, châtelain à Limerick et fréquentant les tripots de Dublin ; il est propre, le monde du très noble lord O'Byrn, et si d'ici à quelque temps les usuriers qui l'entourent ne l'ont pas dépouillé, c'est qu'il a une chance spéciale, cet imbécile-là. Et ce Block, ce Block, il semble avoir les dents longues, ce particulier.

Il tira de son portefeuille un grand papier bleu, portant en grands caractères l'adresse d'une agence internationale de renseignements, qu'il avait reçu le matin même, et il le relut attentivement.

— Le gogo, le gogo !..... Tout y passera du train qu'il va ; la Sapinière, si les enfants n'étaient pas là, serait déjà grevée jusque par-dessus les toits. Et de la morgue avec cela ! Crétin, va !

Lentement, il déchira en menus morceaux la communication de l'agence, et les dispersa.

— Block..... Block..... murmura-t-il songeur, il faudra que je dise ce nom-là à Edward, pour qu'il se méfie de ce citoyen..... Mais bah ! que peut Block contre lui, il ne le rencontrera peut-être jamais.

III

« Mon cher David,

» Comme vous me le disiez, il valait mieux que je me rende à Stonyhurst.

» Cet Américain est décidément, sous une apparence un peu raide, l'homme le plus accommodant que je connaisse, vous excepté, bien entendu.

» Il sort d'ici, et les choses se sont arrangées comme d'elles-mêmes, au mieux de nos intérêts. Je dis nos, et vous me comprenez.

» Sans avoir l'air d'y toucher, j'ai amené adroitement la question de la dot. Question que le brave yankee a aussitôt écartée de la façon la plus tintante.

» J'ai feint la plus parfaite indifférence. Vous me direz peut-être que j'aurais dû débattre la somme. J'avoue que je n'ai pu pousser l'aplomb jusque-là.

» Selon votre recommandation, j'ai fait entendre à M. Telson que le mariage se ferait ici. Je ne sais vraiment pourquoi vous avez tant insisté sur ce point, comme sur celui de refus de consentement. De ceci, je n'ai pas encore parlé.

» Je vous quitte, devant, pour la forme, avoir avec ma fille un entretien avant de recevoir le prétendant.

» Bien vôtre. »

Sous un grand paraphe cracheur, lord O'Byrn ajouta ce timide post-scriptum :

« Je ne sais si je pourrai faire face à votre échéance du 30, et je ne puis en parler ici en ce moment. »

Quand lord O'Byrn disait *qu'il ne savait pas s'il pourrait*, c'est qu'il était sûr de ne pas pouvoir, mais il y mettait des formes auxquelles le cher et accommodant David ne se trompait pas.

Au 30, lord O'Byrn signerait un nouveau billet, majorant d'un cinquième sa dette, et tout serait dit.

Sans relire, il glissa le message dans une large enveloppe, qu'il adressa à David Block, à Dublin, sonna le valet de pied à qui il le remit pour le passage du courrier, et fit appeler Edith.

Se doutant, par la visite de l'oncle Robert, qu'il allait être question d'Edward, Edith était un peu émue quand elle entra dans le petit salon où son père l'attendait.

Bien que l'oncle Morrisson eût encouragé ses sentiments envers l'usinier, elle craignait que lord O'Byrn, qu'elle savait imbu de l'esprit de caste, ne lui fît des reproches ; elle redoutait une scène violente, mais, à sa grande surprise, il n'en fut rien.

Très calme, lord O'Byrn lui fit part de la démarche de Robert Telson, et lui signifia qu'il la laissait libre.

Interdite, sentant monter en elle comme une méfiance, elle regarda son père, se demandant si cette façon d'agir, si peu en harmonie avec ce qu'elle connaissait de lui, ne cachait pas une ironie.

— Enfin, dit-il, comme pressé d'en finir, c'est vous, n'est-ce pas, qui vous mariez, c'est vous que cela regarde. Je suis résolu à ne pas discuter la question. Vous voulez être Mistress Telson, soyez Mistress Telson : c'est, je crois, ce que je puis vous dire de mieux pour vous satisfaire.

Certes, la pauvre enfant n'avait pas été accoutumée à recevoir de son père des témoignages d'affection, mais si privée qu'elle eût été jusqu'à ce jour, elle ne s'attendait pas à une telle indifférence dans une circonstance aussi importante, et elle se retira comme meurtrie, regrettant presque les récriminations et les reproches, qui eussent au moins prouvé que lord O'Byrn ne se désintéressait pas à ce point de son avenir.

Dans le hall, Dick, un grand chien qu'elle affectionnait tout particulièrement, l'attendait. Elle se baissa vers lui, lui appliqua un large baiser sur sa belle tête fauve, comme pour lui faire comprendre son chagrin, et se sauva dans sa chambre, où elle s'enferma.

Il y avait des années qu'Edith avait perdu sa mère. A peine pouvait-elle, se reportant aux souvenirs confus de sa petite enfance, se la rappeler vaguement.

Elevée, ainsi que sa sœur, plus jeune qu'elle de trois ans, par une vieille gouvernante à l'âme simple, au cœur tout dévoué, elle avait pour la bonne créature une profonde affection. Mais Betsy était à la Sapinière avec Hilda, et la pauvre Edith, seule, sans personne à qui elle pût demander un conseil ou un avis, se trouvait comme désemparée.

Sans doute, il y avait l'oncle Morrisson, chez qui, depuis l'enfance, elle venait chaque année passer l'été, mais l'oncle Morrisson était trop l'ami de Robert Telson pour que sa manière de voir fût indépendante, et il semblait attacher trop peu d'importance à cette différence de culte qui est cependant un point essentiel.

Encore, si sa tante eût vécu, elle eût eu recours à ses lumières, et mistress Morrisson, fervente catholique, lui eût montré la voie à suivre. Nul doute même qu'elle se fût opposée au mariage de sa petite nièce avec un protestant, et Edith se fût certainement soumise.

Mais Mistress Morrisson était morte deux ans auparavant, tout manquait donc à la pauvre enfant.

Enfin, après une courte hésitation, elle se décida à écrire à Betsy.

Au lunch, lord O'Byrn se trouva seul avec son oncle, Edith s'étant fait excuser.

— Ainsi, fit-il, quand, après le café ils se furent retirés au fumoir, c'est donc une espèce de conspiration, car vous êtes tous d'accord, à ce que je vois ? Cet Américain vous a donc envoûtés ? Voilà Edith follement éprise, et vous, la soutenant dans cette aventure.....

— Follement éprise ! interrompit en riant le vieil oncle, votre fille n'est qu'une enfant. Certes, elle aime Edward Telson, mais comme on peut aimer à son âge. Elle ne se rend pas compte elle-même de ses sentiments. Edith est une bonne petite fille qui n'en cherche pas si long, c'est une petite âme toute neuve qui ne vous comprendrait pas, si vous lui parliez sur ce ton. Du côté d'Edward, c'est tout différent, et si j'ai encouragé cette aventure, comme vous dites, c'est parce que j'y trouve des garanties sérieuses à différents points de vue. A Edith, il faut un guide, un appui, et je crois l'avoir trouvé en Edward Telson.

— Vous comprendrez cependant que faire de lady Edith O'Byrn une vulgaire mistress Telson n'entre pas complètement dans mes vues ; et vous me permettrez, en ce qui concerne ce mariage, de faire les restrictions que je jugerai à propos.

— Que voulez-vous dire ?

— Que je suis résolu à m'abstenir de donner mon avis, et que, comme je l'ai dit à M. Telson, ce mariage se célébrera ici ou il n'aura pas lieu.

— Et vous donnerez votre consentement, je suppose ?

— Que non, que non ! Ne s'est-on pas bien passé de moi jusqu'à cette heure ?

— Mais les convenances ?

— C'est Edith qui, la première, y contrevient en acceptant de devenir mistress Telson.

M. Morrisson eut un geste vague qui eût pu se traduire par un indifférent : « Va pour cela ! » Et, laissant le père d'Edith achever son cigare, il sortit dans le parc en sifflant son chien.

.   .   .   .

Sitôt chez lui, Robert Telson avait immédiatement télégraphié à Edward, qui arriva le soir même.

Le vieil Américain avait gardé de la communication qu'il avait reçue de l'agence de renseignements et de son entretien avec lord O'Byrn un dégoût profond qu'il s'efforça de dissimuler, mais Edward avait une telle connaissance de son vieil ami qu'il sentit que le père d'Edith avait dû déplaire au vieillard.

— Bah ! ce n'est pas le père que tu épouses, en somme, répondit-il à une question discrète de son neveu au sujet de lord O'Byrn.

— A propos, fit-il, as-tu déjà entendu parler d'un certain David-Block, de Dublin ?

— Jamais, mon oncle. Du reste, je ne connais personne en Irlande.

— Je n'ai qu'une chose à te recommander, c'est que si jamais tu rencontres sur ton chemin un David-Block ou quelque chose qui y ressemble, tu t'en méfies.

Chose curieuse, lorsque le lendemain Edward Telson, mandé par M. Morrisson, se rendit au château, le nom de David Block lui fut une obsession. Malgré lui, il l'associait dans sa pensée au nom du père de celle qu'il considérait déjà comme sa fiancée, et il se sentait une espèce de prévention contre lord O'Byrn quand il arriva à Stonyhurst.

L'accueil fut plutôt froid. Lord O'Byrn se sentit comme décontenancé en présence de ce grand jeune homme, dont le regard fier et expressif semblait le mesurer.

Cette fois, ce fut Edward qui, d'une voix très calme, bien qu'un certain trouble l'agitât, prit la parole :

— M. Telson, mon oncle, vous a fait part, Milord, de mon vœu le plus cher, et j'ai l'honneur de solliciter la main de lady Edith, espérant que vous me l'accorderez.

— J'ai autorisé lady Edith à vous répondre, Monsieur, dit avec hauteur, quoique avec un visible embarras, lord O'Byrn, et je vous engage à lui adresser à elle-même votre demande.

Edward n'eut pas le temps de remarquer l'espèce d'incorrection de cette réplique toute préparée, ni la façon avec laquelle lord O'Byrn paraissait se dérober, car la porte s'ouvrit aussitôt et Edith apparut, appuyée au bras de M. Morrisson.

Avec ses cheveux d'or fin, ses grands yeux d'un bleu profond, son teint d'une éclatante fraîcheur, la jeune Irlandaise était vraiment jolie, et sa façon charmante de se tenir au vieillard comme au seul appui, au seul soutien qu'elle eût dans la circonstance présente, lui donnait une grâce de faiblesse enfantine qui ajoutait à sa beauté.

— Edith, voilà ton fiancé, fit d'une grosse voix que l'émotion rendait quelque peu tremblante le bon vieux Morrisson.

Et, dans la main qu'Edward lui tendait, il déposa celle de la jeune lady.

À ce moment, Edward Telson se rappela-t-il cet or qui, un jour, était tombé dans la main de Wretch et qu'il avait rendu ? Eut-il cette impression qu'ici encore on se trompait ?

C'était plus que l'or de Boston cependant, mais, cette fois, il était bien résolu à ne pas le rendre.

— Eh ! les enfants ! embrassez donc votre vieil oncle Morrisson, dit le vieillard qui, décidément, semblait prendre à lui seul l'initiative de ces accordailles.

Dick, comme s'il n'eût attendu que ce signal, bondit en jappant, alla d'Edith à Edward, d'Edward à l'oncle Morrisson, les couvrit de fougueuses caresses, semblant les confondre ainsi, dans son instinct de bête aimante, comme pour approuver le choix que sa jeune maîtresse avait fait.

— Paix, Dick, paix, mon chien ! dit la jeune fille en le flattant, et, heureuse de cette petite diversion, elle s'esquiva sous prétexte de le mettre dehors.

— Monsieur Telson, dit lord O'Byrn, qui pendant cette petite scène avait gardé le silence, vous avez la réponse de miss Edith ; je n'ai qu'une chose à ajouter, c'est que je la laisse parfaitement libre. En ce qui concerne l'époque du mariage, vous pouvez vous entendre avec M. Morrisson, car il est décidé que la cérémonie se fera à Stonyhurst.

Edward ne se demanda pas pourquoi l'on dérogeait ainsi aux usages, pour la bonne raison qu'il se souciait fort peu des usages en général, et qu'il était en réalité si heureux que, vraiment, tous ces détails le laissaient indifférent.

Il avait hâte, maintenant, de faire partager son bonheur à Robert. Il salua cérémonieusement lord O'Byrn, serra à les briser les mains de M. Morrisson, qui le félicitait, tout réjoui à l'idée qu'il venait de faire deux heureux, et il partit.

Robert Telson, en sa qualité d'Américain, n'aimait pas les délais. Aussi, quand Edward lui eut confirmé que le mariage se ferait à Stonyhurst, immédiatement après le départ de lord O'Byrn, il s'entendit avec M. Morrisson à ce sujet.

Il fut décidé que le jeune couple s'installerait à la villa Telson, où un vaste appartement meublé avec luxe fut préparé.

Puis, dans la petite chapelle du château de Stonyhurst, toute fleurie, toute étincelante de lumières, en présence du vieux curé de la paroisse, de Robert, de l'oncle Morrisson et de quelques amis, le mariage fut célébré dans la plus stricte intimité.

IV

Les semaines qui suivirent parurent à Robert Telson d'une longueur interminable. Edward avait voulu visiter l'Écosse avec sa jeune femme, et comme cet été-là le temps était exceptionnellement beau, ils avaient un peu prolongé leur séjour dans le pays des Hauts-Monts.

N'avaient été les visites fréquentes de M. Morrisson à la villa et celles de Robert au château, le vieil Américain se fût trouvé bien isolé.

Les premiers brouillards de septembre ramenèrent à Whalley les jeunes mariés.

Alors s'organisa dans la grande demeure des Telson une existence faite du bonheur de trois heureux, à laquelle la fortune, avec son large confort, apportait son concours.

Edith, l'âme souriante de ce foyer dont Robert restait le chef, y avait apporté la joie de ses dix-huit ans et mettait l'animation et la vie là où jusqu'ici le silence et la gravité avaient régné.

Edward et Robert étaient surpris parfois qu'une femme tînt tant de place dans un intérieur, et, de fait, Edith leur semblait être tout maintenant à la villa de Whalley.

Très enfant, toute fière de ce rôle de maîtresse de maison qui lui incombait, flattée de son importance, la jeune mistress Telson se trouvait heureuse. La pensée grave de devoirs à remplir ne l'effleurait même pas. On la voulait charmante et elle l'était à la façon des êtres jeunes, pour qui tout est joie.

Edward, privé de mère, ignorant l'âme féminine et ce que l'on est en droit d'attendre d'elle, trouvait en elle une perfection. Quant à l'oncle Robert, il se considérait le plus heureux des oncles. Edith avait pour lui des prévenances qui le ravissaient; elle bourrait sa grosse pipe de ce tabac âcre qu'il aimait, et lui assurait, tout en éternuant, que la fumée lui plaisait, ce qui arrangeait au mieux le vieillard, qui n'eût pu renoncer à sa vieille habitude de lancer de grosses bouffées quand il jouait, le soir, au bac ou aux échecs avec Edward.

Quand son mari était retenu à son usine de Manchester, c'était elle qui était le partner de l'Américain, elle encore qui préparait le grog de vieux Jamaïque au coup de 10 heures et le présentait à Robert, qui, chaque fois, lui assurait, en claquant significativement la langue, que jamais il n'en avait goûté de si bien dosé :

— Oui, délicieux, petite mistress Telson, un vrai nectar, disait-il en humant avec délices le mélange bouillant où flottait une tranche de citron. Il faut avoir mon âge pour savoir ce que vaut un bon grog ; n'oubliez pas votre recette, surtout, car, quand Edward sera vieux comme moi.....

Et petite mistress Telson éclatait d'un joli rire à l'idée d'Edward en cheveux blancs, fumant la même pipe que l'oncle Robert et savourant un grog en regardant le feu.

La vie s'écoulait avec cette rapidité de jours heureux qui laissent l'impression de rêves s'évanouissant successivement pour faire place à d'autres plus souriants encore.

Depuis le mariage, tout un hiver s'était écoulé déjà, et, bien qu'Edith eût écrit à différentes reprises à son père, celui-ci ne lui avait pas répondu. Les lettres que recevait de lui M. Morrisson ne faisaient que de loin en loin mention de la jeune femme ; quant à Edward, il n'en était jamais question.

Non content de s'être opposé à ce que le mariage se célébrât en Irlande, lord O'Byrn semblait bannir maintenant le jeune couple de son château. Était-ce un système ? Espèce de parti pris ?

Edith avait bien compris, dans le dernier entretien, qu'elle avait eu avec son père, qu'il désapprouvait son union avec l'usinier, qu'il se désintéressait complètement, mais elle n'avait jamais supposé que son indifférence allât jusqu'à ne plus la considérer comme sa fille. Vaguement, elle sentait comme un mystère dans cette manière d'agir, et ce mystère l'inquiétait parfois.

Robert et Edward n'avaient pas été sans faire entre eux de nombreuses remarques à ce sujet, mais lord O'Byrn leur était, pour ainsi dire, inconnu. Leur indifférence à son égard était complète. Il n'y avait qu'en ce qui concernait Edith que l'attitude du châtelain de la Sapinière les affectait, et jamais ils n'y faisaient allusion devant elle, ne voulant pas la contrister.

On était au printemps. Les marronniers étaient en fleurs, l'air était parfumé, et la villa Telson paraissait sourire dans son cadre de verdure neuve.

Un soir, en rentrant d'une promenade qu'il avait faite dans le parc, Robert avait frissonné.

— Matthew, dit-il à son valet de chambre qu'il rencontra dans le hall, faites faire du feu dans le fumoir.

Edward et Edith, qui revenaient une heure plus tard du château de Sthonyhurst, furent surpris d'apercevoir de la fumée à l'une des cheminées de la villa.

— Tiens, du feu chez mon oncle, fit Edward.

— Lui qui n'a jamais froid, ajouta la jeune femme, et qui, ce matin même, riait de ce que j'avais gardé mon collet au déjeuner ! Pourvu qu'il ne soit pas malade !

Vaguement inquiets, ils hâtèrent le pas.

Dans le fumoir, devant la grande flamme du foyer, l'oncle Robert, enveloppé de sa longue robe de chambre, savourait sa pipe.

— Ah ! les enfants, les enfants, fit-il, d'une grosse voix accueillante, vous allez rire du vieux Bob qui s'est fait faire du feu par un temps pareil, mais il n'a plus vingt ans, voyez-vous, et il le sent. Ah ! fichtre oui, qu'il le sent, ajouta-t-il en approchant frileusement les mains de la flamme.

— Mais j'ai eu aussi froid ce matin, objecta Edith, et vous m'avez même taquinée à propos de mon collet fourré.

— Ta, ta, ta, une dame a souvent froid par coquetterie : elle sait bien qu'un boa ou un collet, c'est très joli ; mais un homme qui se met à grelotter comme un lévrier grêle, c'est de la décrépitude, ni plus ni moins.

Les jeunes gens partirent d'un franc éclat de rire, à l'idée de la décrépitude de l'oncle Robert, et l'honneur qu'il fit au dîner leur enleva toute inquiétude à son sujet.

Après le repas, le café et les échecs furent apportés. Edith bourra *Polly*, la grosse pipe des longues soirées, au fourneau culotté d'importance, et la partie s'engagea.

Elle se prolongea plus tard que d'habitude. Robert était gai, plein d'entrain, et tenait vaillamment tête à Edward, qui, joueur habile et expérimenté, le serrait toujours de très près.

Edith s'était retirée depuis une heure, quand le jeu prit fin.

— Oncle Robert, dit Edward en prenant la main du vieillard, au moment où celui-ci s'était levé pour se rendre à sa chambre, seriez-vous heureux, dites-moi, très heureux, d'être bientôt grand-père ?

L'Américain eut un sursaut joyeux ; quelque chose de doux, de réconfortant, lui envahit tout l'être, son regard s'éblouit de larmes heureuses ; on eût dit qu'à ce moment un sang nouveau circulait dans ses membres et faisait battre son vieux cœur comme il avait battu à vingt ans.

— Vrai ?..... s'exclama-t-il, interrogeant l'usinier d'un sourire ravi.

— Tout ce qu'il y a de plus vrai, mon oncle.

— Ah ! mon garçon, que tu me rends heureux ! Viens que je t'embrasse donc pour cette bonne nouvelle, et, enserrant le jeune homme dans une large et affectueuse étreinte : *Par Dieu*, quelle joie ! exclama-t-il. A la bonne heure ! voilà les petits Telson qui arrivent. Après un, ce sera deux, et puis trois, et puis quatre ; qu'ils viennent, il y a de la place ici pour eux et il y a un grand-papa qui les attend. Je te félicite, mon ami, et quand ton fils sera là — car ce sera un fils, il me faut un petit Willie — le vieux parrain Robert fera des heureux.

Son regard étincelait, une exaltation joyeuse le soulevait, comme si déjà les cloches de la contrée carillonnaient le beau baptême, et que, jetant sur le chemin l'or avec les dragées, le vieil Américain s'entendait bénir et acclamer par tous les pauvres des environs.

— Voilà, mon oncle, j'ai voulu vous annoncer cette bonne nouvelle presque aussitôt que je l'ai apprise, dit Edward. Nous ne sommes pas trop de trois pour attendre, en faisant de doux projets, l'heureux événement,

Ils se serrèrent la main et se séparèrent. Edward, confiant dans l'avenir, Robert voyant déjà émerger d'un fouillis de dentelles une petite figure chiffonnée, et se prenant à murmurer ce nom de Willie, qui le reportait à cinquante ans de là, quand lui aussi attendait un petit enfant.

Le lendemain était un dimanche ; les deux premiers *coups* de la grand'messe avaient déjà tinté à l'église de la paroisse, et l'usinier se préparait à s'y rendre avec sa femme, quand la porte de sa chambre s'ouvrit brusquement, livrant passage au valet de chambre, qui, pâle, le visage bouleversé, le regard éperdu, appela Edward d'un grand geste, ne voulant pas parler, dans la crainte qu'Edith, qui était tout à côté, pût entendre ce qu'il avait à dire.

Edward, péniblement impressionné, suivit Matthew, qui, pour éviter toute interrogation, le devançait en se hâtant vers la chambre de Robert.

— Mais qu'y a-t-il donc, Matthew ? mon bon Matthew, qu'est-il arrivé ? demandait-il anxieux, sans pouvoir rejoindre le vieux serviteur.

Le bon Matthew hochait la tête, levait les bras dans un mouvement d'exclamation pénible, et mâchonnait quelques paroles que l'usinier ne saisissait pas. Arrivé à la chambre de Robert, il poussa la porte sans frapper, comme s'il jugeait maintenant inutile que l'on s'annonçât pour entrer, et s'effaça pour livrer passage à Edward.

Les fenêtres larges ouvertes laissaient entrer à flots l'air et le soleil dans la vaste pièce qui, depuis plus de quinze ans, servait de salon, de chambre de travail et de chambre à coucher au vieil Américain. Au milieu de la chambre, sur un petit lit de fer que Matthew dressait chaque soir, Robert, la tête légèrement inclinée, les yeux mi-clos, les bras étendus et abandonnés, paraissait dormir. Une sueur abondante lui perlait aux tempes, le nez pincé était livide, et les lèvres, entr'ouvertes comme pour sourire, ne laissaient passer aucun souffle.

Edward lui prit les mains, qui retombèrent inertes, tâta le pouls qu'il ne put saisir, puis, la tête appuyée sur la poitrine du vieillard, il écouta, retenant son souffle.

Une minute longue d'angoisse s'écoula, alors il crut percevoir un léger tressaillement.

— Robert !..... Oncle Robert, appela le jeune homme, de cette voix caressante et berceuse que l'on prend auprès d'un lit de souffrance, c'est moi, votre Edward !..... M'entendez-vous, ami Robert ?.....

Le mourant fit un mouvement, souleva avec difficulté ses paupières alourdies et fixa sur Edward ses grandes prunelles vitreuses.

— Me reconnaissez-vous, ami Robert ? répétait-il.

Robert le regardait toujours ; il voulut parler, mais sa langue déjà immobilisée ne put rien articuler. Puis, lentement, ses yeux se fermèrent, et il se reprit à mourir.

Quand le docteur arriva, le grand froid, ce froid qui ne donne plus de frissons, parce qu'il fige l'être à jamais, avait déjà envahi les membres. Tous les réactifs furent employés, tout ce que la science prescrit lui mit en œuvre, rien n'y fit. A 10 heures, Robert Telson n'était plus.

Robert était parti en plein bonheur, en plein espoir, attendant un petit Willie, qu'il ne devait pas voir ici-bas.

V

À quinze jours de là, un lourd cercueil d'ébène, à crucifix d'argent, débarquait dans un port du Nouveau Monde. Edward l'accompagnait.

Persuadé que l'Américain, s'il n'avait été soudainement frappé par la mort, eût exprimé le vœu d'aller dormir son long sommeil par delà l'océan, Edward avait pieusement entrepris la traversée pour ramener Robert à Albany.

Quelques heures séparent Albany de Boston. Les derniers devoirs rendus à son vieil ami, Edward eut un désir étrange : revoir la ville qu'il avait quittée dix-huit ans auparavant. Non pas ce Boston aux grandes artères pavées de bois où roulent les équipages, aux grands boulevards, aux squares fleuris ; mais la vieille cité aux ruelles étroites et fangeuses, aux impasses privées d'air et de jour, que la lampe rougeâtre de la maison à boire éclaire la nuit de ses rayons douteux. Et, chose plus étrange encore, il eût aimé visiter la terrible Sally, au bonnet fripé, aux cheveux épars ; il eût voulu entendre sa voix mouillée de *gin*, voir son visage grimaçant, ses yeux fuyants et louches, son vieux châle amadou, et revivre, par le regard, ne fût-ce que l'espace d'une heure, cette vie de misère d'où il était sorti.

De la gare de l'Est, où il arriva d'Albany, cette gare où, tout enfant, il rêvait porter un jour de gros colis, il se dirigea vers Salt-Street.

C'était toujours l'impasse nauséabonde d'il y avait dix-huit ans. Mêmes monceaux d'ordures, même pavé gluant, mêmes enfants rachitiques et malingres, autre génération croissant dans le ruisseau. Au fond, la fameuse porte brune d'où il était sorti, montrant un poing colère, et la fenêtre ignoble où les mêmes chiffons se balançaient encore en guise de rideaux, car les mêmes carreaux étaient restés brisés.

Il s'arrêta, considéra ce bouge, qui, cauchemar affreux, hantait parfois ses nuits ; ce seuil fendillé où, aux heures de répit, il jouait avec des cailloux ; cette borne polie où il allait s'asseoir quand la vieille était ivre et qu'elle l'avait battu.

Il eut comme la sensation lointaine d'ongles durs et crochus lacérant ses poignets, de mains nerveuses lui tombant dru, d'un souffle de *gin* éventé, l'enveloppant d'âcres effluves, comme aux plus mauvais jours de la vieille Sally.

Le bouge qu'il avait à deux pas parut le regarder de sa fenêtre unique, comme un œil de borgne, qui toujours semble ricaner, tandis que la porte bâillante avait l'air de crier son nom !

Un flot de sang lui monta du cœur à la tête, la honte du passé l'étreignit, quelque chose comme un sentiment d'horreur de lui-même l'envahit, et, glacé de dégoût au milieu de l'impasse, il regardait la masure maudite, et sa fenêtre infâme, la porte aux ais disjoints, les murs crevassés, et, malgré lui, voyait, faisant contraste, les persiennes endormies du large perron gris, les marronniers fleuris du parc de Whalley et la façade blanche de la grande villa où sa jeune femme l'attendait.

Peu à peu, cependant, il se ressaisit, et, se raidissant contre les pensées pénibles qui venaient l'assaillir, il avisa un enfant qui jouait aux billes dans un coin.

— Qui donc demeure là ? demanda-t-il, en indiquant la maison de Sally.

— Oh ! personne, Monsieur, exclama avec une sorte d'épouvante le petit, il y a un esprit.

— Un esprit ?

— Oui, l'esprit de la femme brûlée, une méchante vieille qui a pris feu toute seule. Comme on n'a pu la conduire au cimetière, puisque l'on n'a rien retrouvé, son esprit est resté dans la maison. Tenez, voici M. Peter, il vous le dira bien, et vous montrera même la chambre, si vous voulez. Mais c'est tout noir là-dedans.

M. Peter qui, de loin, avait vu l'étranger considérer longuement la maison abandonnée et ensuite interroger l'enfant, s'approchait, en effet, l'air satisfait de quelqu'un qui peut renseigner.

— Je vois, Monsieur, fit-il en se découvrant, que c'est de Sally qu'il est question.

Ce nom qu'il n'avait plus entendu depuis qu'il avait cessé d'être Wretch fit tressaillir Edward Telson.

Se méprenant sur le léger mouvement de recul qu'avait instinctivement fait l'usinier.

— Ah ! c'est vrai, s'empressa d'expliquer M. Peter, ce nom vous surprend, sans doute, mais, dame, on ne fait pas tant de façons dans Salt-Street, et la vieille était une telle ordure qu'on l'a toujours nommée ainsi. On ne l'oubliera pas encore de si tôt dans le quartier, car, après son horrible mort, elle est restée comme un épouvantail par ici. Voilà trois ans de cela, et personne ne voudrait habiter sa maison. Le propriétaire veut, paraît-il, la faire abattre.

— L'enfant me disait qu'elle était morte brûlée, c'est donc un accident ? demanda Edward.

— Un accident bien drôle, Monsieur, comme on n'en a peut-être jamais vu.

Quand vous pensez qu'un matin, en soufflant sur son feu, elle s'est mise tout à coup à flamber comme un brûlot. Vrai, je vivrais cent ans que je n'oublierais pas une chose pareille. Il était 8 heures, quand ma femme, qui rentrait d'avoir été aux provisions, entendit Sally qui criait. Sally criait souvent, car elle était atteinte d'une fièvre de boisson, et elle avait des accès terribles, mais cette fois on eût dit qu'elle appelait. Ma femme posa son panier et alla voir ce qui prenait à la vieille. C'était drôle et effrayant tout ensemble. Figurez-vous que de petites flammes bleues très légères, on aurait dit des feux follets, lui sortaient des yeux, de la bouche, du nez, et lui couraient dans les cheveux et le long du corps. Elles s'éteignaient un moment, puis reprenaient de plus belle. Ma femme eut peur et vint me chercher. Ah ! Monsieur, si vous aviez vu ! C'est à ne pas s'en faire une idée. Quand Sally m'aperçut, elle se mit à crier encore plus fort et à me dire des injures, et la flamme bleue qui sortait de sa bouche éclairait ses laides dents jaunes, c'était affreux. Le tapage qu'elle faisait avait attiré du monde, et les voisins étaient entrés dans la chambre, et regardaient Sally qui brûlait.

— Et l'on n'a rien tenté pour la secourir ? demanda Edward.

— Que si ! On lui faisait boire de l'eau fraîche, on la roulait dans les draps mouillés, mais rien n'y faisait. Le médecin est venu vers le soir, il a ordonné une potion ; alors, Sally s'est endormie, et les petites flammes ayant cessé, on a cru que c'était fini, et qu'il valait mieux la laisser reposer jusqu'au lendemain. Le lendemain, il n'y avait plus de Sally. Une odeur épouvantable régnait dans la chambre, où les murs, le plafond, les meubles, étaient recouverts d'un enduit noir et graisseux. Elle avait dû se lever, car, sur le carreau, au pied du lit, il y avait quelques chiffons qui fumaient. On les écarta avec des crochets, il y restait encore quelques os, et une partie du crâne, mais après la visite de la police, l'hôpital fit prendre tout cela. La place y est encore, des chiffons même collent aux carreaux, près du lit, rien n'a été bougé depuis, et si vous voulez vous rendre compte.....

M. Peter, sûr de l'intérêt qu'il avait éveillé chez son interlocuteur, s'avança, sans attendre de réponse, vers la maison de Sally, tant il lui semblait qu'il allait de soi qu'on voulût voir le théâtre d'un drame aussi émouvant.

Sans réfléchir, et comme automatiquement, Edward le suivit. Il franchit le seuil de pierre, enjamba quelques marches branlantes, et se trouva dans la chambre de Sally.

Comme l'avait dit l'enfant, il faisait tout noir là-dedans.

Les pieds glissaient sur le carreau gluant, une couche graisseuse couvrait les murs ; des toiles d'araignées, alourdies par cette matière innommable, pendaient aux poudres comme des lambeaux de pourriture.

Edward Telson, au milieu de cet antre de l'épouvante, se sentit comme cloué au sol par une horreur sans nom.

Cet enduit répugnant enveloppant tout, c'était Sally ; cette glu qui s'attachait à ses pieds, c'était Sally ; ces toiles d'araignées, pendant comme des ailes de vampires, c'était Sally !..... Sally sur tout ce qu'il voyait, Sally dans l'air empesté qu'il respirait et dont il se sentait pénétré ; Sally partout, et cependant Sally anéantie, combustionnée, brûlée par cet alcool dont elle s'était imbibée quotidiennement.

Son cœur se souleva, il sentit la tête lui tourner, et, plantant là M. Peter, qui, le doigt tendu, lui montrait dans un coin plus sombre la place où des chiffons collaient encore, il s'enfuit sans se retourner.

.   .   .   .

Pourquoi Edward Telson avait-il voulu revoir l'impasse ? Pourquoi ce sinistre pèlerinage dans ce coin perdu de Boston ?.....

La hantise de ce passé maudit le poursuivait maintenant, et, quand il rentra à la villa si jolie entourée de ses marronniers, le spectre hideux du bouge infâme sembla se dresser tout à coup, et ricaner de son œil unique, tandis que sa porte disjointe, criant sur ses gonds rouillés, répétait lamentablement, sur un ton de complainte, le nom de l'ivrognesse ignoble, le nom vil et bas de Sally.

Edith, qui apparut soudain à l'une des croisées, rompit ce mirage lugubre, et l'exclamation joyeuse qu'elle lança sortit le malheureux du charme épouvantable qui, degrés par degrés, l'enveloppait.

A la joie de revoir son mari s'ajoutait, pour la jeune femme, celle qu'elle avait ressentie le matin même à la réception d'une lettre de son père.

Rien de bien tendre, cependant, que ce message écrit en ces caractères hachés, qui sentent la hâte, et ne contenant que trois lignes brèves. Mais lord O'Byrn y annonçait son arrivée dans le courant de la semaine, et cela suffisait à Edith, qui voyait là un rapprochement que depuis son mariage elle appelait de tous ses vœux.

Edward, soit que les pensées noires qui l'avaient assailli le missent en méfiance de tout événement, soit que la visite de ce beau-père, si étranger jusque-là, lui déplût, fut désagréablement surpris de la nouvelle, tombant, à son avis, si mal à propos.

De fait, pourquoi lord O'Byrn, si distant, si silencieux à l'égard du jeune ménage du vivant de Robert, venait-il maintenant chez l'Américain ?.....

Pourquoi, si Robert Telson avait été jusqu'ici l'obstacle aux relations entre la fille et le père, ce dernier arrivait-il ainsi, presque immédiatement après la mort du vieillard, alors que tout, à la villa Telson, parlait encore de lui, alors que le vide qu'il avait laissé était encore si grand ?

D'un autre côté, cette précipitation du grand seigneur à prouver que Robert était celui qui l'offusquait froissa vivement Edward dans son affection filiale envers le bon vieillard, et, quoi qu'il fît pour réagir, il ne put entièrement dissimuler devant Edith l'ennui que lui causait cette visite, qu'il jugeait intempestive et déplacée.

— N'aimeriez-vous donc pas de recevoir mon père ? demanda-t-elle tout attristée.

— Du moment que cela vous rend heureuse, ma chère Edith, je devrais l'être aussi, mais après la perte que nous venons de faire, j'eusse préféré que nous restions seuls quelque temps. Enfin, qu'il vienne, ajouta-t-il en manière de conclusion, tandis que, se rappelant le regard glauque et fuyant de lord O'Byrn et sa voix mate, sans la moindre vibration, il se disait, avec une certaine perplexité :

— Quand celui-là se remue, ce doit être le *vieil Harry* qui le pousse.

Vieil Harry, en américain, signifie le diable, comme vieux Nick, en anglais. Et l'on eût dit qu'Edward l'entendait ricaner.

Cinq jours plus tard, lord O'Byrn arriva à Whalley.

L'air dégagé, le sourire très correct de quelqu'un qui veut être affable, il parut touché de l'accueil d'Edith, et serra avec une certaine effusion la main d'Edward.

Instinctivement, et sans qu'il pût se rendre compte de ce qu'il éprouvait, Edward Telson se sentit aussitôt mesuré, détaillé, analysé par le regard que jeta sur lui, l'espace d'une seconde, le visiteur importun, et, comme si un danger le menaçait, il se tint sur une certaine défensive.

VI

Huit jours déjà s'étaient écoulés depuis l'arrivée de lord O'Byrn à la villa Telson.

Quelques promenades à cheval dans les environs, deux ou trois visites au château de Stonyhurst avaient absorbé une partie de son temps. Quant à Edward, il était parti dès le second jour pour Manchester, où ses affaires l'appelaient, et il y avait été retenu.

A part quelques entretiens banals, les deux hommes avaient peu causé, et tout portait à croire que le père d'Edith reprendrait le chemin de ses domaines, sans que rien de fâcheux ne survînt entre lui et son gendre, quand, un soir, il y avait une heure peut-être que l'usinier était rentré, lord O'Byrn, qui l'attendait, alla le trouver dans son bureau.

À la vue de son beau-père, Edward, qu'un travail ardu avait fatigué, et que certaines difficultés survenues à l'usine contrariaient, fut désagréablement surpris, et il le reçut en homme que l'on dérange, et qui n'a pas de temps à perdre.

— Voilà plusieurs jours que je désire vous parler, dit le châtelain, et il se trouve précisément que vos occupations vous tiennent à ce point qu'il est, pour ainsi dire, impossible de vous saisir. Ce soir même, si j'en juge par votre air affairé, vous avez peu le loisir de m'entendre, et cependant, je désirerais m'entretenir quelques instants avec vous.

Cette phrase avait été débitée d'une traite, de cet air monotone des choses longuement apprises, qu'on a eu le loisir de peser et de méditer.

— Mon air, pensa Edward, qui se sentait tout disposé à envoyer par la fenêtre celui qui se permettait de lui parler chez lui de l'air qu'il lui plaisait de prendre.

Et, les sourcils froncés, le regard dur, il continuait nerveusement à classer les papiers épars de sa table, dans la crainte qu'à défaut des paroles qu'il ne voulait pas prononcer pour ne pas trahir sa pensée, ses yeux, en regardant lord O'Byrn, ne révélassent ce qui se passait en lui.

— Avez-vous quelques minutes à me consacrer ? reprit le père d'Edith.

— Veuillez vous asseoir, fit avec un certain effort l'usinier, je suis à vous dans quelques instants.

Un silence embarrassé régna l'espace de plusieurs minutes entre les deux hommes, puis Edward, ayant serré dans une serviette de maroquin les quelques plans qu'il venait de compulser, et l'ayant appliquée d'un coup sec sur le coin du bureau à la portée de sa main, se renversa négligemment dans son fauteuil, et, regardant lord O'Byrn, attendit.

— Mon arrivée chez vous, Monsieur Telson, a dû vous surprendre, commença ce dernier, et, probablement, vous serez-vous demandé l'objet de ma visite.

Edward, qui pensa tout à coup au *vieil Harry*, eut un sourire caustique.

— Mais, Milord, fit-il, il est tout naturel qu'un père vienne voir son enfant, et je vous avoue que je me suis moins demandé le sujet de votre visite que la raison qui jusqu'ici nous a privés de votre présence.

— Je suis libre, je suppose, riposta l'autre, avec, dans le ton, une intention évidente d'irriter son interlocuteur.

— Si libre, Milord, répliqua l'Américain, que je vous prie de remarquer que je ne vous ai demandé ni le motif de votre longue abstention ni celui de votre visite. Je vous ai reçu, me semble-t-il, avec tout le respect, tous les égards que je dois au père de ma femme. Aimant le calme, la paix, la bonne harmonie, il n'entre pas dans ma manière d'agir de soulever des questions amenant des discussions pénibles, et, généralement, je les évite.

— Très bien..... très bien, moi aussi je les évite, dit avec un certain dépit lord O'Byrn, qui, serré par les arguments de l'Américain, et sentant qu'il perdait de son assurance, se montait par degrés, mais il est une question qu'un père peut toujours soulever, quand il s'agit du mari de sa fille, et cette question, Monsieur Telson, est celle de l'origine et de la personnalité de celui qu'il a pour gendre.

— Vous dites, Milord ? fit Edward, plantant droit son regard dans les yeux fuyants du châtelain.

— Que j'ai le droit de savoir qui j'ai pour gendre.

— Expliquez-vous, je vous prie, dit avec un grand calme l'usinier, chez qui, cependant, la colère montait.

— Monsieur Telson, dit lord O'Byrn d'une voix récitative, il s'est trouvé, par l'effet d'une coïncidence singulière, que l'homme d'affaires d'un de mes amis est précisément celui que vous avez chargé dernièrement de certains détails ayant trait à la succession de M. Robert Telson. Or, il y a une quinzaine de jours à peu près, cet ami, se trouvant chez cet homme d'affaires, entendit, par hasard, prononcer votre nom : deux clercs, occupés à dépouiller un volumineux dossier de titres de propriétés et autres pièces, discutaient le taux des droits à payer, et de cette discussion ressortait clairement que vous n'étiez nullement héritier de M. Telson comme neveu, mais bien comme fils d'adoption.....

— C'est vrai, interrompit Edward, et je m'aperçois, Milord, dit-il avec une ironie mordante, que vous avez des amis qui ont des moyens peu délicats de vous renseigner.

— Mais vous êtes un neveu adopté ? fit lord O'Byrn, évitant de relever l'ironie.

— Non !

— Vous n'êtes pas un Telson ?

— Je suis Telson du jour où mon vieil ami Robert me fit son fils.

— Et avant ?

— Ceci, Milord, ne regarde que le vieillard qui repose maintenant à Albany et moi, dit l'usinier.

— Et moi donc, le père de votre femme, ne dois-je pas savoir ?

— Le père de ma femme sait que sa fille a épousé Edward Telson, usinier maître de forges de Manchester, héritier de la fortune considérable du riche Américain Robert Telson ; cela doit lui suffire ; j'entends que cela lui suffise, accentua Edward, et je le prie de ne pas insister.

— Et si j'insistais ? siffla, colère, le châtelain.

— Cela ne vous avancerait en rien, Milord.

— Mais, fit le châtelain, perdant toute retenue, votre origine est donc infâme, que vous n'osiez la faire connaître ? Mais d'où sortez-vous ? D'où vous a-t-on tiré ? Qui donc ma fille a-t-elle épousé en vous ? Est-ce un mendiant, un vagabond, un..... ?

Il s'arrêta, terrifié. Edward, livide, les traits bouleversés par la colère épouvantable qu'il ne pouvait plus contenir, s'était redressé, et, le poing levé, ce poing de prolétaire aux muscles saillants, il s'avançait, redoutable, vers le châtelain de la Sapinière, prêt à l'assommer, quand Edith, que le bruit de la discussion avait inquiétée, entra tout à coup.

A la vue d'Edward ainsi transformé, elle ne put retenir un cri d'épouvante, et, se précipitant vers lui, elle l'entoura de ses bras qui tremblaient.

— Edward !..... par pitié, qu'y a-t-il ? demanda-t-elle, défaillante.

— Il y a..... il y a..... haleta le malheureux, au paroxysme de l'indignation, il y a que votre père vient m'insulter chez moi et que je vais appeler mes valets pour le jeter à la porte.

Et il se dirigeait vers le timbre de son bureau, quand lord O'Byrn, que la présence de la jeune femme paraissait rassurer, et qui, peut-être aussi, était pressé d'en finir, lança d'une voix mordante :

— Il y a, ma fille, que celui que vous avez épousé ne peut dire, ne veut dire, ou plutôt n'ose dire d'où il sort. Que son nom de Telson est un nom d'adoption, et que moi, votre père, je déclare ce mariage nul ! Nul ; entendez-vous ?..... Aucune pièce émanant de moi ne peut établir mon consentement, je suis libre de protester. Il y a erreur, erreur absolue de personne ; ma fille a épousé le neveu de Telson, et non un quelconque qu'il a fait sien par l'adoption. Votre mariage à Stonyhurst est un mariage nul, je soulèverai cette question d'erreur. Il y a dans la loi des retours que vous ignorez, Monsieur l'Américain, et nous verrons de quel côté sera le droit.

Edward n'entendait plus. L'étreinte d'Edith s'était desserrée par degrés, et son pauvre petit corps ayant cessé de frissonner douloureusement, s'alourdissait dans ses bras.

Éperdu, l'angoisse au cœur, il l'emporta à travers les longs corridors jusqu'à son appartement et la déposa sur les coussins brodés d'un grand sofa.

Alors une détente se produisit, et comme plié sur lui-même, à genoux sur la peau de léopard qui couvrait le parquet, l'Américain pleura des larmes de feu.

Une grande heure s'écoula dans la chambre silencieuse. Perdu dans le chaos de ses pensées incohérentes qui s'entre-choquaient, évoquant Robert qu'il lui semblait voir lui sourire, et la vieille Sally qui, du fond de son bouge, lui grimaçait horriblement ; revivant Albany et Boston, anéanti, sans notion du temps qui s'écoulait, Edward savourait sa douleur avec l'âpre volupté d'un désespoir intense et profond.

Durant les quelques années de son enfance misérable, instrument inconscient de la vieille Sally, Wretch avait été soumis à la mégère qui le brutalisait. Trop faible, trop jeune, pour s'affranchir de son odieuse tutelle, il la subissait. Plus tard, devenu l'enfant de Robert Telson, se sentant aimé, il s'était abandonné à l'élan de sa généreuse nature et avait éprouvé pour l'Américain une reconnaissance sans bornes. Le travail lui avait été doux, il s'y était livré par attrait, par goût, et avait ainsi, sans s'en douter, sans effort, rendu à son bienfaiteur ce qu'il avait reçu de lui. Sans doute, Robert Telson en avait fait un homme, en ce qui concernait l'industrie et les affaires, mais sa sollicitude avait trop aplani les voies ; il ne l'avait pas trempé pour la lutte, il ne l'avait pas assez mis en garde contre les épreuves qui guettent sans cesse l'existence, et, malheureusement, poussant son esprit de libéralisme jusqu'à des limites extrêmes, il ne lui avait pas mis au cœur ce fond de religion qui doit soutenir tout homme ici-bas.

En cela, Edward était un faible, et il s'abandonnait.

Edith appela.

Edward, toujours prostré, ne fit pas un mouvement.

Alors la jeune femme s'inclina vers lui, et, doucement, mais avec une force de tendresse caressante, elle attira à elle la pauvre tête endolorie ;

— Edward, mon Edward, souffla-t-elle plutôt qu'elle ne dit, je ne veux rien savoir de ce passé qui te fait tant souffrir, non, rien ! Nous avons le présent, nous avons l'avenir. Reviens à toi, n'avons-nous pas notre affection, cela ne doit-il pas nous suffire ? Je ne connais pas la loi, mais je me refuserai, moi, à invoquer l'erreur, et il me semble, oui, il me semble qu'alors mon père ne pourra rien contre nous.

Les yeux agrandis par la fièvre, Edward enveloppa sa femme d'un regard inconscient, et, s'étant redressé comme mû par un ressort, il éclata d'un rire sec, métallique, qui glaça la malheureuse d'une épouvante sans nom.

— Edward, mon pauvre Edward, cria-t-elle affolée, en se précipitant vers son mari, qui, debout, au milieu de la chambre, frappait désespérément ses mains l'une contre l'autre et articulait des paroles sans suite, réponds-moi, Edward, réponds-moi ! supplia-t-elle douloureusement.

L'usinier la regarda sans voir, et reprit, de ce rire sinistre, au cymbalement lugubre :

— Toujours ivre..,.. toujours ivre, la vieille Sally !.... Cinq cents...., c'est trop peu et je serai battu..... Vieille sorcière !....., Vieille sorcière !..... clama-t-il.

Il serrait les poings, grinçait des dents, et tout à coup, faisant un tour sur lui-même comme si un coup violent venait de lui être porté, il s'abattit lourdement sur le parquet en lançant en clameur le nom de Sally.

A l'appel d'Edith, un appel de détresse qui résonna dans la grande demeure comme l'annonce d'une catastrophe, tout le personnel de la villa accourut.

Matthew, aidé du cocher, releva son maître et le déposa sur le lit, puis se mit à lui baigner les tempes et à le frictionner vigoureusement.

Edward ouvrit les yeux, considéra, hagard, ceux qui l'entouraient, et se reprit à divaguer.

Le docteur, que l'on avait été chercher en hâte, lui administra un calmant, prescrivit de la glace, et s'en alla perplexe, remettant au lendemain son diagnostic sur ce mal foudroyant qui le déconcertait, tandis que l'usinier, assommé par le narcotique, s'anéantissait dans un sommeil de coma.

Et, pendant dix jours et dix nuits, l'Américain délira, comptant et recomptant des cents, apostrophant Sally, causant paisiblement avec l'oncle Robert, à qui, sans cesse, il voulait rendre une pièce de cinq dollars qui semblait lui brûler les doigts, puis il revenait à l'impasse et au bouge, et parlait de chiffons graisseux qui collaient aux carreaux noircis.

Il délirait, le malheureux, déversant devant lord O'Byrn, qui s'était installé à son chevet, ce lointain passé de douleur et d'abandon, livrant au châtelain de la Sapinière le secret de sa petite enfance sur le pavé de Boston, redevenant pour lui le Wretch de Sally, le Wretch de Salt-Street, poursuivant les passants et leur tendant la main.

Quand, un mois après, Edward, sortant de la nuit morale où il avait été enseveli, se sentit revivre ; quand, bien que très faible encore, il commença à avoir une perception nette des personnes et des choses qui l'entouraient, et à reprendre doucement conscience de lui-même, il appela Matthew.

Le bon serviteur, qui en ce moment rangeait la chambre, se précipita, ému et joyeux, au chevet de l'Américain.

— Que s'est-il donc passé, mon ami ? demanda celui-ci.

— Vous avez été très malade, Monsieur, répondit Matthew.

— Depuis quand ?

— Voilà un mois déjà, fit le valet de chambre.

— Un mois ! exclama l'usinier. Qu'ai-je donc eu, mon bon Matthew ?

— Monsieur est tombé un soir dans sa chambre ; Madame a appelé, et nous avons relevé Monsieur, qui ne donnait plus signe de vie ; puis une forte fièvre l'a pris, et il a fallu veiller Monsieur jour et nuit, et entourer sa tête de glace.

— C'est drôle, murmura Edward, se saisissant la tête à deux mains, comme pour y faire renaître le souvenir.

Puis, tout à coup, l'image de lord O'Byrn passa devant lui ; il eut la sensation d'un coup violent lui atteignant l'âme et le cœur, et il s'évanouit.

Quand il revint à lui, sa pensée courut à Edith, et saisi d'une appréhension vague, il s'informa.

— Madame était un peu souffrante, expliqua Matthew, très embarrassé. Milord a jugé que Madame devait se reposer, et, quand Milord est parti, il y a une quinzaine de jours, Madame l'a accompagné. Madame a beaucoup pleuré ; et elle m'a dit de dire à Monsieur qu'elle ne resterait pas longtemps et qu'elle écrirait.

Edward, les mains crispées sur les draps, écoutait Matthew sans qu'un muscle de son visage tressaillît ; seuls, ses grands yeux, que la fièvre avait cernés, eurent une expression étrange ; on eût dit qu'il sondait un abîme, et qu'en en mesurant la profondeur son regard s'en creusait à proportion.

Il soupira profondément, fit signe à Matthew de redresser l'oreiller, et, se tournant vers le mur, s'abandonna à un vague assoupissement.

Le vieux serviteur se retira pensif, le front soucieux, et chiffonnant au fond de la poche de son veston de coutil rayé une large enveloppe à l'adresse d'Edward Telson.

Il y avait quinze jours qu'il tournait et retournait cette enveloppe, dont le volume et le poids excédaient ceux des missives ordinaires. Lord O'Byrn la lui avait confiée à son départ, le chargeant de la remettre à l'usinier, mais, soit que son instinct de serviteur fidèle et dévoué lui fît pressentir que ce message ne contenait rien de bon pour son maître, soit que la vue de lord O'Byrn l'eût aussi fait, comme Edward, penser au vieil *Harry*, il se méfiait, résolu à ne remplir ce mandat que lorsque l'Américain serait complètement rétabli.

A mesure que les semaines s'écoulaient, la vaste salle à manger semblait plus déserte, les salons plus vides et plus froids, le fumoir lui-même, ce coin retiré des bonnes soirées d'autrefois, paraissait comme endeuillé, et, comparant la villa Telson du temps de Robert et d'Edith à celle d'aujourd'hui, nul n'eût pu se défendre d'une impression pénible.

Un matin, Edward, aidé de son fidèle Matthew, put faire un tour de parc. Les jours qui suivirent, il prolongea sa promenade, se reposa quelques heures dans un fauteuil que l'on avait glissé sous les hauts marronniers ; mais, si au physique son rétablissement s'accentuait par degrés, il n'en était pas de même au moral. Ses pensées avaient quelque chose de flottant, d'indécis ; se souvenir était pour lui une fatigue, et Matthew s'inquiétait.

Il avait interrogé le médecin, qui, très rassuré, lui avait répondu :

— Votre maître a dû éprouver une grande secousse ; le moindre choc, la moindre émotion pourraient lui être fatals. Cette indifférence qui vous effraye aide au contraire à sa guérison.

— Mais il ne s'informe de rien, il ne parle même pas de Madame !

— Attendez, attendez, vous dis-je, cela viendra.

Cela vint, en effet, doucement, progressivement. D'abord, Edward se montra impatient de l'arrivée du facteur et dépouilla sa correspondance avec une certaine avidité ; puis il interrogea Matthew et revint, à plusieurs reprises, sur ce départ inexplicable de la jeune femme.

— Elle a bien dit qu'elle écrirait ? demandait-il.

Matthew l'en assurait :

— Oh ! elle avait un grand chagrin de quitter Monsieur, mais Milord voulait, il s'est même mis plusieurs fois en colère, et Madame semblait avoir très peur de Milord.

— Sa place était près de moi, Matthew.

C'était la première fois qu'Edward formulait une appréciation.

— Monsieur a raison, j'ai pensé comme Monsieur, mais j'ai bien vu que Madame s'en allait pensant revenir avant peu ; je m'étonne même qu'elle ne soit pas revenue.

— C'était ne pas me quitter qu'elle devait faire. Ah ! Matthew ! Matthew ! je suis bien malheureux.

Edward Telson était guéri, mais, avec la guérison, il reprenait la faculté de souffrir, et Matthew se prenait à regretter cette indifférence qui, un temps, l'avait inquiété.

Enfin, un jour qu'il avait plus que de raison tourmenté la grande enveloppe dans la poche de son veston, il se décida à la remettre à son maître.

Edward était au fumoir, lisant ses journaux.

Matthew se présenta, tendant le fameux pli aux coins déjà usés, et expliquant à l'usinier la façon dont il lui avait été remis et la cause de son retard. Avec un sourire de reconnaissance attendrie pour cette sollicitude qu'il était à même d'apprécier, il congédia le dévoué serviteur, et se mit en devoir de dépouiller cette espèce de dossier.

C'étaient des notes prises par lord O'Byrn au cours de la maladie d'Edward, et relatant fidèlement, mot pour mot, toutes les divagations de fièvre, le tout paraphrasé par le châtelain, et reconstituant, à peu de choses près, la vie du pauvre petit mendiant de Boston.

* *

Il est de ces coups qui, en raison même de leur violence, n'atteignent pas leur but.

Edward, devant ce procédé vil et méprisable, jugeant infâme ce grand seigneur, voleur de délire, qui, dans une lettre de haut ton, osait lui jeter son mépris en le menaçant d'un procès sur erreur de personne, s'il faisait valoir ses droits et revendiquait sa femme, se redressa.

Ce levain d'indépendance et de liberté des races neuves, antagonistes-nées des vieilles races dégénérées, monta en lui, débordant ; et son amour pour Edith se trouvant comme submergé, il mâchonna ce mot expressif de Rascal qu'un jour le vieux Robert avait, pour ainsi dire, craché sur la route de

Whalley en vue de Stonyhurst, et vraiment, il n'eût pu dire si, à ce moment, il n'enveloppait pas la fille dans ce mépris qu'il avait pour le père.

Edith, la trop douce Edith, lui apparut empreinte des vieux préjugés de son monde ; l'amour qu'elle lui avait témoigné lui sembla de pure convenance, sans élan, sans la moindre énergie, pouvant être anéanti par d'autres convenances, que, dans son jugement, aux vues toutes de convention, elle pouvait apprécier plus hautes et s'imposant.

Lentement, il déchira le fatal message et en jeta les morceaux épars dans la cendre du foyer.

Quinze jours après, un écriteau bleuâtre se balançant à la grille du parc annonça la villa à vendre.

Edward, désabusé, fuyait ce Whalley où tout ravivait sa peine et allait se fixer aux environs de Manchester, non loin de sa forge.

VII

Très pâle, un cerne profond estompant ses grands yeux, Edith, que lord O'Byrn avait par des menaces et des promesses enlevée à la villa de Whalley, et qu'il tenait, depuis près de cinq mois, captive au château de la Sapinière, était un matin, un triste matin d'hiver, dans un état de prostration douloureuse.

Assise entre les coussins d'un grand fauteuil, les mains jointes sur le plaid à carreaux qui recouvrait ses genoux, elle regardait, par la large croisée, la route lointaine que l'on apercevait au-dessus des sapins et le lac, qui reflétait la façade imposante du vieux château, avec ses tours à créneaux.

Il y avait trois siècles que la pierre grise et l'onde se saluaient de la sorte, mais depuis ces trois siècles jamais peut-être la nappe limpide n'avait reflété visage plus navré que celui qui, en ce moment, apparaissait entre les meneaux sculptés de la haute fenêtre du premier étage, où la pauvre Edith songeait tristement.

C'était une vaste pièce pleine d'air et de jour, aux murs tendus de lampas bleu fané, aux meubles massifs, au parquet recouvert d'un tapis très épais, aux tons effacés. Tout près de la jeune femme, dans une légère corbeille d'osier que gaufrait un volant de dentelle piqué çà et là de nœuds roses, un tout petit visage était enfoui.

Il y avait quinze jours qu'Edith était mère, quinze jours qu'un beau petit Willie avait fait son entrée dans la vie, quinze jours aussi que, décomptant les heures, elle voyait expirer le délai que, à force de supplications déchirantes, elle avait obtenu de son père.

Ni les soupirs de la vieille Betsy ni les pleurs d'Hilda n'avaient pu vaincre la haine et la répulsion que, du père, le châtelain avait fait retomber sur l'enfant. Il avait refusé de le voir, et depuis sa naissance il n'avait pas franchi le seuil de la chambre d'Edith.

Bien plus, il avait même décidé que l'enfant partirait immédiatement ; mais les jours de la jeune mère étaient en jeu, et il avait été contraint d'accorder le délai que le médecin avait imposé.

Et ce matin-là même Willie partait.

Edith avait écrit de longues pages à Edward. Le jour même de la naissance de Willie, elle avait fait écrire Betsy, indiquant à l'usinier un endroit où l'on irait lui remettre son fils pour qu'il pût l'emporter, afin que, n'étant pas à elle, il fût au moins à lui. Et la jeune femme avait attendu.

Elle attendait encore, regardant là, bien loin, sur la route de Limerick, si Edward ou bien le bon Matthew ne pointait pas à l'horizon, et, tout l'être tendu, elle fixait désespérément, d'un regard angoissé, le long chemin tout blanc où nul n'apparaissait.

Lord O'Byrn savait, pour de bonnes raisons, que personne ne viendrait, car, sa police étant bien faite, les pages d'Edith et le message de la pauvre Betsy avaient pris le même chemin que tout ce que, depuis cinq mois, la jeune femme avait écrit à l'usinier. Et il était parti pour Dublin, enjoignant que pour son retour on eût fait disparaître l'enfant.

Et les heures s'écoulaient, le break était attelé dans la cour, où John faisait les cent pas, et Edith attendait toujours celui qui, ne se sachant ni appelé ni attendu, ne viendrait pas.

La porte s'ouvrit tout à coup, et Betsy, déjà vêtue pour le départ, entra, suivie d'Hilda.

— Allons, allons, Madame Edith, embrassez-le bien fort et dites-lui d'être sage, fit-elle en lui présentant corbeille et enfant.

Edith, avec un cri déchirant, y cacha son visage bouleversé et se mit à couvrir de baisers cette petite chose palpitante, la chair de sa chair qui était son fils, le fils d'Edward, l'espoir et l'attente du vieux Robert, mort en lui souriant.

— Betsy !..... Betsy !..... Vous ne ferez pas cela ! Non, ma bonne Betsy, ne me l'enlevez pas, supplia-t-elle. Laissez-moi fuir avec lui, loin, si loin que jamais personne ne nous retrouve ! Betsy, c'est mon petit, mon cher petit enfant; ayez pitié de moi ! Oh ! c'est trop cruel, ma bonne maman Betsy, par pitié !..... par pitié !.....

Elle s'était écroulée, à genoux sur le parquet, et, les mains crispées, elle s'accrochait à la corbeille, dont l'osier gémissait.

Betsy chassa du revers de sa main ridée les grosses larmes qui gonflaient ses vieilles paupières, et doucement, comme au temps où elle endormait Edith par de jolis contes où tout se terminait pour le mieux :

— Petite Madame Edith, dit-elle, ne vous désespérez donc pas ainsi ; il ne part pas pour toujours, et vous le reverrez. Ma bonne amie Mary, une douce et sainte fille qui aime les enfants, en fera un beau petit garçon qui sera votre joie un jour.....

— Un jour !..... un beau petit garçon ! interrompit Edith, mais son *babyhood*, exclama-t-elle en cet anglais qui a créé ce mot touchant pour signifier les douces années de la petite enfance, son *babyhood*, je ne l'aurai pas eu. Oh ! Betsy !..... Betsy !.....

Et comme, ses doigts se desserrant, elle tombait renversée dans les bras d'Hilda, Betsy enleva bercelonnette et baby et s'enfuit.

Quand, sous les caresses de sa jeune sœur, Edith revint à elle, il y avait une heure que le break, emportant l'enfant et son berceau, avait disparu à l'horizon.

— Sois courageuse, petite sœur, fit Hilda, dont le cœur de jeune tante défaillait aussi ; nous le reverrons, tu peux en être sûre ; je le demanderai tant et tant à notre père qu'il me l'accordera.

Et, tendrement, elle serrait sur son cœur, à portée de ses lèvres, la pauvre tête de la jeune mère qu'elle couvrait de baisers.

Aussi brune et rose qu'Edith était blonde et pâle, Hilda formait avec sa sœur un contraste frappant. Autant les yeux bleus et très doux de l'aînée dénotaient une grande faiblesse de caractère, de l'indécision, une dépendance passive, autant ceux de la cadette, noirs et profonds, aux larges prunelles, qui par moments semblaient vibrer, disaient une volonté ferme, tenace, une force d'âme peu commune. Aussi, celui qui, ne connaissant pas les deux sœurs, eût été, en ce moment, devant le groupe touchant qu'elles formaient, mis en demeure de dire quelle en était l'aînée, nul doute que, sans la moindre hésitation, ce fût Hilda qu'il eût désignée aussitôt.

Le cœur débordant d'amertume, Edith pleurait enfin, bercée par les paroles consolantes que lui prodiguait Hilda, et s'abandonnait à son étreinte. Elle pleurait, et peu à peu, cette détente l'ayant brisée, elle s'endormit d'un lourd sommeil que, par moments, un sanglot convulsif venait troubler.

Comme il l'avait annoncé, lord O'Byrn rentra le soir même.

Renseigné par John sur le départ de l'enfant, il parut satisfait ; et comme il se rendait chez Edith, croyant, par sa présence, adoucir la rigueur de la mesure cruelle à laquelle il l'avait contrainte, Hilda, qui montait la garde près de la chambre de sa sœur, s'opposa formellement à ce qu'il y entrât.

— Eh ! mais !..... Eh ! mais..... fit-il, prenant la chose pour une plaisanterie, et avançant toujours.

— Mon père, vous ne passerez pas, dit résolûment Hilda, se mettant, les bras étendus, en travers de la porte. Non, Edith a assez souffert, elle se repose en ce moment, et votre vue lui ferait mal. Croyez-moi, mon père, n'insistez pas ; vous connaissez votre Hilda, elle n'est pas de la trempe de la pauvre Edith, vous le savez.

Sans doute, il connaissait son Hilda, peut-être même avait-il un faible pour cette cadette, tout enfant, mais parfois volontaire à l'excès, qui lui imposait ses caprices, car il sourit d'un de ces sourires que l'on eût cru incompatibles avec ses traits durs et froids, auxquels seul le ricanement semblait convenir, et, après avoir passé en caresse sa main sèche sur la joue d'Hilda :

— Allons, allons, Mademoiselle, on se soumettra à vos ordonnances, fit-il en saluant.

Et, tournant sur lui-même, il descendit.

Après le dîner, qu'Hilda, bien qu'elle ne pût toucher à aucun mets, avait voulu ce soir-là partager en tête-à-tête avec son père, il y eut au fumoir — le personnel du château s'étant alors retiré dans les communs — une scène assez vive entre la jeune miss O'Byrn et le châtelain.

— Non, jamais, jamais, s'était écrié à un moment donné lord O'Byrn, l'enfant de ce mendiant américain ne sera mon petit-fils.

— Il l'est quoi que vous fassiez, avait reparti Hilda ; à la place d'Edith, je me serais enfuie avec lui, n'importe où, au hasard, qui, parfois, est bien doux aux malheureux. Un moment, Edith a voulu le faire ; mais elle n'est pas de celles à qui l'on peut dire : Va-t'en, et votre façon d'agir à son égard est d'autant abusive, pour ne pas dire plus, que vous la savez faible et sans défense. Tout mon être proteste, et mon neveu, s'il est le fils d'un mendiant américain, est à coup sûr l'enfant d'un honnête homme, car, d'après ce que m'a dit Edith, je connais assez Edward Telson. Et, en fût-il autrement, Willie est le fils de ma sœur, c'est-à-dire presque le mien. Je l'aime, mon père, et un jour viendra où votre Hilda, affranchie de votre tutelle, ira le reprendre et le rendre à sa mère, qui n'a ni la force ni le courage de revendiquer ses droits.

Lord O'Byrn, très pâle, regardait, ému, cette grande fille, presque une enfant, cependant, qui en osait prendre de si haut avec lui.

Un jour viendrait où elle s'affranchirait de sa tutelle, disait-elle. Cette idée l'eût fait bondir et éclater d'une colère violente si, froidement, il n'avait envisagé qu'avant ce jour il aurait le temps d'exécuter le plan infâme qu'on lui avait tracé, et que, devant un fait accompli, l'indignation d'Hilda ne pourrait rien.

Décidé à ne pas exaspérer la jeune fille, il se contint :

— Mais, ma bonne, ma chère Hilda, dit-il, il faut comprendre......, il faut admettre que ce misérable a trompé votre sœur.

— Ce misérable, comme vous l'appelez, a offert à Edith l'opulence de son présent. En quoi son passé peut-il intervenir ? Lui a-t-il fait partager la souvenance amère de ce passé dont lui seul a souffert ? Pour moi, mon père, l'homme est ce qu'il est, et non ce qu'il a été, et j'estime que Telson, d'où qu'il vienne, est digne de nous.

— Cela, ma fille, c'est du Morrisson, une O'Byrn devrait comprendre qu'il est des choses qui s'imposent dans notre monde, et vraiment, votre insistance......

— Du Morrisson !..... interrompit Hilda ; une Morrisson ne fit-elle pas le bonheur de votre père ? Et en souvenir de votre mère, notre grand'mère, qui fut une Morrisson, et à qui je ressemble, m'avez-vous souvent dit, cette question de caste et de rang ne devrait-elle pas s'effacer ? Tenez, ajouta-t-elle, vous mériteriez que j'épouse un *chimney sweep !* Oui, oui, un ramoneur, ni plus, ni moins, accentua-t-elle, dévisageant son père.

Et, sentant que, par degrés, la révolte montait en elle, elle souhaita le bonsoir au châtelain et se retira.

<h2 style="text-align:center">VIII</h2>

Des omnibus de différentes couleurs, recommandant, en lettres de deux pieds, le *Pears-Soap*, le *Monkey'Soap* ou le *New Magazine*, roulaient avec régularité sur le pavé de bois. Le fonctionnaire chargé de percevoir les pence de ces voyages de pauvres ou de gens affairés criait par intervalles, de ce ton métallique propre au peuple de Londres : *Piccadilly, Piccadilly Circus, Victoria Station !* D'autres omnibus, venant en sens inverse, jetaient en passant : *Hammersmith, Putney !*

C'était l'extrémité faubourienne d'une de ces grandes artères de Londres, où tout se confond, où tout s'entrecroise, avec l'ordre méthodique qui préside là-bas à toute circulation.

Du côté droit, tout remontait ; du côté gauche, tout descendait, et, sur les trottoirs de pierres grises, les piétons avançaient de ce pas accéléré et uniforme de ceux pour qui le temps est de l'argent.

Dans un angle que formait l'empiétement d'un *public-house* aux portes ballantes, dégageant un relent de ces bières houblonnées qui ont nom *ale* et *porter*, adossée à la muraille pour se soustraire au courant de cette marée toujours montante, une femme d'un certain âge, enveloppée d'un grand châle en pointe et coiffée d'un chapeau à passe en cornette, où se balançaient de grosses roses moussues et des trèfles d'Irlande, paraissait attendre ; mais l'angoisse et la fatigue qui se lisaient sur son visage fané, la contraction de ses lèvres semblant étouffer un sanglot et le clignotement de ses petits yeux gris qui paraissaient avoir pleuré, disaient que la bonne vieille, accablée par un gros souci et perdue au milieu de ce mouvement qui l'étourdissait, ne savait plus de quel côté se diriger.

A la fin, n'y pouvant plus tenir, elle avisa une petite bonne qui sortait du *public-house* avec une cruche d'*ale* pour le repas de midi, et, de cet accent guttural du peuple de l'Erin :

— S'il vous plaît, Miss, ne connaîtriez-vous pas des religieuses, par ici ?

— Non, Madame, je n'en connais pas, dit-elle, prise d'un vague sentiment de compassion pour cette espèce de grand'mère qui berçait son petit enfant, et que, à son chapeau suranné, à son châle rayé et à son accent, elle jugeait venir de très loin. Etes-vous catholique ? demanda-t-elle.

— Oh ! oui, fit l'étrangère, et Irlandaise, ajouta-t-elle, ne se doutant pas que son chapeau à la passe lui enserrant le visage et le trèfle qui tenait compagnie aux roses moussues eussent trahi ce pays de *paddies* d'où elle venait.

— Alors, fit la bonne, vous pourriez vous renseigner ici.

Et de la main elle indiqua, au milieu de la longue rangée de maisons grises, une petite porte sous un auvent en ogive surmonté d'une croix.

— Ce sont des moines, expliqua-t-elle ; vous autres catholiques, vous les appelez Pères, on dit qu'ils sont très bons, et certainement ils vous indiqueront des maisons de religieuses.

Betsy, car c'était la bonne vieille Betsy de la Sapinière, qui s'était ainsi fourvoyée dans ce Londres bruyant, aux rues inextricables, se redressa, prise d'un dernier courage, et alla tirer la poire de fer forgé qui pendait sous l'auvent.

Un pas traînant se fit entendre sur les dalles du corridor, puis la porte s'ouvrit de trois quarts, et un vieillard aux cheveux gris et bouclés sous une calotte de velours vert, à la physionomie accueillante, s'effaça pour livrer passage à la visiteuse.

Aux premiers mots de celle qui entrait, le vieux eut un sursaut joyeux :

— *Blessed be the Lord!* Béni soit le Seigneur ! s'exclama-t-il d'un accent aussi guttural, avec un *brogue*, comme on dit là-bas, aussi prononcé que celui de Betsy ; vous êtes Irlandaise, moi aussi. Vive l'Irlande ! clama-t-il, avec l'enthousiasme particulier à ce peuple vibrant. Entrez, mais entrez donc, ajouta-t-il, conduisant Betsy vers le parloir, où un grand feu de houille grasse rayonnait d'une chaleur vive et pénétrante.

La bonne fille eut une sensation de bien-être enveloppant, quelque chose du pauvre matelot qui, ayant vogué à la merci des flots sur une épave désemparée, atterrirait enfin, et elle pleura de toutes les larmes qu'elle avait essayé de refouler jusqu'ici, s'interrompant pour lancer ces exclamations expressives qui font partie du langage de l'Érin.

— Voyons, fit le bon portier, qui se sentait pris d'une pitié vraiment fraternelle pour cette compatriote dont la peine lui faisait mal, que puis-je faire pour vous ?

— Me dire, répondit Betsy, en tirant de dessous son châle le pauvre baby, que la chaleur de l'appartement avait saisi, et qui dormait à poings fermés, où je trouverais des religieuses qui voudraient se charger d'élever cet enfant.

Le brave homme, étonné, regardait perplexe ce petit, qu'entourait de la fine guipure d'Irlande, et demanda :

— Est-il orphelin ?

Betsy hocha la tête :

— Je ne puis rien dire, fit-elle.

— Mais il est vêtu comme un enfant de roi, insista le portier, et il ne se trouve pas parmi ses proches quelqu'un pour s'en charger ?

— J'avais une amie à Londres, elle demeurait au fond du West-End ; je comptais sur elle. Je me suis rendue à son adresse, mais voilà cinq ans qu'elle a quitté le quartier, et nul n'a pu me renseigner. Pendant trois jours, j'ai erré à sa recherche, enfin j'ai appris qu'elle avait été très malade. Est-elle morte ? Je ne sais ; la pauvre Mary n'était pas très forte, et comme je suis pressée de retourner, j'ai pensé que des religieuses, mieux encore que Mary, pourraient soigner cet enfant.

Le bon serviteur réfléchit un moment, puis, frappé d'une idée :

— Il y a ici le P. Rémi-Marie, un Français celui-là, ajouta-t-il, faisant claquer ses doigts d'une façon particulière, comme s'il voulait exprimer un *nec plus ultra*, eh bien ! il vaut un Irlandais, conclut-il, mettant, malgré son admiration et son estime pour le P. Rémi-Marie, l'Irlandais comme type de ce qu'il y a de meilleur. Je vais l'avertir, il sera ici dans un instant.

Le portier se retira, non sans avoir commodément installé sur une chaise basse, près du feu, Betsy et son bébé.

À peine quelques minutes s'étaient-elles écoulées que le P. Rémi-Marie apparut.

Jeune encore, les traits empreints d'une grande distinction, les yeux d'un gris changeant, regardant clair et droit, comme ne cherchant que l'âme dans celui qui lui parlait. Il aborda l'Irlandaise avec une grande douceur, et frappé, comme le portier, de la richesse des vêtements du petit :

— Combien de temps cet enfant devra-t-il rester séparé de sa famille ? demanda-t-il.

Betsy balbutia.

Elle ne savait pas ; on n'avait rien dit ; il fallait attendre ; il se pourrait aussi que, d'ici à plusieurs années, on ne le réclamât pas, etc., etc.

— C'est assez difficile à trouver, mais, à la rigueur, je pourrais peut-être décider des religieuses que je connais à s'en charger. Seulement, c'est en France.

— C'est bien loin, murmura Betsy, un peu déçue.

Puis, après quelques instants de réflexion :

— Tenez, mon Père, dit-elle, résolue, je préfère tout vous dire, vous comprendrez mieux alors la situation du pauvre enfant et serez plus à même de décider le meilleur parti à prendre.

Alors, lentement, posément, avec un ordre de détails et une méthode dont la vieille gouvernante ne se fût jamais crue capable, elle raconta la triste histoire d'Edith et de l'usinier.

— J'ai de l'or, ajouta-t-elle ; outre celui que Mme Edith a mis au fond de la valise, lord O'Byrn m'a remis une liasse de banknotes : il y a bien en tout deux mille livres, je crois.

— Comme je vous l'ai dit, fit le religieux, Willie doit être placé dans des conditions particulières ; je suis lié d'amitié avec le directeur de l'établissement dont je vous ai parlé, et, dès aujourd'hui, je lui écrirai. Vous pourrez alors partir sitôt sa réponse, qui, je n'en doute pas, sera favorable.

— Mon Dieu !..... Partir encore !..... Encore voyager ! exclama Betsy d'une voix lasse, et ma pauvre Edith qui m'attend ! J'ai déjà perdu trois jours à la recherche de Mary, et maintenant il me faut aller en France, et je ne sais pas un mot de français, comment ferai-je ?

— C'est, en effet, une difficulté, dit le religieux songeur, mais il y aurait un moyen. Je connais une fille pieuse et dévouée, déjà d'un certain âge, aussi bonne que votre Mary. Elle vit seule, dans un petit appartement pas très loin d'ici ; vous pouvez, en toute confiance, lui laisser Willie, qu'elle conduirait à Saint-Firminy. Elle parle assez couramment le français et pourrait, sans trop de difficultés, entreprendre ce voyage ; de cette façon, vous pourriez reprendre dès demain le chemin de Limerick.

— Ainsi, vous pensez que je pourrais confier l'enfant à cette personne ?

— En toute sécurité, affirma le prêtre ; pour les soins, pour la sollicitude, j'en réponds ; seulement, elle refusera certainement de se charger de la somme importante que vous dites ; elle craindrait de la perdre ou de se la laisser voler. Je lui remettrai seulement l'argent nécessaire au voyage, et enverrai par chèque les cinquante mille francs au directeur.

— Où habite cette demoiselle ? demanda Betsy.

— Ici près, dans les Dallons Gardens ; du reste, je vais vous y conduire ; le temps de mettre mes vêtements de sortie, et je suis à vous.

Quelques minutes plus tard, le P. Rémi-Marie sortait, accompagné de Betsy et de Willie.

Traversant les meubles de rencontre étalés devant la maison Baxter, ils s'engagèrent dans Rerfort Street, une toute petite rue silencieuse, aux maisons comme ensommeillées, et tournèrent brusquement dans une allée que des jardinets chétifs précédant les demeures avaient permis de décorer du titre pompeux de Gardens. C'étaient les Dallons.

Au numéro 20, une coquette habitation aux jalousies d'un vert brillant, aux rideaux plissés comme des rochets, un vrai joujou que l'on eût dit échappé d'une boîte de Nuremberg, il sonna.

Une personne d'une cinquantaine d'années, mais vive, alerte et souriante, vint ouvrir.

— C'est précisément vous que je venais voir, Miss Bell, et j'ai un important service à vous demander, dit le prêtre, en faisant passer Betsy.

Et, en quelques mots, il mit la vieille fille au courant de ce que l'on attendait d'elle.

Miss Bell, saisie de cette charge inattendue qui lui incombait, resta un instant songeuse, regardant autour d'elle, comme si elle réfléchissait à ce qu'elle devrait abandonner pendant quelques jours, et au moyen à prendre pour que rien ne souffrît de son absence.

Elle le trouva, faut-il croire, ce moyen, car n'objectant ni ses azalées, ni ses beaux pélargoniums qu'elle arrosait tous les matins, ni son gros minou gris qui se prélassait devant le feu, et auquel, à son dire, il ne manquait que la parole :

— Oui, je crois vraiment que cela peut se faire, dit-elle, et si vous êtes si pressée de retourner, ajouta-t-elle en s'adressant à Betsy, laissez-moi l'enfant.

— Mais il y a sa valise et son petit berceau qui sont restés à l'hôtel.

— Un berceau ! Mais c'est parfait ! Moi qui me demandais déjà comment j'allais l'installer confortablement. Allez le chercher, Mademoiselle ; pendant ce temps, je garderai le baby.

Le P. Rémi, voyant que les choses s'arrangeaient au mieux, se retira.

Betsy alla chercher la valise et la bercelonnette, et, cédant aux instances de la vieille demoiselle, elle passa cette nuit-là sous son toit.

Le lendemain, après avoir remis au prêtre les deux mille livres qui devaient servir à l'éducation de Willie, elle partit pour Limerick, emportant soigneusement dans la pochette de son calepin l'adresse du couvent de Saint-Firminy-sur-Moselle, où le petit Willie allait grandir loin des siens.

IX

Il faisait très froid, une bise âpre, cinglante, avait soufflé la nuit, et maintenant, un brouillard intense, aux tons d'ocre brunie, enveloppait Londres d'une buée épaisse et poivrée, qui prenait à la gorge et faisait tousser.

Un cab arrêté à l'entrée des *Daltons Gardens* attendait, et le cocher, pour ne pas se laisser engourdir, battait nerveusement la semelle sur le trottoir englué de brume, et agitait les bras vigoureusement.

A la fin, jugeant que si miss Bell, qui l'avait retenu la veille pour la conduire à la gare de Charing Cross au train de Douvres, tardait encore, elle manquerait le départ, il se dirigea vers sa demeure.

— Hâtons-nous, Miss, dit le cocher, car il nous reste peu de temps, et les règlements nous obligent à aller au pas par ce brouillard épais.

Miss Bell glissait sur le pavé, le brave homme la tint par le bras jusqu'au cab, puis, lui ayant passé une chaufferette sous les pieds, il chargea les colis à côté de lui, et prit par des rues qu'il savait peu surveillées par la police, afin de pouvoir, sans encourir de contravention, accélérer son allure.

Le train était en gare quand miss Bell arriva. Elle n'eut que le temps de se jeter dans le premier compartiment venu, et il s'ébranla aussitôt.

L'enfant, qui avait dormi jusque-là, s'éveilla brusquement et se mit à pleurer. Ses petites mains étaient glacées, la bonne demoiselle essaya de les réchauffer dans les siennes ; puis elle dut lui changer ses langes, le promener de-ci de-là dans l'étroit passage entre les deux bancs, et lui faire prendre un peu de lait. Mais, soit que le lait fût déjà froid, soit que ses langes, qu'elle n'avait pu chauffer, l'eussent impressionné désagréablement, soit qu'elle n'eût pas le tour que seules ont les mamans, dit-on, de le dodeliner, il se mit à crier de plus belle, exaspérant la pauvre fille, qui ne savait que faire pour calmer ce grand chagrin de tout petit.

A un arrêt, la portière s'ouvrit, et une jeune femme du peuple, portant un gros bébé joufflu, qui dormait à poings fermés, entra.

Un moment, elle considéra la vieille demoiselle si en peine, puis, son instinct de jeune mère comprenant sans doute ce que voulaient dire ces larmes, et sentant que la bonne fille n'en viendrait pas à bout :

— Tenez, fit-elle, comme d'autorité et sur le ton d'une affectueuse brusquerie, prenez le mien. Miss, et laissez-moi arranger ce petit, qui doit sans doute manquer de quelque chose.

Là ! c'est cela ! ajouta-t-elle, l'échange s'étant fait, puis, sans ces précautions craintives et un peu gauches des personnes peu accoutumées à manier des enfants, d'un mouvement expérimenté mais assez vif, qui cependant devait avoir une douceur particulière, puisque Willie se tut aussitôt, elle le démaillota, le roula négligemment dans la peau d'agneau que miss Bell avait sur les genoux, et sans plus de façon, tout simplement, comme si cela s'imposait de droit, elle l'abreuva avec générosité à cette source vive où son petit avait puisé ce bon sommeil d'enfant repu et satisfait.

— Que vous êtes bonne ! Que c'est beau à vous de faire cela ! s'extasiait miss Bell émue.

— Oh ! il y en a suffisamment pour deux, assura la jeune mère avec une touchante suffisance ; voyez donc, oh ! mais voyez ce qu'il en est heureux.

Et Willie buvait tant et tant qu'il en perdait le souffle, et il en éprouvait un tel bien-être, que ses petites mains, où la chaleur était revenue, s'étendaient et se refermaient, de ce mouvement rythmique de petit chat heureux.

Puis, alourdi, une goutte de lait au coin des lèvres, il se renversa, comme assommé par cette abondance bienfaisante, et s'endormit profondément.

Alors la jeune femme prit les langes qu'elle avait déposés sur la bouillotte, et, après avoir remmailloté le petit, le tendit à la vieille demoiselle, qui lui rendit le sien.

Avant d'arriver à Douvres, la charitable créature descendit, non sans avoir baisé affectueusement ce petit inconnu, qui venait de partager avec son fils. Et, comme miss Bell la remerciait encore, elle eut un mouvement d'épaules plein d'insouciance, qui disait : cela n'en vaut pas la peine ! Et elle se perdit dans la foule des voyageurs qui encombraient le quai.

Willie dormait encore quand le paquebot de Douvres à Calais quitta le port, et quoique, la mer étant mauvaise ce jour-là, la traversée fût laborieuse et se prolongeât d'une grande heure, il resta plongé dans ce sommeil bienfaisant jusqu'à Calais.

Là, miss Bell se mit en quête d'un hôtel pour la nuit.

Comme il lui fallait une chambre où l'on pût faire du feu, elle eut quelque difficulté. Enfin, elle put s'installer non loin de la gare, dans une espèce de maison de famille, tenue par de braves gens, que la vue du pauvre bébé, voyageant par ce froid rigoureux, émut de compassion.

Vers le matin, miss Bell put sans encombre prendre le premier train.

Il était 3 heures quand elle arriva à Saint-Firminy.

Devant la petite gare, qu'on eût dit une maisonnette perdue au milieu des champs, une lourde calèche aux flancs crevés, aux ressorts éreintés, attelée à un cheval de labour, attendait.

Tout près, appuyée à la barrière de lattes affilées qui entourait ce qui avait la prétention d'être un quai, une religieuse d'un certain âge, mais dont les traits étaient empreints de cette belle jeunesse de l'âme que, semble-t-il, la cornette conserve bien au delà des limites de l'âge mûr à ces visages de saintes filles, regardait avec une certaine anxiété le train qui s'arrêtait.

A la vue de miss Bell, la seule qui descendit, elle eut un léger mouvement de satisfaction, et l'accueillit joyeusement, les bras tendus vers le précieux fardeau, comme ayant hâte de le faire sien. Puis elles s'assirent dans la voiture, et le vieux qui conduisait ayant chargé les bagages, on se dirigea vers le hameau, dont on apercevait de loin le maigre clocher.

Il avait neigé, et la vieille guimbarde faisait grincer la route blanche et cahotait péniblement au pas que le gros cheval avait bien voulu prendre.

Un soleil rouge et froid de crépuscule d'hiver traversait par moments des nuages couleur de grisaille et faisait scintiller le givre pailleté. Partout sur la campagne planait cet air d'abandon qu'amènent les frimas. Çà et là, le long d'un ruisseau qu'il fallait deviner, de vieux saules bossués semblaient montrer le poing au grand vent qui passait ; et, dans les prés, quelques pommiers tordus croisaient leurs longs bras gris que l'automne avait dépouillés.

Le couvent se trouvait tout au bout du hameau, un laid petit hameau aux maisons bâties en cailloux, accroupies sous leurs toits de grosses tuiles creuses, où la mousse croît comme en des sillons. Des fenêtres sournoises, des portes à chatières où passe la volaille, quelques pauvres étables et des tas de fumier entourés de fascines, voilà Saint-Firminy.

Il serait impossible d'y délimiter l'habitation de chacun : le même toit semble couvrir toute la rangée, et le même crépi de terre est écaillé partout. Seul, le fumier renseigne : un fumier par feu ; et si, devant vous rendre ou chez Pierre ou chez Jean, on vous dit qu'il demeure dans la troisième ou quatrième maison de la rue, comptez jusqu'au troisième ou quatrième fumier, poussez la porte qui se trouve derrière et vous êtes toujours sûr de ne pas vous tromper.

La voiture arriva devant *Les Sœurs*.

Les Sœurs, c'est une grande maison toute blanche, surmontée d'un petit clocher, dont la girouette en banderole porte en vide *Ave Maria*, et cet *Ave Maria*, tout bleu quand il fait beau, prend quelque chose de l'infini.

Une porte à judas grillé et portant une croix en fronton s'ouvrit, et deux jeunes religieuses s'empressèrent autour de la calèche pour aider la *chère Mère*, et un peu aussi pour voir ce petit enfant que toutes attendaient avec une certaine impatience, depuis que, la veille, à la récréation du soir, on le leur avait annoncé comme un petit Jésus de Noël.

— Allons, mes enfants, chargez-vous des paquets, fit la supérieure.

— Venez, Mademoiselle, Sœur Thérèse va vous conduire à votre chambre, et Sœur Rose vous portera vos bagages.

Et la *chère Mère* se précipita dans la maison, traversa un corridor, monta un escalier et pénétra, essoufflée, dans la grande chambre de travail de la communauté.

— Voilà ! lança-t-elle joyeusement, et, ouvrant sa mante ouatée, elle montra aux bonnes Sœurs émerveillées le beau petit Noël entouré de guipures, vêtu de satin, et émergeant d'une peau d'agneau.

Ce fut comme un frémissement qui parcourut la grande salle, mais les saintes filles, soumises à la règle qui impose un silence absolu en dehors des récréations, à moins d'exceptions très rares, et n'ayant pas entendu la *chère Mère* dire le *Deo gratias* de rigueur en pareil cas, restaient clouées à leur place, grillant du désir de s'approcher de ce fouillis soyeux, mais n'osant enfreindre la défense.

La *chère Mère* s'aperçut de son oubli et clama aussitôt un *Deo gratias* sonore qui donna toute liberté de se réjouir et de venir admirer le petit.

Alors ce furent des cris, des exclamations, des *Seigneurs Jésus !* des *Oh !* des *Ah !* des mains jointes, des bras levés. Toutes les cornettes s'étaient approchées, les unes s'étaient agenouillées pour voir de plus près, les autres regardaient par-dessus les épaules de la *chère Mère*, et lui, commodément installé dans le giron de la religieuse, fixait, de ses grands yeux couleur de pervenche, tout ce monde qui lui souriait.

— Oh ! mais qu'il est beau, chère Mère ! disait la petite Sœur Basilie.

— Plus beau que le petit Jésus de la chapelle, renchérissait Sœur Cécile.

— Mais voyez, il rit, s'écria l'espiègle Sœur Tharsille, qui, ayant installé à la hâte miss Bell à Saint-Ignace, s'était faufilée parmi ses compagnes et avait si bien manœuvré qu'elle se trouvait en ce moment tout près, au point qu'elle effleurait presque les dentelles et le satin ; voyez donc, vous autres, il rit comme Sœur Philomène.

Un éclat de rire général accueillit cette innocente malice.

La *chère Mère*, qui avait de grands égards pour Sœur Philomène et appréciait ses mérites, appela la vieille Sœur, et, lui cédant sa place, déposa le petit Willie sur ses genoux.

Miss Bell, très fatiguée, avait pris un léger souper, puis s'était couchée aussitôt. La chambre était bien close, un fourneau y répandait une chaleur douce et pénétrante, et, cédant à cette quiétude qui de toutes parts l'enveloppait, elle s'endormit profondément.

Willie, installé avec Sœur Philomène dans une chambre bien chauffée, ne s'éveilla pas de la nuit. Au jour il demanda à boire, puis s'assoupit de nouveau, ce qui fit dire à la bonne Sœur que vraiment il était d'une bonne pâte et qu'il serait facile à élever.

Vers midi, miss Bell s'en retourna.

X

Betsy, rentrée au château de la Sapinière, y avait repris cette existence toute de dévouement qui, depuis nombre d'années, était sa vie.

Entre Edith et Hilda qui, maintenant plus que jamais, vu les longues et fréquentes absences de lord O'Byrn, s'étaient retirées dans la nursery, la bonne fille continuait à coudre, à repriser, à tailler de chauds vêtements pour les pauvres et à gaufrer les jolies collerettes qu'Hilda aimait à porter.

Mais le soir, devant les grosses bûches qui pétillaient en gerbes dans la vaste cheminée, il n'était plus question des ballades de l'Érin, ni des légendes des Hauts-Monts, ni de celles des Cornouailles, où le géant Thunderborn fait manger du *porridge* au vaillant petit Jack, mais c'était de Willie que sans cesse on parlait.

Edith ne se lassait pas d'interroger Betsy sur l'enfant, sur la charitable miss Bell, sur le P. Rémi-Marie, et se perdait en une foule de suppositions sur ce que pouvait être ce couvent-là, au loin, qu'elle ne connaissait pas et que Betsy elle-même ignorait.

L'hiver était très rude cette année-là, et Betsy, qui depuis un certain temps souffrait de crampes dans les doigts, dut abandonner son aiguille.

Une aide s'imposait donc, et ce fut avec de grands ménagements qu'Edith le fit comprendre à Betsy.

On la prendrait jeune, pour qu'elle fût obéissante ; on la choisirait gentille..... ou ceci,..... ou cela.,....

Enfin, Betsy consentit ; très à regret, il est vrai, mais elle se rendait bien compte que cela ne pouvait durer ainsi, et voilà comment un beau jour, un élément nouveau entra à la Sapinière.

Elle s'appelait Nina, avait dix-huit ans, des yeux très noirs, des lèvres vermeilles, découvrant de jolies dents nacrées, un teint méridional, et, de plus, elle avait son histoire, cette petite, une histoire touchante qui avait ému Edith et Hilda quand la Supérieure des Sœurs de la Merci, où Nina avait été élevée, la leur avait contée. C'était une petite Espagnole, fille de saltimbanques, qu'elles avaient recueillie il y avait une douzaine d'années.

Elle entra donc au château de la Sapinière, y apportant la fraîcheur et le sourire de son joli printemps.

Les premiers jours, la jeune fille, un peu intimidée, penchée sur son ouvrage de couture, ne parlait que pour ce qui concernait sa tâche ou pour répondre aux quelques questions qu'on lui posait ; mais Betsy était si maternelle pour elle, Edith et Hilda si simples et si bonnes, la *nursery* avait quelque chose de si familial, de si *homelike*, comme on dit par là, que, par degrés, tout ce bien-être l'enveloppant, sa nature originale se fit jour et que la gitane reparut dans la petite orpheline des Sœurs de la Merci.

Ce fut d'abord l'éclat de rire tout spontané qui égaya la pauvre Edith, puis de jolies chansons à la mélodie bizarre qu'elle lançait parfois de sa voix de clochette ; et, un soir que l'on avait parlé d'Espagne, et que cela l'avait rendue un peu songeuse, elle se redressa, tira de sa poche une paire de castagnettes aux longs rubans verts fanés, les enfila à ses doigts minces et, cambrée, les bras arrondis au-dessus de sa tête pensive et triste, elle exécuta le joli pas de la montagne.

Elle dansait, fredonnant quelque chose de monotone qui donnait le frisson et regardant vers le lointain.

On eût dit que ses grands yeux noirs, traversant l'Irlande, traversant la mer, allaient chercher au loin, bien loin, sous un ciel éternellement bleu, la douce Espagne de sa petite enfance, qui de là-bas lui souriait.

Très pâle, les lèvres entr'ouvertes, elle dansait, puis ses yeux se noyèrent et de grosses larmes vinrent se perdre dans son petit fichu croisé.

Betsy pleurait silencieusement ; Edith, émue, fixait sur l'étrange et gracieuse créature un regard effaré ; quant à Hilda, n'y tenant plus, trouvant cette scène trop attendrissante, elle se précipita vers la gitane, l'enlaça de ses bras, et, couvrant ses joues inondées de pleurs de baisers affectueux :

— Assez, Nina, assez, supplia-t-elle, tu nous fais mal.

— Et moi aussi j'ai mal, fit l'enfant, portant la main à son cœur qui, lui semblait-il, allait se briser.

A partir de ce soir, une espèce d'intimité s'établit entre Nina et les jeunes châtelaines de la Sapinière. Rien de ce qui sépare le maître du serviteur n'existait entre elles, et de même que, envers Betsy, Edith et Hilda agissaient comme avec une parente dévouée ayant remplacé leur mère, ainsi pour la gitane avaient-elles quelque chose de l'affection que l'on éprouve pour une jeune sœur.

Celle-ci, que sa première *fandango* au château de la Sapinière avait fait pleurer, avait cependant repris ses castagnettes, et exécutait de temps à autre le pas de la montagne, mais sans pâlir, le regard moins au loin, et souriant à celles qui l'entouraient.

Et la vie s'écoulait ainsi, douce et monotone. Les lettres qu'Edith recevait régulièrement de Saint-Firminy étaient l'objet de longs commentaires à la nursery, on y suivait les moindres progrès, les moindres faits et gestes de Willie ; mais ces longs détails, tout en étant d'une grande douceur pour la jeune mère, lui faisaient sentir plus vivement encore la privation de son enfant.

Jamais, depuis le départ de Willie, il n'avait été question de l'enfant entre lord O'Byrn et la jeune femme. La seule chose que le châtelain parût avoir à cœur, c'était l'annulation du mariage d'Edith ; mais celle-ci, malgré sa faiblesse et sa dépendance en toutes choses, restait inébranlable. Déjà, il avait fait venir des pièces que la jeune femme n'eût eu qu'à signer, elle s'y était refusée, et Hilda, intervenant et prenant fait et cause pour sa sœur, force avait été au châtelain, malgré une espèce de hâte fiévreuse qui semblait le talonner, d'attendre que le temps, ce grand agent qui use tout, vînt à bout de la résistance d'Edith.

Croyant qu'Edward avait reçu ses messages, elle ne pouvait s'expliquer son indifférence, et elle souffrait, se perdant dans les plus désespérantes hypothèses, mais ne pouvant envisager une rupture définitive.

Lui, se sentant abandonné, doutant qu'Edith, de qui, depuis son départ, il n'avait pas reçu le moindre signe de vie, l'eût jamais aimé, s'enivrait de travail et essayait d'oublier. Mais quoi qu'il fît, l'image de la jeune femme semblait sans cesse se dresser entre lui et ses chiffres, et l'idée de son enfant le poursuivait.

Car, à moins qu'un malheur ne fût arrivé, il devait être père à cette heure, et tout ce qu'il y a de plus doux, de plus touchant, de plus sublime dans l'homme, se soulevait en lui à cette pensée. Alors, il lui prenait l'envie d'aller à la Sapinière, d'arriver là sans se faire annoncer, et d'enlever son enfant.

Puis, l'idée d'entrer dans la demeure de cet homme qu'il méprisait lui causait un dégoût, une répulsion invincibles, et, pour s'étourdir, il se jetait à corps perdu dans des travaux cyclopéens.

Aussi, jamais les hautes cheminées de son usine n'avaient craché tant de fumée et de flammes, jamais les lourds marteaux-pilons n'étaient retombés avec tant de fracas, jamais le son vibrant des fortes enclumes n'avait été aussi retentissant.

Edward Telson espérait-il endormir sa douleur par cette lamentation constante du fer contre le fer ? Croyait-il donc que l'atmosphère embrasée de ses forges finirait par consumer en lui ce qui le faisait tant souffrir ? Il attendait ; mais ni le fracas des marteaux-pilons, ni les vibrations des enclumes, ni l'air embrasé dans lequel passaient et repassaient, avec leurs ombres gigantesques projetées contre le mur, des ouvriers à la face boucanée, ne pouvaient faire qu'Edith n'eût pas été sa femme, qu'il n'eût pas entrevu le bonheur, qu'un lord O'Byrn n'eût pas volé son délire, que, père, il ne fût pas privé de son enfant, et qu'il ne fût pas, à son avis, le plus misérable d'entre les misérables.

Il restait parfois des heures seul dans son bureau, étranger à tout ce qui se passait autour de lui, prostré dans une douleur sourde qui le tenaillait.

Peu à peu, l'idée de s'emparer de son enfant se fit en lui tenace, obsédante, et un jour, au sortir d'une de ses crises pendant laquelle il lui avait semblé que l'oncle Robert réclamait son petit Willie, il prit une résolution qu'il se mit aussitôt en devoir d'exécuter.

Le lendemain, il arrivait à Limerick.

XI

Un jour glabre, semblant n'éclairer qu'à regret, enveloppait la Sapinière, où de rauques girouettes grinçaient péniblement sur leur axe rouillé. Le lac était gelé, et de grands roseaux désolés, inclinés sur la nappe figée, paraissaient se lamenter qu'elle n'eût plus de reflet. Une bise piquante, au long sifflement d'aquilon, chassait un givre cinglant, qui venait argenter le rebord de pierres grises, supportant la toiture, et la nue sombre, estompant au loin la colline, annonçait la grosse neige qui tomberait avant le soir.

Blottis contre la grille du parc, deux enfants, vêtus de peau de chèvre et chaussés de mauvais brodequins, attendaient en grelottant.

La petite cloche de la chapelle voisine tinta lentement. Les enfants, s'accrochant au grillage et écartant le lierre qui pendait là comme un rideau, regardèrent anxieusement la porte du château.

La bourrasque froide et givrée se leva hurlante sur la route déserte, fouettant d'âpres soufflets les deux pauvres petites figures, qui essayaient vainement de se garer contre la tourmente.

Ce haut vent bruyant, faisant gémir les hauts sapins, les avait empêchés d'entendre un pas cadencé et énergique, qui s'approchait, froissant les feuilles mortes accumulées près de la grille du parc.

— Eh ! Paddy ! Eh ! Tommy ! que faites-vous là, mes garçons ? dit tout à coup une voix un peu grondeuse et pleine d'étonnement.

Pour lui, il y avait du louche, et l'attitude et le silence des enfants le trahissaient suffisamment.

— Qu'est cela ? fit-il soudain, pointant du doigt un coin de papier que la peau de bique laissait passer sur la poitrine de Paddy.

L'enfant se troubla, regarda Tommy, la grille du parc, les arbres dénudés, les gros nuages gris, mais ne répondit pas.

— Donne-moi ce papier, Paddy ; s'il est pour le château, c'est à moi que tu dois le remettre.

Un éclair passa dans les yeux de Paddy ; il regarda ses brodequins, puis la route, comme s'il calculait le mouvement qu'il devrait faire pour être hors de portée du châtelain ; mais celui-ci, devinant ce qui se passait chez l'enfant, s'avança, et acculant le pauvre petit contre la grille, rendit toute fuite impossible.

— Inutile de vouloir m'échapper, dit-il. Du reste, c'est une bonté de ma part que de le demander, ce papier ; je pourrais te le prendre, si je voulais. Mais tu me le donneras.

Et lord O'Byrn montrait à Paddy et à Tommy un beau *souverain d'or*, dont la vue seule les réchauffa.

— Il est à toi, ce *souverain*, mais tu dois me donner le papier.

Une des mains raidies de Paddy se tendit avide vers la pièce ; l'autre tira lentement la grande enveloppe blanche, et de la peau de bique qui couvrait le petit malheureux, le papier satiné passa dans la pelisse en rat musqué du châtelain.

Paddy et Tommy s'enfuirent dans la direction du village, et lord O'Byrn rentra au château.

Edith n'avait pu se rendre à la messe de la chapelle du Tilleul ce matin-là.

Hilda, qui depuis un certain temps était souffrante, était restée couchée, et la jeune femme, inquiète, n'avait osé la quitter.

Le médecin, appelé la veille, avait longuement ausculté la malade, avait recommandé de grands soins, de grandes précautions, et s'était retiré, disant qu'il reviendrait le lendemain dans la matinée.

Appuyée contre une pile d'oreillers, la jeune fille, assise dans son lit plutôt que couchée, respirait difficilement ; ses yeux dilatés regardaient parfois avec une épouvante d'angoisse celles qui l'entouraient, attendant un secours, un soulagement que l'on ne pouvait lui donner, et un crépitement de sinistre augure, montant des poumons engorgés, venait mettre comme un râle sur ses lèvres que la fièvre brûlait.

Betsy, qui avait l'expérience des malades, jugea qu'il était urgent de faire venir immédiatement le docteur, sans attendre sa visite, et elle se rendit chez lord O'Byrn.

Il y avait une heure que celui-ci, après avoir pris connaissance du message que Paddy avait tenté d'introduire au château, circulait nerveusement dans le fumoir.

Les dents serrées, le regard mauvais, comme embusqué sous ses sourcils froncés, on l'eût dit prêt à bondir, la rage au cœur, l'insulte à la bouche, sur celui qui avait écrit ces pages que le châtelain, après les avoir froissées, foulait aux pieds.

Un soufflet frappant lord O'Byrn en plein visage ne l'eût pas ému davantage que ces lignes qu'il venait de lire. Et si le fol orgueil du châtelain de la Sapinière et certaines raisons mystérieuses avaient élevé entre lui et Edward Telson une barrière que le temps, la raison ou certaines circonstances eussent pu abattre, l'usinier, par l'amer mépris et la hautaine ironie qu'il déversait dans cette lettre adressée à Edith, venait de creuser un abîme que rien ne pourrait combler.

Quelque chose de poignant émanait de tout ce message, mais l'irascible châtelain y était trop visé et aveuglé par sa haine et son dépit, tremblant aussi que cette lettre, si elle était parvenue à Edith, eût instruit la jeune femme de ce qu'il voulait qu'elle ignorât, il ramassa les feuillets épars et les jeta en boule dans le foyer, où ils se changèrent en lambeaux noirs papillotants.

Il ne restait rien du message de l'usinier quand Betsy frappa à la porte du fumoir.

L'air de consternation de la pauvre fille saisit immédiatement le châtelain, qui s'informa aussitôt.

— Miss Hilda est bien mal, Milord, il faut absolument envoyer chercher le médecin. Depuis hier au soir, son état ne fait qu'empirer, et nous ne savons que faire.

— Dites à John de partir à l'instant avec le *brougham* chercher le Dr Daniel.

Et, plus ému qu'il n'eût voulu le paraître, il se rendit à l'appartement d'Hilda.

La grande chambre était embuée d'une lourde vapeur que dégageait une cuve d'eau bouillante que Nina agitait, afin de saturer l'air d'une humidité chaude pour le rendre plus respirable à la malade, qui, un peu plus calme, venait de s'assoupir sur l'épaule d'Edith.

Un grand changement s'était opéré chez la jeune fille. Son visage était d'une pâleur livide, où ses pommettes saillantes éclataient d'un rouge de feu, ainsi que ses lèvres, que l'on eût dites braisées. Ses paupières bleuies frémissaient par moments, et une sueur glacée lui inondait le front et les tempes.

Doucement, sans être entendu, lord O'Byrn s'était approché du lit, et considérait avec une sorte d'effroi les ravages que la maladie avait déjà opérés.

Il fit un léger signe à Edith.

Celle-ci lui répondit par un autre signe très expressif, qui réclamait le plus profond silence, et il allait se retirer pour voir de la fenêtre au-dessus du perron si le docteur était en vue, quand celui-ci entra.

Hilda ouvrit les yeux, se redressa, et accueillit d'un sourire confiant le vieux praticien qui, de derrière ses lunettes à branches d'or, la fouillait d'un regard scrutateur, empreint d'une sollicitude alarmée, qu'il essayait de dissimuler.

— Eh bien ! Eh bien ! cela ne va donc pas ? dit-il en prenant la main de la malade.

— Elle a beaucoup souffert, docteur, dit Edith ; elle n'a pu se reposer de toute la nuit.

— Bon..... bon, nous allons voir cela.

Puis, s'étant débarrassé de son pardessus, il procéda à une auscultation des plus minutieuses.

Une demi-heure plus tard, comme lord O'Byrn, le reconduisant jusqu'au perron, insistait pour savoir ce qu'il pensait de la maladie d'Hilda :

— Milord, pour vous parler franchement, je dois vous avouer que l'état de

votre jeune fille est très grave. La double pneumonie qu'hier je redoutais
s'est déclarée. Tout ce que je puis faire, c'est de prévenir une complication ;
or, en ce moment, il règne dans les environs une épidémie de pneumonie
infectieuse, et nous devons, par tous les moyens, essayer de conjurer cela
chez miss Hilda. Comme je vous l'ai dit, continuez les vaporisations d'eau
bouillante, et ajoutez-y de la térébenthine et de la créosote. Je vais lui
envoyer une potion qu'elle prendra toutes les heures, et demain je reviendrai avec un de mes confrères.

— Mais c'est donc bien grave, docteur ?

— Grave..... grave..... hum..... Je ne dis pas..... Miss Hilda est jeune, elle
est très vigoureuse, et avec des soins..... Enfin, Milord, faites exécuter fidèlement mes recommandations, dit le vieux docteur.

Et pressé de couper court à cet interrogatoire qui lui était pénible par
l'effort qu'il devait faire pour cacher le fond de sa pensée, il salua le châtelain et partit.

La journée fut relativement calme pour Hilda ; la fièvre était peu à peu
tombée, et la malade s'était assoupie, en recommandant à Edith de rester
dans la chambre.

Celle-ci, qui avait une longue lettre à écrire, profita du repos de sa sœur,
et, vers 6 heures, elle chargea Nina d'aller la porter à la boîte.

La lune, comme accroupie derrière de gros nuages, n'éclairait que sournoi-
sement ce soir-là, et n'eût été la neige, qui tout l'après-midi était tombée à
gros flocons, l'obscurité eût été complète.

Refermant derrière elle la grille du parc, Nina descendit allègrement la
grand'route qui mène de la Sapinière à Limerick. Elle se hâtait, voulant
arriver avant la levée de la boîte, qui avait lieu à 7 heures, et ses tout petits
pieds de gitane semblaient ne faire qu'effleurer l'épais tapis glacé.

Un grand calme régnait, interrompu de temps à autre par quelque masse
de neige se détachant des hautes branches de vieux cèdres et s'affalant sur le
chemin.

Soudain, une ombre se dressa sur la route, entre Nina et la chapelle du
Tilleul, dont le petit clocher se dessinait dans la grisaille du ciel voilé.

La jeune fille eut un mouvement de recul et se jeta de l'autre côté du
chemin.

L'ombre, ne se doutant pas de l'épouvante qu'elle causait, s'approcha aussitôt de Nina, qui, au comble de la frayeur, reculait toujours, sentant ses
forces l'abandonner.

— Vous m'excuserez, Mademoiselle, dit l'Inconnu, qui s'apercevait enfin
de l'effet qu'il produisait sur la jeune fille, mais n'étiez-vous pas précisément chargée d'un message pour moi ?

— Non, Monsieur, fit Nina, qui, à l'accent, reconnaissait un gentleman
d'une certaine distinction, et se ressaisissait un peu.

— Vous venez bien cependant du château de la Sapinière ?

— Oui, Monsieur.

— Et vous n'avez été chargée d'aucun message pour une personne qui, ce
soir, attendrait sur la route ?

— Je n'ai rien reçu et l'on ne m'a pas parlé de cette personne.

— Pas même mistress Telson ?

Nina resta un peu interdite ; jamais on ne nommait ainsi Edith au château.

— C'est peut-être Mme Edith que vous voulez dire ? fit-elle, après une pose.

— Oui, Mme Edith.

Nina hocha la tête :

— Mme Edith ne m'a parlé de rien, Monsieur, et, cependant, je viens de la voir, car c'est elle qui m'a envoyée porter une lettre à la boîte de la chapelle.

— Mais elle n'a donc pas reçu mon message, ce matin ?

— Mme Edith est restée toute la journée près de miss Hilda, qui est très malade ; c'est moi qui lui ai monté son courrier, et il n'y avait que quelques revues qu'elle n'a pas eu le temps d'ouvrir.

— Non ; cela ne devait pas lui arriver par le courrier, dit l'inconnu. Elle n'est donc pas sortie, aujourd'hui ? Des gens du hameau m'avaient cependant assuré qu'elle se rendait à la messe le samedi.

— Oui, mais elle n'a pu y aller aujourd'hui, elle n'a pas même quitté la chambre de miss Hilda.

— Mais alors !....., mais..... mais alors, murmura-t-il songeur, comme se parlant à lui-même.

Puis, après un silence de quelques instants :

— Voudriez-vous me dire, Mademoiselle, s'il n'y a pas un petit enfant au château, un tout petit enfant de quelques mois ?

— Non, il n'y a pas d'enfant à la Sapinière, seulement Mme Edith parle souvent, avec miss Hilda et Betsy, de son petit Willie, un beau petit garçon, qui avait déjà de longues boucles blondes lui tombant jusque sur les yeux quand il est parti. Mme Edith a gardé une de ses boucles, on dirait de l'or fin.

— Parti ?..... Willie parti ?..... Mort donc ?..... demanda l'inconnu.

Sa voix était voilée ; on le sentait sous l'étreinte d'une douleur poignante.

Nina n'avait plus peur, une lumière vive sembla soudain jaillir en elle, et prise d'une profonde pitié :

— Ne seriez-vous pas, demanda-t-elle, ce M. Edward dont Mme Edith parle parfois ? Non, Willie n'est pas mort ; il vit, Monsieur Telson, mais il est loin, très loin, c'est lord O'Byrn qui l'a voulu. Oh ! Mme Edith est bien malheureuse de ne pas avoir son petit Willie.

— Où est-il ? Le savez-vous ?

Nina se recueillit :

— Oh ! Monsieur, dit-elle, j'ai si peur d'avoir déjà trop parlé. Je ne suis au château que depuis un mois ; on y a parlé devant moi d'un petit Willie et d'un M. Edward. A votre émotion en croyant Willie mort, j'ai compris que ce M. Edward, c'était vous, et que Willie était votre enfant, mais vraiment, il y a pour moi un tel mystère dans tout cela, que je ne sais..... que je n'ose.....

— Mon enfant, fit l'usinier d'une voix persuasive, devant Dieu qui m'entend et qui doit nous juger tous un jour, je vous jure que je suis un honnête homme, que je me nomme Edward Telson et que je suis le père de Willie. Au nom de ce que vous avez de plus cher, je vous adjure de me dire où se trouve mon fils. C'est un père qui vous prie, Mademoiselle.

Nina tira de dessous son fichu la lettre d'Edith.

— Je sais, lui dit-elle, que cette lettre est adressée au couvent où le petit est en pension ; prenez copie de cette adresse, et vous saurez tout ce que vous désirez savoir.

Edward se saisit de la missive, mais la nuit était trop profonde, et il lui fut impossible d'en lire la suscription.

— Allons à la chapelle, dit Nina.

Poussant la porte de chêne, dont les gonds se plaignirent doucement, ils entrèrent.

Une veilleuse à la mèche charbonnée crépitait au fond du petit sanctuaire. Près de l'autel de la Sainte Vierge, un cierge très mince achevait de se consumer, lançant par intervalles des jets de lueur vive, semblables à ces éclats de vie qui, au bord de l'éternité, animent le regard de ceux qui s'en vont.

Edward s'approcha, et devant la Madone qui souriait, les bras serrant contre son cœur un beau petit Jésus, il lut à la clarté de cette prière de flamme l'adresse de Saint-Firminy, qu'il transcrivit dans son carnet de poche.

Alors, sortant avec Nina, il glissa lui-même la lettre d'Edith dans la fente de la petite borne, que la neige encapuchonnait.

La nuit était plus noire, et Edward Telson reconduisit Nina jusqu'à la grille.

Et moins triste, moins malheureux, il reprit le chemin de Limerick.

XII

Un mois s'était écoulé qu'à peine Hilda pouvait, une heure ou deux tous les jours, se tenir appuyée sur des coussins, dans sa chaise longue. A certains moments, les joues empourprées par une de ces fièvres qui soutiennent et qui minent sourdement, les yeux brillant d'un trop vif éclat, Hilda cousait avec une animation joyeuse, souriait aux bourgeons qu'elle apercevait de sa fenêtre, et faisait une foule de projets pour l'été. Puis la toux sèche, opiniâtre, qui ne l'avait pas quittée, venait l'interrrompre ; un lourd abattement succédait à son excitation fébrile ; et, chaque jour, ses crises d'anéantissement, de prostration, dont rien ne pouvait la tirer, allaient s'aggravant.

Un autre mois se passa sans amener la moindre amélioration. Le soleil, maintenant, baignait le grand parc, la verdure neuve semblait frémir d'aise sous la brise tiède qui la caressait ; la vie semblait monter de partout, et la pauvre Hilda allait s'affaiblissant.

Un matin, après une quinte plus violente, son petit mouchoir de batiste se trouva tout rosé. Edith n'était pas là en ce moment, et la jeune fille, appelant Betsy, lui montra d'un geste navrant cette sinistre révélation.

La vieille gouvernante frémit douloureusement, mais elle se raidit, et, courageusement, fit semblant de ne pas attacher d'importance à cet accident.

— Ma bonne Betsy, fit lentement Hilda, je comprends trop bien, vois-tu. Ne dis rien à Edith, mais je crois qu'il est temps de prévenir le recteur. Je désire le voir aujourd'hui ; ne tarde pas, crois-moi.

— Ce ne sera que pour vous faire plaisir, miss Hilda, car je n'en vois pas la nécessité, dit la bonne vieille dont le pauvre cœur chavirait, sentant que que son *baby* était bien perdu.

— Pour me faire plaisir, c'est cela, qu'il vienne vite, vite !

Betsy, sans se le faire répéter, s'enveloppa d'une mante, et, après avoir prévenu John qu'il eût à aller chercher le docteur, en lui recommandant de télégraphier à Dublin, elle courut chez le R. P. Bath, qui demeurait à une petite distance de la chapelle du Tilleul.

Quelques minutes plus tard, comme Betsy se rendait à l'appartement de lord O'Byrn pour le prévenir, le prêtre entrait chez Hilda.

La jeune fille, depuis longtemps éclairée sur son état, se préparait à cette dernière entrevue avec celui qui l'avait dirigée jusqu'ici. Elle eut un long entretien, qui se termina par les paroles qui délient, et, vers le soir, dans la chambre que Betsy et Nina avaient fleurie en présence de lord O'Byrn, que la douleur suffoquait, d'Edith, qui, affalée sur les genoux, était secouée de sanglots déchirants, et de tous les serviteurs du château qui, un cierge à la main, le front incliné, priaient recueillis, Hilda, souriante, reçut le Viatique du départ et l'Extrême-Onction.

Elle pria, longtemps absorbée, puis elle appela d'un signe tous ceux qui étaient là.

— Si j'ai fait de la peine à l'un de vous, dit-elle, pardonnez à la pauvre Hilda qui va vous quitter.

Un lent murmure, entrecoupé de sanglots, parcourut le groupe des serviteurs.

— Oh ! miss Hilda, chère miss Hilda ! interrompit le cocher.

— Où je vais, il n'y aura pas de miss Hilda, mon bon John, mais une pauvre Hilda, qui aura besoin de vos prières, de votre pieux souvenir, et qui, pour s'en aller en paix, a besoin du pardon de ceux qu'elle a pu offenser.

Toutes les mains se levèrent, et John, d'une voix solennelle qui fit frémir, prit la parole au nom de tous :

— Jamais vous ne nous avez fait la moindre peine, miss Hilda ; mais, pour vous satisfaire, nous prions Dieu de vous bénir et de vous pardonner.

— Bénir et pardonner, fit le groupe en écho.

— Et vous, mon père, me pardonnez-vous aussi ?

Pour toute réponse, le châtelain, qui n'eût pu articuler une parole, baisa sa fille au front, et, comme le dernier effort qu'elle venait de faire semblait l'avoir brisé, elle s'assoupit.

Deux jours se passèrent.

Alors d'énormes gerbes de fleurs blanches, de gracieuses corbeilles de lilas portées par des laquais galonnés entrèrent au château, et n'eût été le silence profond qui régnait autour de la Sapinière, l'espèce de recueillement qui semblait émaner de toutes choses, on eût dit des apprêts de fête.

Mais les grands stores baissés à tous les étages, les contrevents qui n'avaient pas été ouverts ce jour-là, donnaient un aspect désolé à la vieille demeure, dont la façade grise paraissait en deuil.

La grande porte entre-bâillée laissait entrer tout arrivant, avec cet abandon absolu qui semble le contre-coup de l'irréparable.

L'âme d'Hilda s'était envolée pendant la nuit.

Un long sourire, enveloppant comme d'une étreinte ceux qui l'entouraient, puis un léger hoquet, qui vint franger d'une mousse rosâtre ses lèvres entr'ouvertes, et les grands yeux de la jeune fille restèrent figés dans une contemplation lointaine, comme si d'ici-bas elle avait, au moment de partir, sondé l'immensité de l'éternel infini.

Et maintenant que, froide et inerte, plus blanche que les lis, les lilas et les roses qui l'entouraient, elle reposait dans le grand salon, où l'on avait dressé un haut lit de mort, l'on eût dit un de ces marbres immaculés où l'art se serait appliqué à représenter un type de paradis.

Et pendant cinq jours et cinq nuits la jeune trépassée, qu'entouraient de longs cierges, parut dormir dans le vaste salon, tandis que, dans la grande allée, des coupés armoriés et de riches équipages déversaient au château tout un monde aristocratique venant offrir à lord O'Byrn et à Edith de banales consolations.

Tel un camée délicat que l'on placerait dans un écrin, Hilda fut déposée dans la bière, au milieu d'une moire artistement froissée, où jouaient des reflets, et le gai soleil d'avril vit descendre du vieux perron le drap lamé d'argent qui recouvrait la pauvre enfant.

Derrière lord O'Byrn se pressait une foule compacte de parents, d'amis, de connaissances venus de partout. Le vieil oncle Morrisson, très affecté, était là aussi. Il était arrivé le matin même, et avait à peine entrevu son neveu.

Et tandis que le fossoyeur, écartant la terre qui, depuis seize ans, soudait la porte blasonnée du caveau des O'Byrn, préparait une voie pour la morte, la cérémonie funèbre, avec ses chants sublimes et cette austérité grave qui caractérise les funérailles chrétiennes, commença à la chapelle du Tilleul.

Plus de fleurs, le dépouillement de la mort avait commencé au seuil du grand salon, plus rien de cet amoncellement immaculé, où le monde s'était plu à faire de cette mort comme une apothéose. Hilda l'avait dit : Où elle allait, il n'y aurait plus de miss Hilda, châtelaine de la Sapinière, mais une pauvre petite Hilda, et, en ce moment, on chantait sur elle, comme on le chante sur le dernier des derniers ici-bas, l'admirable et terrible *Dies iræ*.

L'office prit fin, le consolant *In paradisum* éclata comme une espérance, Hilda entra dans le large tombeau, où on la déposa à côté de sa mère, et la lourde porte se referma.

. . . .

Au château, Edith, qui jusque-là avait été soutenue par une surexcitation fiévreuse, venait d'être prise d'un désespoir navrant.

Hilda avait été sa consolation, son soutien, son appui, et maintenant elle était seule, seule, abandonnée, épouse que l'on avait arrachée à son époux, mère à qui l'on avait arraché son enfant.

— Petite Edith, console-toi, j'irai un jour te reprendre ton Willie, et nous vivrons avec lui.

Que de fois Hilda l'avait calmée par ces paroles ! Petite Edith !... Et maintenant qu'elle était partie, ce jour ne viendrait donc pas, ne viendrait donc jamais ?...

Ah ! mais avec Hilda elle avait eu le courage et la force d'attendre ; mais sans elle, non, cela ne se pouvait. Non, son oncle Morrisson était là ; elle irait avec lui à Whalley ; elle voulait voir Edward, et dût son père la maudire, elle partirait, elle irait lui demander pourquoi il ne s'était pas rendu à son appel, lors de la naissance de son fils ; elle irait lui demander compte de son silence, et, quittant Betsy, qui essayait de la retenir, elle se dirigea vers le salon.

Au moment où elle allait entrer, le bruit d'une conversation animée arriva jusqu'à elle, et quoiqu'elle ne cherchât pas à saisir ce qui se disait, un nom, distinctement prononcé, l'arrêta.

— Cela devait fatalement arriver, disait l'oncle Morrisson. Telson faisait des choses vraiment insensées, il était d'une extravagance à faire frémir. Cet homme, vous l'avez désespéré, mon neveu, il jouait avec le danger, et voilà.....

— Et quand ce malheur est-il arrivé ? demanda le châtelain.

Il y a trois jours, les journaux en sont pleins, du reste. Une explosion terrible a eu lieu : la chambre des machines a été complètement détruite, broyant tout sous ses décombres et ensevelissant un grand nombre d'ouvriers. Dix d'entre eux ont été retirés, tous morts. Mais l'on n'a retrouvé ensuite que des débris informes. Quant au corps de Telson, on le suppose brûlé avec le chauffeur et le mécanicien, dans le foyer des machines, dont on ne peut encore approcher.

Edith, raidie, comme galvanisée par ce qu'elle venait d'entendre, restait là, appuyée contre le mur, dans l'impossibilité de faire un mouvement. C'est ainsi que la trouva l'oncle Morrisson qui sortait.

La vue du vieillard produisit sur elle une commotion, et, poussant un grand cri, elle s'écroula sans connaissance à ses pieds.

De ce qui avait été l'usine Telson, il ne restait que des ruines et des décombres, d'où s'échappaient encore par intervalles de légères colonnes de fumée, indiquant qu'une combustion lente s'opérait.

Des fouilles laborieuses n'avaient amené que des cadavres défigurés et des ossements calcinés ; et dans la liste des disparus, qui se publia huit jours après la catastrophe, on put lire le nom de l'usinier.

Edith était veuve, et Willie orphelin.

XIII

Il n'y a sans doute que les forts que la douleur puisse tuer, car la faible Edith avait résisté.

Et c'était même en raison de cette faiblesse qu'elle vivait.

Doucement enveloppée de la chaude affection de Betsy, entourée des soins prévenants de Nina, elle s'était comme abandonnée au cours des événements. Trop faible pour la lutte, la révolte, la résistance, elle s'était soumise, et cette faiblesse avait été la force qui lui avait permis de traverser des épreuves où un grand cœur se fût brisé.

Le cœur de la jeune femme avait cette ressource que, n'ayant pas de ces profondeurs où l'amertume peut s'accumuler, il ne pouvait éclater par l'effet de sa surabondance. Elle vivait, et le gai soleil de printemps, qui envahissait la grande demeure, la feuille neuve, le gazon refleuri, étaient pour elle autant d'invites à une espérance vague qu'elle n'eût pu définir.

Vers la fin de l'été, O'Byrn, qui depuis un grand nombre d'années n'avait plus chassé, annonça qu'il allait opérer de grandes battues dans ses forêts.

Ce fut, pendant un mois, à la Sapinière, des allées et venues de piqueurs, de gardes, de valets, de chiens et de gentlemen amis du châtelain, inconnus d'Edith, qui, la voix haute, le geste brusque, équipés avec une exagération comique en trappeurs de l'Arkansas, envahissaient le château, fumant, chantant et semblant traiter la seigneuriale demeure en pays conquis.

La chasse s'ouvrit et le jour de la battue arriva.

Ce fut, dès le grand matin, un brouhaha indescriptible dans la cour intérieure, où les meutes aboyaient et hurlaient, où de nombreux valets se chamaillaient avec un organe suraigu de jockeys au pesage, et où, de temps à autre, un gentleman venait donner des ordres sur le ton vulgaire d'un patron quelconque s'adressant à des commis.

A les voir, ce n'était plus un délassement, c'était une affaire ; et Betsy, qui de la fenêtre du corridor de service les examinait, ne put se défendre d'une impression pénible au souvenir de ces belles chasses de jadis, auxquelles les grands seigneurs seuls étaient admis.

Au moment du départ, lord O'Byrn, botté et sanglé, le fusil en bandoulière, entra chez Edith.

— Ma chère enfant, dit-il précipitamment, il est entendu, n'est-ce pas, que vous assistez au dîner ce soir. Je compte sur votre présence, et ces Messieurs espèrent avoir l'honneur de vous être présentés.

— Mais, mon père, je ne connais pas ces Messieurs.

— Que vous importe, s'ils sont de mes amis ?

— C'est que je les trouve,....

— Vous les trouvez ce que vous voulez, interrompit avec irritation le châtelain ; quant à moi qui les connais depuis longtemps, ils me vont. Ce sont des Messieurs très bien sous tous les rapports, des gens qui sont à la tête d'une fortune valant dix fois la nôtre, et j'entends que vous fassiez les honneurs de la maison.

— Sont-ils au moins de notre monde ?

— Oh là là !—Et c'est vous, mistress Telson, qui me faites cette question ! ricana cruellement le châtelain..... Mais là, laissez-moi donc rire, ma pauvre fille ! De notre monde, de notre monde ! Sachez bien qu'il n'y a pas parmi eux un mendiant de Boston.

Et sur cet à-propos cruel, il se retira, frappant vivement la porte sur lui.

Non, vraiment, dans tout ce monde qui avait envahi le château, il ne se trouvait pas un Edward Telson, fût-il Wretch tout court, mendiant pour Sally, car pas une de ces mains où étincelaient des solitaires de la plus belle, eau ne se fût desserrée pour rendre de l'or qui y serait tombé par mégarde. L'acte héroïque du petit malheureux eût fait sourire de pitié ces financiers habiles, qui considéraient l'or comme leur propriété et ne reculaient devant aucun moyen, aucune spéculation, pour drainer vers eux l'épargne des petits ou les capitaux importants de quelques naïfs assez malavisés que de croire à la loyauté, au désintéressement qu'ils affichaient avec un aplomb de réclame, et de se fier à eux.

Ç'avait été un mauvais jour pour le châtelain de la Sapinière que celui où, après avoir perdu deux mille cinq cents livres sterling dans une grande taverne de jeu de Dublin, il avait rencontré David Block, qui, de l'air le plus dégagé, comme s'il se fût agi pour lui d'une bagatelle, lui avait immédiatement proposé de lui avancer la somme.

Cinq ans s'étaient écoulés depuis.

Lord O'Byrn avait souvent eu recours aux bons offices de l'aimable David, toujours empressé, toujours très coulant, qui lui avait ouvert un large crédit, et, à cette heure, il se trouvait à la tête d'une dette fabuleuse, majorée d'intérêts excessifs, soigneusement capitalisés, envers ce financier aux goûts et aux visées aristocratiques, qui, fier de tenir un lord dont il convoitait les riches domaines, n'était disposé à le lâcher que moyennant les hauts-prix.

Le châtelain de la Sapinière avait donné tête baissée dans le traquenard. Il s'était fait un ami du financier retors et madré, et comme, en bonne règle, les amis de nos amis sont les nôtres, tous les amis ou alliés de David Block furent bientôt le monde que fréquenta le fier et hautain seigneur, et auquel, peu à peu, par un singulier effet d'imbibition, il s'identifia au point de ne pas sentir qu'une espèce de désagrégation s'opérait en lui, que le sens moral s'oblitérait par degrés, et qu'il en venait à un renversement complet de tous ses principes.

Et lorsque David Block, avec un flegme ineffable, proposa une chasse dans les vastes domaines de lord O'Byrn, peu s'en fallut que celui-ci ne s'en trouvât très honoré ; et ce fut avec empressement qu'il souscrivit à toutes les invitations que fit le financier, émettant simplement le désir d'engager lord Mac Closkey et le baronnet Alisson, désir auquel David Block acquiesça avec sa grâce habituelle.

Et voilà comment la Sapinière, traitée en pays conquis, devint, cette année-là, le caravansérail d'une catégorie de goujats.

Et c'était à ces goujats que lord O'Byrn exigeait que sa fille fît les honneurs de la maison.

C'était, en réalité, déroger à toutes les règles de la bienséance, et elle se demandait ce qui poussait son père à agir de la sorte.

Sans doute, l'oncle Edmund y serait, mais que n'eût-elle pas donné pour que ce fût la douce et compatissante tante Mary ?

Lord Edmund Rides Mac Closkey était le beau-frère de lord O'Byrn. Jeune encore, il n'avait que trente-sept ans, portant haut et fier ; c'était le type du gentilhomme accompli. Il avait épousé, il y avait une douzaine d'années, lady Mary O'Byrn, sœur cadette du châtelain de la Sapinière.

Ils habitaient l'Écosse, passaient l'hiver à Édimbourg, dans leur splendide *Mansion* de High Street, et l'été à leur château d'Oak Hill, distant d'une dizaine de milles d'Édimbourg.

Antique résidence des seigneurs du comté, ce château avait traversé les siècles, tantôt inhabité, les plates-formes et les casemates envahies par le chiendent et le genêt, tantôt occupé par les châtelains, qui descendaient à leur palais d'Édimbourg aux premiers frimas.

Lord Mac Closkey, le dernier seigneur, étant mort sans enfant, Edmund Rides, fils de son frère cadet, avait hérité du titre et des domaines, et se trouvait ainsi appartenir à une des plus anciennes noblesses écossaises, et être à la tête d'une fortune considérable.

Son mariage avec Mary O'Byrn avait été un mariage d'inclination, et ils eussent été parfaitement heureux s'ils avaient eu des enfants. Malgré leurs prières instantes, le ciel ne leur avait pas accordé cette joie, et Edith se trouvait par cela même leur seule héritière.

Après la battue, un vrai massacre, qui avait rempli les remises d'un nombre incalculable de pièces de gibier, lorsqu'Edith, qui avait égayé son deuil de flots de gaze mauve, pénétra dans le salon, un léger murmure d'admiration, qu'elle trouva de mauvais goût, la salua. Et comme, interdite devant les regards qui se fixaient sur elle, elle hésitait, n'osant avancer, lord Mac Closkey, saisissant son embarras et confus de se trouver dans un pareil milieu, alla immédiatement à elle, tandis que lord O'Byrn, s'apercevant de la faute qu'il venait de commettre contre les usages de l'étiquette la plus élémentaire, s'avançait empressé et lui présentait son bras. Mais soit qu'Edmund Rides eût prévu ce mouvement, soit qu'Edith, en présence de ce monde vulgaire que son père lui imposait, eût senti le besoin d'une protection et même d'un défenseur, ce fut sur le bras de son oncle Edmund qu'elle s'appuya.

Alors les présentations eurent lieu.

Ce fut une nomenclature de noms bizarres, qu'aucun armorial ne mentionne, des salutations exagérées, faisant craquer l'empois de hauts faux-cols et tintinnabuler des chaînes d'or, à reflets éblouissants.

Quand vint le tour de David Block, le tout petit homme, se tortillant, faisant des grâces, s'avança souriant, les moustaches en croc, un gardénia à la boutonnière, avec cette agitation des mains qui sent la velléité de les tendre *à la bonne franquette*, comme si l'on était de vieux amis. Mais Edith jouait négligemment avec son éventail, et ne répondit à tout cet aimable trémoussement que par une légère inclination, plus froide encore que celle dont elle avait gratifié les autres.

Sans se déconcerter, et feignant de ne pas s'apercevoir du dédain qui venait d'arquer d'une façon caractéristique les lèvres de la jeune femme, il hasarda quelques paroles d'une amabilité banale, auxquelles Edith accorda un sourire contraint, et, comme la porte de la salle à manger venait de s'ouvrir à deux battants, découvrant, comme en une féerie, une table fleurie, étincelante de cristaux et de vermeil, elle s'y dirigea au bras d'Edmund, passant devant les serviteurs galonnés, qui formaient une haie bleu pâle et argent — les couleurs de la Sapinière, — suivie du baronnet Alisson, très embarrassé, et des invités de David Block, pas embarrassés du tout, ceux-là, et reprenant où ils l'avaient laissée une conversation que l'arrivée d'Edith avait interrompue.

— Du soixante pour cent, vous dis-je, affaire d'or.

— Avant un mois, le prix de l'émission aura doublé.

— C'est un coup splendide pour qui aurait des capitaux disponibles.

— Quant à moi, je n'hésiterais pas.

— Moi, mon cher, je suis si sûr, que je viens de réaliser un million en vue de le lancer dans cette affaire. Il n'y a pas de temps à perdre ; d'ici un an, j'en aurai dix. Merveilleux, quoi !

Lord O'Byrn, un peu en arrière avec Block et le banquier Auerbach, gros Allemand du Mein, saisissait au vol ces paroles tintantes, et dans son cerveau, où le trente et quarante avait une case spéciale, ce soixante pour cent, ce coup splendide, ce million produisant dix millions, dansaient une farandole échevelée.

— Quelle est donc cette affaire ? demanda-t-il.

— Comment ! vous ne savez pas ? Mais il n'est plus question que de cela, fit Block d'un air qui semblait prendre en pitié ce naïf, ignorant à ce point le grand mouvement financier qui agitait en ce moment le monde de la Bourse, quelque chose de merveilleux, cher lord ; une concession immense de gisements aurifères, dont le Royal Golden Trade Union vient de se rendre acquéreur pour deux milliards ; c'est pour rien quand on considère la richesse de filons d'or absolument pur, ne nécessitant aucun lavage, que les premiers travaux viennent de mettre à découvert.

Le Royal Golden Trade Union lance sa première émission dans une dizaine de jours, et m'est avis qu'il sera difficile de se procurer des actions, car tout est enlevé à l'avance. Il faut être de la corbeille, voyez-vous, ces beaux coups sont trop vite raflés.

— Mais vous êtes de la corbeille, mon cher Block, et pourriez, me semble-t-il, en bonne amitié.....

— Certainement, c'est à voir. Avez-vous des fonds disponibles ?

— Précisément non, voilà l'ennui.

— Bah ! bah ! Nous arrangerons cela, les fonds se trouvent toujours quand on veut. Du reste, nous avons le temps, nous en reparlerons.

Le gros Auerbach approuvait d'un mouvement rythmique qui agitait du haut en bas son crâne à reflets d'ivoire :

— Les fonds, cela se trouve toujours, et vous avez le temps, oui, le temps, dit-il en écho.

Le moment du potage, ce moment calme et recueilli de tout grand dîner, fit trêve à ces propos de coulisses. A la première entrée, la question de la chasse reprit le dessus ; au dessert, chacun avait conté son histoire ; et quand on passa au salon pour le café, on parlait du partage du gibier.

Lord Mac Closkey et le baronnet Alisson, dont David Block avait eu la malencontreuse inspiration de demander l'avis, firent observer que, suivant le vieil usage, on eût dû, en tout premier lieu, songer aux pauvres de la confrée, et qu'ils destinaient leur part à réparer cette regrettable omission.

C'était une leçon qui jeta momentanément un certain froid parmi ces Messieurs.

Plusieurs, dont l'épiderme avait encore quelque sensibilité, protestèrent de leurs bonnes intentions et assurèrent qu'eux aussi voulaient contribuer à cette charité.

— Libre à vous, Messieurs, dit lord Mac Closkey avec une certaine hauteur, mais ni le baronnet Alisson ni moi ne toucherons à notre part, nous en avons décidé ainsi.

Le ton était sec, et cette phrase si simple trahissait un profond mépris.

David Block s'était senti tout particulièrement visé, et bien qu'il en devînt verdâtre de rage et de dépit, et que ses moustaches en dussent frissonné, il se contint, jugeant qu'il était plus habile, devant ce gentilhomme au regard droit et ferme, de dissimuler ses sentiments

Du reste, déjà, au cours du dîner, Block avait dû, comme on dit vulgairement, ronger son frein. L'indifférence et le dédain qu'il saisissait chez lady Edith à son égard, il l'attribuait à l'appui moral qu'elle trouvait en lord Edmund. Il en était morfondu. Non que le sentiment le portât vers la jeune femme, le petit David ne connaissait pas ces faiblesses, mais l'argenterie lui avait paru si lourde, les surtouts de vermeil si massifs et si artistiques, la vaisselle plate aux armes des O'Byrn si riche, qu'une douce émotion avait fait vibrer en lui les fibres métalliques de son cœur de boursier.

Pour lui, la veuve d'Edward Telson, c'était la Sapinière au parc immense, aux tours crénelées, aux grandes chimères grises grimaçant sous le toit; c'était l'enfilade de salons somptueux, les tableaux de prix, les lourdes portières en tissus d'Orient ; c'étaient les bronzes et les marbres qui s'espaçaient sur des colonnes de porphyre dans le hall grandiose ; c'était.... c'était, et les chevaux, et les voitures, et la belle livrée azur et argent, et les chasses, et les dîners..... c'était enfin Edith, avec son élégance, qui ferait admirablement dans ce tout opulent et harmonieux.

Dès ses premières entrevues avec lord O'Byrn, son flair exercé lui avait fait pressentir tout ce mélange aristocratique et chatoyant. Les renseignements qu'il avait pris adroitement l'avaient confirmé dans ses suppositions, et bien qu'il ne connût ni Edith ni Hilda, ses vues s'étant portées sur l'une ou l'autre des jeunes châtelaines, il s'était ingénié à gagner le père.

Tout homme qui a un vice est à la merci du premier adroit venu. Lord O'Byrn était joueur : David Block s'attacha à lui, et, par l'or dont il disposait, en fit son esclave et sa chose.

Quand il s'était agi du mariage d'Edith, le petit homme que, sans la moindre méfiance, lord O'Byrn avait consulté, n'avait rien laissé paraître. Edith mariée, c'était pour lui une chance en moins, mais, en homme pratique, il fit adroitement doubler la chance qui lui restait, en persuadant au châtelain de déshériter Edith au profit d'Hilda, sur laquelle alors ses vues se portèrent uniquement.

Mais David ne tarda pas, grâce à des renseignements qu'il avait l'art de se procurer, d'être édifié sur le caractère d'Hilda, et de présumer que toute tentative de sa part échouerait auprès de la jeune fille.

Il se mit alors à chercher une paille dans le mariage d'Edith avec Edward Telson. Il avait bien obtenu de lord O'Byrn que celui-ci ne donnât pas son consentement et, de plus, que ce mariage se fît en sourdine à Stonyhurst. Il avait aussi compté sur l'imprévoyance en matière de dispense pour la différence de culte, mais il devait reconnaître que, croyant avoir ainsi plusieurs cordes à son arc, il n'avait que des fils ténus qui s'étaient rompus aussitôt.

La mort de Robert et la découverte qu'il fit qu'Edward n'était pas son neveu lui furent, non la paille qu'il cherchait, mais le levier puissant qu'il allait aussitôt mettre en œuvre.

Il le fit apprendre fortuitement, et comme par hasard, au châtelain qui, naïvement, le consulta sans tarder.

Block, le droit canonique en main, lui déclara que, sans annuler le mariage, cette circonstance donnait à Edith le droit de rentrer chez son père.

— Ne leur parlez pas du divorce, avait recommandé le financier, déclarez brutalement le mariage nul ; le coup sera plus fort et portera mieux.

Et l'on voit que lord O'Byrn s'était conformé à ces instructions.

Toutefois, l'origine d'Edward resta une énigme pour David Block, et il ignora la naissance de l'enfant. Le fier châtelain de la Sapinière se refusait à avouer que sa fille avait été la femme d'un mendiant, et qu'elle en avait eu un fils.

Edith, réinstallée à la Sapinière, fut dès lors le point vers lequel Block tendit.

Le mariage annulé, il se présenterait, sûr d'être agréé par le châtelain, qui avait de bonnes raisons pour ne pas résister à ce bailleur de fonds qui l'avait mis dans une situation inextricable.

Que, devant Dieu, Edith fût la femme d'un autre, que lui importait à lui, qui ne croyait pas en Dieu ? Il aurait la loi, et, avec la loi, cette Sapinière qu'il convoitait.

Il avait fait prendre des dispositions en ce sens à lord O'Byrn, quand Hilda mourut, simplifiant, on ne peut plus à propos, la situation, en faisant d'Edith l'unique héritière de tous les biens.

La catastrophe de Manchester, arrivant comme à point nommé, mit le comble aux chances de l'odieux individu, qui, sitôt que les convenances le permirent, décida lord O'Byrn à réorganiser ses grandes chasses, et pénétra à la Sapinière avec les dispositions d'un commissaire-priseur y venant tout inventorier.

Et cet inventaire l'avait singulièrement satisfait, faut-il croire, car son regard aigu se patinait d'une douce mélancolie quand il rencontrait celui de la jeune femme.

Celle-ci, apeurée sous cette espèce de fascination, prise d'une angoisse qu'elle n'eût pu définir, d'un affolement irraisonné, fuyait ces yeux au charme perfide qui, entre les fleurs du grand surtout, l'avaient cherchée tout le temps du repas. D'instinct, elle appelait un secours, une force qui pût la soutenir ; et, tournée vers l'oncle Edmund, on sentait qu'elle attendait de lui une protection contre un danger qu'elle ne comprenait pas, mais dont elle se sentait menacée.

XIV

Il était minuit quand chacun se retira dans ses appartements.

Edith, brisée par l'effort qu'elle avait dû faire pour paraître devant ces Messieurs et par les émotions diverses qui l'avaient agitée pendant cette soirée, qu'elle avait trouvée interminable, se prêta distraitement aux soins de Nina, qui l'aidait à se déshabiller, et ne fit qu'effleurer des lèvres la tasse de tisane parfumée que Betsy lui tendait.

Puis, enveloppée d'un long manteau de nuit en surah blanc ouaté, les pieds chaussés de babouches, elle s'assit près du feu, et Nina, après l'avoir décoiffée, brossa lentement et méthodiquement, comme elle le faisait tous les soirs, ses beaux cheveux ondés.

Un frisson de malaise indéfinissable au souvenir de l'attitude et des

regards significatifs de David Block ; la peur irraisonnée de quelque chose
qu'elle n'eût pu définir ; le regret amer d'Edward, sa fin terrible ; la
pensée du pauvre petit Willie si loin d'elle, rendaient la jeune femme
songeuse et triste ; et tandis que la brosse caressait doucement sa pauvre
tête endolorie, où toutes ces pensées s'entre-choquaient avec confusion, ses
yeux, dont le regard était absent, restaient fixés machinalement sur des
tisons qui s'affaissaient.

— Madame Edith, dit tout à coup Betsy, qui, d'instinct suivait les
préoccupations pénibles de la malheureuse, vous voilà encore dans vos
vilaines idées, à vous manger le sang. Une bonne prière vaut mieux que tout
cela, voyez-vous. Le pauvre M. Telson a plus besoin de vos *Ave Maria* et
de vos *De profundis* que de vos larmes, ce n'est pas avec des larmes qu'on
met les morts en paradis.

Edith eut le mouvement de quelqu'un que l'on éveille en sursaut, passa
la main sur son front et soupira.

— Que voulez-vous, ma bonne Betsy, je me sens parfois si malheureuse !
fit-elle. Il est surtout une pensée qui, depuis un certain temps, me pour-
suit, et je ne puis l'éloigner. J'ai l'idée, voyez-vous, qu'Edward n'a jamais
reçu les longs messages que je lui ai envoyés, et la pensée qu'il est mort
sans savoir qu'il avait un petit Willie m'est si pénible, que je ne sais pas
où je trouve la force de le supporter. Dire qu'il n'a pas eu cette douceur,
dire qu'il est mort ignorant qu'il avait un fils ! Dire aussi, ajouta-t-elle plus
lentement, comme faisant un effort, dire aussi que peut-être il ne serait pas
mort s'il l'avait su, car cette mort, ma bonne Betsy, nous ne saurons
jamais, non, jamais...

Et, la tête dans ses mains, Edith fut prise d'une de ces crises de larmes
que la pauvre Betsy ne pouvait parvenir à calmer.

Nina s'était arrêtée de brosser les longs cheveux ; elle était très pâle et
ses mains tremblaient. Son regard alla d'Edith à Betsy, craintif, hésitant,
puis, n'y tenant plus, le cœur battant à se rompre :

— M. Telson a su qu'il avait un fils, dit-elle, il a su qu'il s'appelait
Willie, il a su même qu'il était à Saint-Firminy.

Edith et Betsy fixaient sur la gitane des yeux ahuris ; une espèce
d'épouvante les envahissait ; elles se demandaient où et comment la fille
de Beppo avait pu se renseigner, et la vieille gouvernante, pensant au
chevalier fantôme qui, dans la ballade, chevauche durant les longues
nuits, emportant en croupe ceux qui veulent connaître ce qui se passe
de l'autre côté du détroit, se signa furtivement.

— Nina, ma petite Nina, qui te l'a dit ?..... Que sais-tu ? demanda Edith.

— M. Telson a su qu'il avait un fils, Madame Edith, parce que je le lui
ai dit, répondit Nina ; mais le pauvre Monsieur n'a pas dû recevoir vos
messages, car il ne savait rien.

— Tu l'as donc vu ?..... Tu lui as donc parlé ?.... Mais où ? mais quand
donc ? ma pauvre Nina, questionna anxieusement Edith, prise vaguement
d'une sorte de pitié pour ce qu'elle supposait être une hallucination de
l'enfant.

— Pardonnez-moi, Madame Edith ; mais j'avais promis le secret, voyez-
vous, dit la gitane, qui s'était accroupie aux pieds de la jeune femme, dans
cette pose caressante des peuples du Midi ; maintenant qu'il est mort et

que cette idée qu'il ignorait avoir un petit Willie vous fait tant de mal, je crois que je puis parler.

Alors Nina, interrompue de temps à autre par les exclamations de la jeune veuve et de Betsy, conta sa rencontre avec l'usinier sur la route de Limerick.

— Voilà, conclut-elle, j'ai senti que cela vous faisait trop souffrir, et je vous ai dit mon secret. Non, M. Telson n'a pas fait malheur de lui, Madame Edith, il était trop heureux quand je lui ai parlé de Willie. Un père ne se tue pas quand il a un petit enfant. Sa mort est un malheur, mais ce n'est pas ce *grand* malheur que vous supposiez.

— Sois bénie pour ce que tu as fait, petite Nina, dit affectueusement Edith en embrassant la jeune fille.

— Tout cela, c'est la bonne Providence du bon Dieu qui veut vous consoler un peu, Madame Edith, dit Betsy, des larmes dans les yeux. Oui, vous verrez, elle a ses voies, abandonnez-vous, le bon Dieu est si bon !.....

Et cette nuit-là, Edith, plus confiante dans le bon Dieu, qui est si bon, s'endormit avec l'impression d'un léger adoucissement à son malheur.

. . . . x . . . .

L'une après l'autre, les fenêtres du château, qui toutes avaient plongé leurs points lumineux dans le grand lac, étaient rentrées dans l'ombre, à l'exception d'une seule du côté Nord, qui allumait comme un foyer au fond de l'eau.

Betsy, accoudée à la croisée de la *nursery*, les yeux fixés sur le lac où cette fenêtre qui veillait se découpait nette et précise comme en un miroir, distingua tout à coup deux ombres se mouvant sur le store de coutil blanc.

Intriguée, elle se couvrit de sa mante à large capuchon, et se glissa furtivement le long des corridors, jusqu'à la raie de lumière qu'elle vit filtrer sous la porte de David Block.

Le lac n'avait pas trompé Betsy.

David Block n'était pas seul, et la vieille gouvernante, retenant son souffle, la tête appliquée au chambranle, écouta longtemps.

Les voix, dont le timbre était cependant modéré, arrivaient très distinctement à elle, et les lèvres pincées, les épaules secouées par moments d'un frisson, comme si ce qu'elle entendait l'horrifiait, elle suivit l'entretien de l'usurier avec le banquier Auerbach, qu'elle reconnut à son ricanement tout particulier.

4 heures sonnèrent à l'horloge du hall. Les deux hommes causaient toujours, mais Betsy en savait assez et, de son pas glissant, regagna sa chambre où elle s'enferma.

Ses jambes flageolaient. Elle se laissa tomber dans son fauteuil, et comme si sa tête lui semblait trop lourde, elle l'enfouit dans ses deux mains et songea.

Le jour la trouva ainsi affaissée sur elle-même, ruminant, pour la vingtième fois peut-être, la conversation qu'elle avait saisie, et répétant certains mots dont le sens lui échappait, mais qu'elle voulait fixer dans sa mémoire, afin de pouvoir les répéter.

Mais à qui répéter ?

La pauvre fille avait songé à s'adresser à son maître ; mais celui-ci, entiché de David Block, l'eût mal accueillie et n'eût peut-être pas ajouté foi à sa confidence. Elle ne pouvait songer à Edith ; la pauvre jeune femme avait déjà assez à souffrir, et puis il eût été cruel de lui communiquer des choses qui, en grande partie, la concernaient.

Quant au recteur de la paroisse, il n'avait aucune influence sur le châtelain.

Enfin, vers 9 heures, comme Edith reposait encore, elle abandonna à Nina le soin de lui servir son déjeuner, et se rendit résolument à l'appartement de lord Mac Closkey.

Celui-ci avait déjà fait un tour de parc, et il était occupé à écrire quelques lettres, qu'il voulait expédier par le premier courrier.

A l'air de mystère qu'avait Betsy en arrivant chez lui, lord Edmund comprit que la gouvernante venait le trouver pour une chose grave, et comme ce qu'elle avait à dire serait long, elle commença aussitôt à mi-voix, sans en rien omettre, le récit de l'entretien qu'elle avait surpris entre Block et le banquier.

Le gentilhomme, les sourcils contractés, les mâchoires frémissantes près des tempes, suivait le développement d'un plan infâme ourdi par deux scélérats.

Quand Betsy eut fini, il la questionna minutieusement, lui fit répéter certaines expressions, prit des notes sous sa dictée, et ne lui permit de se retirer que lorsqu'il eut relu attentivement la page bien pleine, aux nombreux mots soulignés, qu'il tenait à la main.

David Block ne parut pas au lunch. Après une longue conférence le matin même avec le châtelain de la Sapinière, il était parti pour Dublin, et serait absent jusqu'au lendemain. Lord Mac Closkey se promit d'attendre son retour, et comme on ne chassait pas ce jour-là, il se rendit à Limerick, pour quelques emplettes insignifiantes, et aussi pour éloigner les pensées qui l'obsédaient.

Dans le courant de l'après-midi, lord O'Byrn fit appeler Edith au fumoir.

La jeune femme le trouva debout, adossé à la cheminée, les pouces passés aux entournures de son gilet, affectant une pose pleine de laisser-aller, mais, en réalité, trahissant malgré lui un malaise, une inquiétude, comme un recul devant la communication qu'il avait à faire à sa fille.

Il lui présenta un siège, et comme si ce qu'il avait à dire nécessitait toute la hauteur de sa taille, il resta planté, le feu derrière lui, laissant tomber son regard sur Edith, qui, assise sur un fauteuil très bas, semblait à ses pieds.

— Je vous ai fait appeler, ma fille, commença-t-il, traînant sur les mots, pour..... pour vous offrir les hommages respectueux d'un de mes amis. Il m'a fait part de son admiration pour vous et des sentiments profonds qu'il éprouve à votre sujet. Comme votre union avec lui entre dans mes vues ; comme, sous tous les rapports, vous ne pourriez, à mon avis, faire un meilleur choix, j'ai pris sur moi de l'encourager, et je compte que vous lui accorderez votre main.

Il y mettait certaines formes, mais le ton était tranchant, et pour celui qui connaissait lord O'Byrn il n'y avait pas le moindre doute que c'était en ce moment un ordre qu'il donnait à Edith.

.La jeune femme, prise au dépourvu en face de cette nouvelle souffrance qui se dressait tout à coup sans que rien eût pu la lui faire prévoir, ne sut que répondre. Tout en elle se soulevait, et le souvenir du mort, que Betsy, par sa bonté compatissante, sa tendresse maternelle et sa piété, était parvenue à adoucir, à faire supporter avec une résignation pieuse à la pauvre Edith, se raviva, plus cuisant que jamais, et lui étreignit le cœur d'une douleur sans nom.

Elle hocha lentement la tête, comme si, oubliant son père, c'était à celui qui n'était plus qu'elle répondait, et, les mains jointes sur ses genoux, le regard en dedans, elle garda le silence.

— Vous m'avez entendu, je suppose, fit le châtelain d'une voix coupante.

— Cela ne se peut, mon père, je veux rester la veuve d'Edward ; vous avez pu m'enlever à lui, mais vous ne pouvez, non, vous ne pouvez m'interdire de le pleurer, maintenant qu'il n'est plus.

— Les larmes !.....

Et ici le châtelain eut un mouvement d'épaules qui signifiait qu'il n'en tenait aucun compte.

— Les larmes, toutes les veuves en versent les premiers temps, ma fille ; mais, croyez-moi, c'est une maladie qui se guérit comme toutes les autres, et vous n'allez pas même, je suppose, vous comparer à d'autres, vous dont le mariage, en somme, ne fut qu'une aventure.

— Une aventure ! s'exclama Edith d'une façon déchirante, ne dites pas cela, mon père ; non, ne dites pas cela, car ce n'est pas moi seule que vous atteignez, mais aussi Willie, mon petit Willie, mon fils et le sien.

Les sourcils du châtelain s'étaient froncés, son regard était dur, et il dit nettement, décidé à ne plus revenir dans la suite sur ce sujet :

— Ne parlez pas de l'enfant, il n'existe pas: S'il en était autrement, héritier de son père, je vous aurais déjà parlé de la succession, mais cela ne se peut, Willie n'a pas d'état civil, et maintenant que le père est mort, il ne faut pas y songer, cela soulèverait des difficultés insurmontables. C'est une chose finie, bien finie ; n'y revenez donc plus.

Les yeux hagards, Edith écoutait sans comprendre. Ce que lui disait son père était à ce point épouvantable qu'elle ne pouvait s'en rendre compte. Willie sans nom, sans personnalité, pas même orphelin ! Willie jeté ainsi dans la vie, sans droit dont il pût se réclamer, Willie paria comme le dernier des parias.....

— Finie..... finie, murmura-t-elle, un vent de folie lui traversant le cerveau.

— Enfin, continua le châtelain, il est question en ce moment d'un mariage. Il ne peut, il est vrai, se faire immédiatement, votre veuvage vous imposant certains délais. Nous avons encore près de trois mois devant nous, et je tenais à vous faire comprendre qu'il m'agréerait de vous voir accueillir comme fiancé M. David Block, mon ami.

— Block ! David Block ! s'écria Edith éperdue en se redressant. Oh ! mon père, vous n'y songez pas ! C'est pour m'éprouver ? C'est impossible, vous ne voudriez pas m'imposer cet homme qui me fait horreur.

— Comme vous y allez, ma fille. Vous connaissez à peine ce monsieur. Calmez-vous, réfléchissez, sachez que je désire ce mariage, et demain venez me trouver.

Edith, frémissante, le cœur et l'âme en désarroi, s'enfuit près de Betsy, son unique refuge.

— N'est-ce pas, que cela ne se peut ? lui demanda-t-elle suppliante, quand elle lui eut tout conté.

A sa grande surprise, Betsy, qui jusqu'ici lui avait toujours prêché la soumission à son père, l'avait engagée à l'obéissance, se révolta, et la voix vibrante d'indignation :

— Non, cela ne se peut ; cela ne sera pas, chère petite Madame Edith. Votre maman Betsy a veillé : elle savait tout cela, voyez-vous ; seulement, elle ignorait que vous dussiez en être informée si tôt, car elle vous eût prévenue. Calmez-vous, il est quelqu'un qui va agir. Avant peu, il se passera de singulières choses à la Sapinière ; oui, ce sera drôle, très drôle, fit-elle avec un certain effroi, et vous n'aurez pas même à refuser David Block, qui, trop heureux de s'en tirer, se gardera bien d'insister. Croyez-moi : on va lui faire le jeu serré, et il devra abandonner la partie.

XV

Le lendemain, dans le courant de la matinée, David Block, revenu de Dublin, se rendit au fumoir où lord O'Byrn l'attendait.

Ils étaient là depuis une heure à compulser des chiffres, à collationner de grosses liasses de titres flambants neufs, qui répandaient dans l'appartement cette odeur particulière d'impression grasse, propre aux nouvelles émissions, et ils alignaient des numéros sans fin, quand un coup sec fut frappé à la porte.

Le financier tressaillit, ses yeux firent un tour sur la table comme si, par une opération magique, ils eussent voulu faire disparaître toute cette papeterie d'emblèmes chatoyants, destinés à produire une attirance invincible sur certains.

Lord O'Byrn, trouvant qu'il faisait la chose la plus naturelle du monde, puisqu'il ne s'agissait en réalité pour lui que d'un virement de fonds, ne se doutant pas du trouble du financier, cria immédiatement d'entrer.

C'était lord Edmund, qui s'excusa vaguement pour la forme, et, l'air dégagé, s'avança vers la table où David arrangeait ses papiers.

A la vue de lord Mac Closkey, qui pour lui n'était qu'un naïf en matière financière, Block se ressaisit, et croyant, comme on dit vulgairement, faire d'une pierre deux coups, il accueillit le gentilhomme avec toutes les marques d'une vive satisfaction.

— Eh ! mais, vous voilà bien occupés, ce me semble, et cela sent diablement la *corbeille* par ici, dit lord Mac Closkey.

— La *corbeille* ? Rien de plus vrai, Milord, car il n'y aura guère que ceux de la corbeille qui pourront souscrire à cette première émission, et je viens de faire l'impossible pour me procurer ces titres, qui déjà étaient retenus.

— Ah !.....

Il y avait comme une menace dans ce *Ah !* que lord Edmund avait modulé d'une façon particulière, et lentement, sans la moindre affectation, il s'appuya négligemment sur les liasses rebondissantes sentant le neuf, et regarda en souriant David Block.

Celui-ci, sur le ton d'un boniment longuement appris, commença le grand jeu des soixante pour cent, du prix d'émission doublé, du million produisant dix millions, et proposa à lord Mac Closkey de lui faire partager ces chances, en soutirant à la corbeille ce qu'elle réservait si jalousement.

— Bien volontiers, bien volontiers, fit ce dernier ; seulement, j'ai quelques scrupules, moi un simple profane, d'émarger par un subterfuge à ces bénéfices réservés aux seuls initiés. Vous devez comprendre cela, appuya-t-il avec une légère pointe d'ironie.

— Mais, je ne suis pas un initié, moi, fit naïvement le châtelain, et certes, je n'ai pas le moindre scrupule de souscrire pour deux millions au Royal Golden Trade Union, qu'en bonne amitié Block m'a proposé. Il est vrai que je n'ai pas ces deux millions, mais mon château et mes terres sont là, c'est un capital qui dort : et nul doute que, d'ici à un an, cette somme aura décuplé, n'est-ce pas, Monsieur Block ?

M. Block allait répondre, mais lord Mac Closkey, le prévenant :

— Décuplé ?..... Rien que cela, exclama-t-il, avec un mépris joué. M. Block eût dû, mon cher, vous promettre le centuple, tant qu'il y était, et vous eussiez peut-être donné, comme on dit, dans le panneau pour le double. Quatre millions centuplés, jugez donc !

— Qu'est-ce à dire ? demanda, inquiet, David Block.

— Tout simplement, fit avec un grand calme lord Mac Closkey, que le Royal Golden Trade Union n'existe, cher Monsieur Block, que dans cette liasse de papiers que j'ai en ce moment sous ma main ; que les filons et les pépites ne nécessitant aucun lavage sont une création merveilleuse, je me plais à le reconnaître, de votre imagination et de celle de quelques-uns de vos amis ; que vous avez envahi le château en détrousseurs, et que, si vous ne lâchez votre proie, qui n'est rien moins que ce domaine, je dénonce immédiatement votre escroquerie à qui de droit.

David Block, les yeux injectés, les narines frémissantes, les ongles lacérant une serviette de cuir qu'il avait dans les mains, poussa un sourd rugissement, et se tournant vers le châtelain :

— Mon cher lord, fit-il haletant, ceci est une infamie, et j'en appelle aux lois de l'hospitalité. Je me trouve insulté chez vous, par un membre de votre famille.

Lord O'Byrn, perplexe, considérait son ami Block, qui roulait des yeux effarés, et le gentilhomme qui de toute sa noble grandeur écrasait l'indigne personnage de son mépris.

— Ce monsieur vient d'essayer de vous jouer un tour qui ne doit pas être de sa part un coup d'essai, car il était assez bien combiné, fit lord Edmund. Ses mines d'or sont fictives, et je le mets au défi de me démentir. Son Royal Golden Trade Union n'est qu'une vaste flibusterie, et s'il ne vous remet à l'instant vos signatures, vous êtes contraint, au nom de l'équité, de déposer au Parquet ces actions fantaisistes. Ensuite, quand l'intéressant individu aura fait quelques années de *hard labour*, vous en ferez votre gendre si cela vous convient.

— Mais, mon cher Edmund, il n'est, je vous assure, nullement question.....

— N'assurez rien, mon cher O'Byrn, j'en sais plus long encore que je ne vous en dis, interrompit Edmund. Voilà cinq ans que cet individu vous travaille, et il s'en vante. Cinq ans, c'est bien long, Monsieur Block, et j'estime que la comédie a assez duré.

— Et mon argent ? fit David en se redressant ; que Milord me rende mon argent !

— Ou qu'il vous donne sa fille, la Sapinière et le reste, n'est-ce pas ? ricana Edmund. C'était cela, les termes du marché, je pense ?

— Je veux mon argent, répéta Block.

— Faites votre compte et vous serez payé ; mais auparavant lord O'Byrn et moi, nous examinerons le taux de vos intérêts.

David était sur des charbons ardents, et il avait hâte d'en finir et de se mettre à l'abri de ces sarcasmes. Il se secoua comme un chien qui sort de l'eau et tendit la main vers la liasse de titres pour les emporter.

Le poing de lord Edmund s'abattit sur les papiers.

— Ceci, cher Monsieur, fit-il narquois, est un petit souvenir que je serais heureux de garder de notre entrevue. Si ces actions ont la valeur que vous leur attribuez, adressez-vous à la justice, qui, je n'en doute pas, saura me contraindre à vous les rendre. En attendant, je suis prêt à vous signer une attestation de ce précieux dépôt. En tout cas, soyez persuadé que je me garderai bien de les négocier sans votre avis.

Furieux, la haine au cœur, Block se retira.

Quelques instants après, il revenait avec son compte.

Malheureusement, lord O'Byrn avait tenu note de ses emprunts successifs, et, malgré les protestations de David Block, lord Mac Closkey lui fit un chèque de ce qu'exactement le châtelain lui devait.

— Mais il s'en faut de la moitié, exclama, rageur, l'usurier.

— La justice est là, adressez-vous à elle, lui dit froidement lord Edmund, en roulant négligemment dans ses mains les fameux titres du Royal Golden Trade Union.

Avant le soir, Block et Auerback étaient repartis pour Dublin.

On ne rompt pas facilement avec les longues et anciennes habitudes. Depuis la leçon que lord Mac Closkey avait infligée à David Block, lord O'Byrn n'était plus retourné à Dublin, et ces voyages lui manquaient. Le séjour continuel à la Sapinière lui semblait trop monotone, et il avait comme une hâte de fuir cette solitude qui lui pesait.

Edith se mariant, il se fût senti plus libre, il eût pu s'éloigner pour un certain temps, non qu'à la rigueur il n'eût pu abandonner Edith au château, avec les anciens serviteurs, mais les convenances s'y opposaient, et, à son avis, le mariage de la jeune veuve eût été la meilleure des solutions.

— Que je ne vous retienne pas, avait dit Edith, laissez-moi avec Betsy. Du reste, vous étiez si souvent absent.

— J'étais souvent absent, interrompit-il, mais j'étais censé habiter ici, tandis que si, comme j'en ai l'intention, je vais passer quelque temps en Australie, le cas sera tout différent.

— Vous iriez en Australie ?

— Et pourquoi pas ? Le climat est bon, nous avons là une espèce de ferme que je serais bien aise de voir, d'autant plus que l'on me presse d'y apporter certaines modifications, qui sont, paraît-il, indipensables ;

J'irais juger par moi-même. C'est une absence d'un an, dix-huit mois tout au plus, enfin cela dépend.

— Il y aurait peut-être un moyen, dit la jeune femme après un moment de réflexion ; si tante Mary y consentait, je pourrais aller chez elle avec Betsy.

Lord O'Byrn regarda sa fille, resta songeur quelques instants, puis, la chose lui semblant réalisable :

— En effet, c'est une idée, dit-il. Nous pourrions les inviter pour les fêtes de Noël, et vous partiriez avec eux dans les premiers jours de janvier. De cette façon, je pourrais prendre le paquebot qui quitte Liverpool le 18.

Oui, écrivez à votre tante que nous les attendons ; mais, ajouta-t-il, il reste une chose entendue, c'est que, pour eux, vous êtes une veuve sans enfant, et jamais aucune allusion ne doit être faite à son existence. Edmund et Mary ignorent le fond de votre histoire, et je ne veux pas qu'ils l'apprennent par vous. Vous m'avez compris, je suppose ?

Oui, Edith avait compris. Elle avait compris que, même à sa tante Mary, si affectueuse, si tendre, elle ne pourrait ouvrir son cœur, conter sa peine et recevoir d'elle des consolations. Elle avait compris que Willie était encore bien loin, qu'il s'écoulerait encore des années avant qu'elle pût le voir, mais elle accepta ce silence qui lui était imposé. Elle l'accepta parce qu'elle avait hâte de quitter la Sapinière, hâte aussi d'être près de cette jeune tante qui la chérissait, et que, si elle ne promettait pas ce silence, son père ne consentirait pas à son départ.

XVI

C'était la veille de Noël. L'oncle Edmund et la tante Mary étaient attendus à la Sapinière, qu'Edith, aidée de Betsy et de Nina, ornait de houx et de gui.

Du hall au grand salon, longeant les cimaises, couronnant le chapiteau des colonnes, circulant en larges festons sous les girandoles, le feuillage épineux, où des fruits rouges souriaient, mettait sa note caractéristique sans laquelle il n'est pas de fête de Noël dans le Royaume-Uni, tandis qu'au fronton des portes se penchait discrètement le gracieux *mistletoe* aux perles glauques et molles, le doux gui, messager de l'hiver.

Toujours placé de façon à ce que l'on doive à un moment donné passer sous lui, le gui autorise les jeunes gens à ravir à celle de leur choix le baiser qu'en tout autre circonstance on leur refuserait. Partout, dans le plus humble cottage comme dans la plus somptueuse demeure, le baiser sous le gui cause un moment de douce gaieté. Souvent, il n'est pas de ruses que la jeune fille, se sachant guettée, n'emploie pour se soustraire au voisinage du rameau aux folioles ailées. Pas de ruses non plus que celui qui veut la surprendre ne mette en œuvre pour le dissimuler adroitement sous des touffes de houx ou dans des arbustes, et comme il arrive que ce baiser soit le commencement d'une idylle ou la ratification publique d'un engagement que deux fiancés se sont promis depuis longtemps, on les entoure, on les félicite ; lui, triomphant, exulte, et elle, un peu confuse, objecte toujours que l'on a triché.

Edith, les pieds posés sur un guéridon, les bras étendus, achevait de décorer le lustre ouvragé du salon, Betsy faisait d'énormes guirlandes que Nina, grimpée sur un escabeau, accrochait le long des lambris, tandis que lord O'Byrn, l'air satisfait, circulait d'une pièce à l'autre, froissant les débris de branchages et de feuilles qui jonchaient le tapis.

De la cuisine, où tous les fourneaux étaient allumés, montait une chaleur au savoureux fumet de truffes et de volailles, que dominait le parfum pénétrant des épices requises pour la confection du traditionnel *plum-pudding*, le tout mélangé à l'âcre senteur d'un grand sapin dont les branches ployaient sous le faix d'une infinité de menus cadeaux.

L'atmosphère était en fête : on eût dit qu'une joie frémissante s'insinuait dans les moindres recoins du vieux château. Et cependant, ni le gui, ni le houx, ni les effluves résineux du beau sapin touffu, ni les bouffées de piment et de muscade, ni l'appétissante odeur des dindes et des oies qui blondissaient ne pouvaient vaincre la mélancolie d'Edith, que l'idée de Willie poursuivait.

Sa tante et son oncle allaient arriver ; elle serait heureuse de les voir, heureuse aussi de s'en aller avec eux ; mais la pensée qu'elle ne pourrait parler, qu'elle ne pourrait leur dire qu'on lui avait arraché son Willie, que son cœur tendait sans cesse vers son enfant, la bouleversait.

La haine de son père pour le fils de l'usinier ne s'userait-elle donc pas ? Lui imposerait-il donc toujours ce silence qui l'étouffait ?

Faible, dépendante, n'ayant pas l'initiative nécessaire, ne connaissant pas ses droits, la pauvre Edith se débattait vainement dans le chaos des pensées qui l'assaillaient et éprouvait un malaise qu'elle n'eût pu définir.

Le décor du salon allait être terminé. Nina, ayant achevé d'accrocher ses guirlandes, était descendue de l'escabeau, Edith fixait avec un nœud de ruban son dernier bouquet de houx, quand Jim, jeune fermier des environs, grand et vigoureux garçon d'une vingtaine d'années, entra, portant à pleins bras toute une charge de *mistletoe*.

— Voici du vrai gui, fit-il en saluant ; je viens de le couper sur le vieux chêne du moulin. En avait-il, le gaillard ! mais aussi j'ai dû bien veiller, les pics et les merles ne m'auraient pas laissé une baie, sans compter ceux qui, comme moi, voulaient aussi du *mistletoe* cette année, ajouta-t-il, un éclair malicieux dans le regard à la vue de Nina qui s'approchait.

Il déposa sa précieuse gerbe aux pieds de la gitane, qui, sans méfiance, s'étant inclinée pour admirer ce beau *vrai gui*, en reçut prestement un rameau dans les cheveux.

Troublée, Nina, ainsi gracieusement coiffée, se redressa, mais pas sans que Jim lui eût déposé un baiser sur le front.

Tout le monde était du complot, faut-il croire, car on applaudit chaleureusement Jim qui souriait et Nina toute rouge sous le beau *mistletoe* vert givré qui frémissait dans ses cheveux.

— Eh bien ! ma petite Nina, avons-nous bien deviné ? Avons-nous bien fait de demander le *mistletoe* du chêne du moulin ? demanda Edith.

Pour toute réponse, la jeune fille tendit la main au fermier des Genêts et celui-ci la serra avec effusion.

Depuis un certain temps, Edith et Betsy n'avaient pas été sans remarquer l'animation joyeuse de Nina quand Jim venait à la Sapinière, soit pour apporter les produits de sa ferme, soit pour rendre des services au vieux jardinier son oncle, qui affectionnait tout particulièrement ce grand garçon, et lui abandonnait volontiers la taille des hauts espaliers que, vu son âge, il n'osait plus aborder. Elles avaient questionné la jeune fille, qui, ne demandant qu'à s'épancher, leur avait simplement fait part du sentiment qui la portait vers le fermier.

C'était quelque chose de si doux, de si naïf, de si pur : c'était si bien semblable à Nina, ce sentiment, et Edith comprit si bien que le cœur de la gitane était, sans qu'il s'en doutât, épris, que, voulant lui éviter le déchirement, après un long espoir caressé, de se heurter à de l'indifférence, elle sonda adroitement le jeune fermier.

Si celui-ci, qui aimait la petite Espagnole, n'avait osé jusqu'ici ni le lui témoigner, ni en faire part à son oncle, c'est que, très timide, craignant de ne pas être agréé, jugeant Nina trop riche des qualités qu'il remarquait en elle, il s'était tenu sur la réserve.

L'intervention d'Edith lui faisant entrevoir que ses vœux pourraient être exaucés le combla de joie, et la jeune femme, voulant jouir du bonheur de deux heureux, désirant aussi avant son départ fixer l'avenir de la jeune fille, qu'elle ne pouvait emmener avec elle chez la tante Mary, avait chargé Jim d'apporter pour les fêtes de Noël son plus beau *mistletoe* à Nina.

Vers 8 heures, lord Rides Mac Closkey et lady Mary arrivèrent. Edith, vêtue d'une élégante toilette gris argent, les attendait avec son père dans le grand salon illuminé. Dans ce décor de verdure où chaque feuille avait un reflet, la jeune femme, avec ses cheveux blonds bouclés relevés par un peigne d'écaille, ses grands yeux pensifs et son teint légèrement rosé, apparaissait dans tout l'éclat de ses vingt ans.

A la vue de sa tante, Edith, poussée par quelque chose d'irrésistible, se jeta dans ses bras, et soudain, comme si chez elle une détente se produisait, elle éclata en sanglots.

— Vous êtes une grande enfant, ma petite Edith, dit-elle, amicalement grondeuse. Pleurer de la sorte, une belle veille de Noël, cela ne doit pas se faire, même dans les bras de tante Mary.

— Oh ! c'est passé maintenant, dit Edith, et courageusement, un reste de larmes dans ses beaux yeux bleus, elle tendit les deux mains à son oncle Edmund, qui, plus ému qu'il ne voulait le paraître, mit dans son étreinte comme l'expression d'un dévouement et l'assurance d'un appui sur lesquels elle pourrait compter.

La fête se passa dans la plus stricte intimité. Les pauvres, qui d'habitude venaient en groupe chanter de vieux carols et recevoir des vêtements et des vivres, avaient été servis chez eux dès le matin, et quand, vers 10 heures la porte du salon s'ouvrit à deux battants, ce ne fut que pour livrer passage au personnel du château, qui venait, selon la coutume, assister au dépouillement du grand sapin qui étincelait.

Enfin, la messe qui tinta doucement dans la nuit vint mettre un terme à l'enthousiasme que causaient, et les pipes d'écume à monture d'argent, et les montres, et les fichus brodés.

Lord O'Byrn et lord Mac Closkey, précédés de John, qui, muni d'un falot, ouvrait la marche, suivis d'Edith, au bras de sa tante, et des serviteurs, tous formant cortège, s'acheminèrent au chant allègre de l'*Adeste* vers la chapelle du Tilleul.

L'autel était resplendissant de lumières. De la voûte en ogive pendaient des guirlandes de houx, et sur le côté, près de l'autel de la Sainte Vierge, une grotte de papier gris, piquée de mousse et naïvement givrée de craie, abritée par un sapin neigé, représentait un petit Bethléem du Nord, un petit Bethléem tout glacé où semblait frissonner, dans une crèche, un Enfant Jésus qui tendait les bras.

La chapelle, déjà envahie par les gens du village, était comble. Les hommes, les femmes, les enfants s'y pressaient recueillis, le rosaire aux doigts, le front illuminé de cette joie paisible des simples, des humbles, qui, en cette nuit, descend du ciel dans le dernier des hameaux.

Au moment où Edith arrivait à sa place, un rire d'enfant la fit se retourner. Au-dessus des groupes elle aperçut, grimpé sur les épaules de son père, un beau petit garçon aux longs cheveux blonds bouclés qui, des deux mains, envoyait des baisers à la crèche et aux lumières.

Toute frémissante, le regard fixé sur l'enfant, Edith, étrangère à tout ce qui l'entourait, oubliant le lieu où elle se trouvait, l'office qui commençait et la tante Mary qui la tirait par son manteau, suivait, l'être tendu, une avidité dans les yeux, les mouvements du petit. La main de Betsy se posant sur son bras la sortit de cette espèce d'extase qui l'avait saisie. Elle poussa un soupir, porta la main à son cœur comme si une souffrance aiguë venait de le traverser, et s'agenouilla machinalement, l'âme absente, l'esprit au loin, suivant les mouvements d'un autre enfant qui, à cette heure, envoyait peut-être aussi des baisers au petit Jésus.

De retour au château, maîtres et serviteurs, confondus dans cette égalité que le divin Enfant a apportée du ciel ici-bas, entourèrent la grande table de la salle à manger, aussi luxueusement dressée que si tous les seigneurs du comté y eussent été conviés.

Lady Mary et lord O'Byrn servirent le vin d'honneur, puis les plats défilèrent, ornés de houx lustré.

Au plum-pudding qui arriva flambant, un toast fut porté par John au châtelain de la Sapinière, puis Nina, en sa qualité de plus jeune, armée d'un grand couteau, partagea le mets enchanté qu'il est de rigueur de manger en la nuit de Noël, si l'on veut être favorisé d'une heureuse chance pendant tout le cours de l'année, et chacun le dégusta debout, l'air recueilli comme pour ne rien perdre de son influence extraordinaire et souveraine à laquelle le peuple d'Irlande croit comme au bon Dieu.

Les premiers jours de janvier, absorbés par les préparatifs du départ du châtelain et celui d'Edith, car lady Mary avait accepté de grand cœur la proposition que lui avait faite son frère au sujet de la jeune femme, s'étaient écoulés comme insaisissables.

Dans les pauvres cottages du hameau ce départ causait un certain émoi parmi les paddies habitués à la générosité d'Edith. C'était une providence qui leur ferait défaut, et ils la regrettaient sincèrement.

Le lendemain, sous le jour terne d'un triste matin d'hiver, dans la chapelle du Tilleul, silencieuse et recueillie, où seule la voix du prêtre s'élevait par moments, Antonina, fille de Beppo et de Girelda, épousait Jim, fermier-meunier des Genêts.

Dans la matinée, comme Nina, au bras de son mari, quittait le château sous une pluie de petits souliers, Edith, après avoir fait ses adieux à son père, partait pour Edimbourg avec la tante Mary et l'oncle Edmund.

Betsy devait aller la rejoindre dans la huitaine, après le départ du châtelain.

XVII

A Saint-Firminy, Willie, le beau petit Willie, que miss Bell avait jadis apporté, faisait la joie du couvent.

Ses premières dents, qui avaient coûté plus d'une nuit blanche à la bonne Sœur Philomène, ses premiers pas, ses premiers souliers furent autant d'heureuses surprises pour les bonnes religieuses. Parfois, pendant la récréation, elles se plaisaient à lui enseigner à jeter ses petits pieds, et lui, pour qui c'était une fête, souriait à toutes de ce joyeux sourire d'enfant heureux qui se sent aimé.

Puis il avait trotté dans toute la maison, d'abord à la main de Sœur Philomène qui modérait son pas sur le sien, puis longeant la cimaise du corridor à laquelle il s'accrochait, enfin il s'était affranchi et allait, de temps à autre, à la cuisine, où Sœur Dorothée avait pour lui une petite réserve de biscuits.

Mais où il se trouvait le mieux, c'était, quand la chère Mère le permettait, dans la grande salle d'ouvrage de la communauté. Là, commodément installé aux pieds de Sœur Tharsille, il emmêlait à plaisir ses pelotes de fil, faisait rouler ses bobines d'un bout à l'autre de la chambre et lui égarait sans cesse son dé de cuivre et son étui de buis qu'elle perdait son temps à chercher.

Grondé avec des sourires, ne craignant ni le long doigt qu'on lui montrait parfois ni les amicales fâcheries des bonnes Sœurs qui s'efforçaient de lui faire de grands yeux, Willie s'épanouissait dans cette atmosphère de chaude sympathie à la façon de ces plantes de choix qu'une serre protège contre un air trop vif. Aussi était-il d'une précocité rare, et à l'âge de dix-huit mois, c'était déjà un bambin ayant une volonté et à qui il fallait, de temps à autre, faire entendre raison.

Malgré ce que pouvait avoir de défectueux sur certains points ce genre d'éducation, Willie devenait un bon petit garçon que même les personnes du dehors choyaient de mille manières, et il n'était pas un ami du directeur qui ne s'informât de l'orphelin, pas une vieille dame des environs qui ne vînt le voir de temps en temps en le comblant de cadeaux.

On était habitué à le voir se promener dans le grand jardin, tenant la main des visiteurs. Aussi cela parut la chose la plus naturelle du monde, quand, un jour, on le vit installé sur les bras d'un grand monsieur, lui tiraillant la moustache et lui battant la poitrine de la pointe de ses petits pieds.

— Willie, vous fatiguez Monsieur, dit avec une apparence de sévérité le directeur, je vais vous rendre à Sœur Philomène.

L'enfant s'arrêta interdit, et, quelque chose de déçu dans le regard, il attendit, croyant bien que l'étranger allait, comme tant d'autres avec lesquels il faisait ainsi le *dada*, le déposer simplement à terre et le laisser retourner près de sa *Mène* — c'est ainsi qu'il nommait Sœur Philomène.

À son grand étonnement, Willie sentit, au contraire, que les grands bras qui le tenaient se resserraient, tandis que l'étranger assurait au directeur que le petit ne le fatiguait pas.

Enhardi par cet affectueux témoignage, Willie s'accrocha à son nouvel ami, froissant son col et sa cravate, et, après avoir regardé le directeur d'un air de dire : « Vous voyez bien », et aussi comme pour le prier de ne pas l'enlever à celui près de qui il se sentait si heureux, les lèvres sur le visage de l'inconnu, il lui donna un baiser.

C'était le tout premier baiser de l'enfant, et comme le prêtre le faisait observer au visiteur, celui-ci tressaillit, et, un éclair de joie dans les yeux, il rendit avec effusion ce baiser, comme si une somme de tendresse s'étant accumulée en lui, il avait hâte de la déverser.

— J'aime les enfants, dit-il comme s'excusant, c'est si bon, un petit enfant !

— Vous me faites l'effet d'avoir des dispositions toutes spéciales pour être père de famille, dit en souriant le prêtre.

Une grande tristesse s'était répandue sur le visage de l'étranger ; il avait pâli, un frémissement l'agitait, et dans son regard se lisait une telle désespérance, que le directeur, regrettant d'avoir peut-être réveillé chez l'inconnu une profonde douleur endormie, s'empressa de changer le cours de la conversation.

Willie, qui de loin aperçut Sœur Tharsille se rendant à la vigne pour porter le goûter, jeta des cris perçants, tendit les bras et se démena si vigoureusement que le visiteur dut le déposer à terre et le laisser courir après la religieuse, qui, au grand chagrin de l'enfant, disparaissait déjà derrière les buissons.

— Monsieur le Directeur, dit enfin l'étranger après cette petite diversion qui semblait être venue à propos pour secouer une sorte de gêne qui s'était soudain élevée entre eux, je vous remercie de votre accueil. La solitude dans laquelle je vis habituellement, mon éloignement de toutes relations pourraient vous faire supposer que je suis un misanthrope ; mais il est parfois dans la vie des circonstances qui vous font tout abandonner sans que pour cela on renonce à certains rapports amicaux qui sont comme une détente morale et dont il arrive que l'âme ait besoin. M'installant dans l'endroit, j'ai tenu à venir vous présenter mes hommages ; j'ose espérer, Monsieur le Directeur, que nous n'en resterons pas au simple échange de cette formalité de bon voisinage et que vous me compterez au nombre de ceux que vous fréquentez habituellement.

— Je me trouve très honoré, cher Monsieur, de votre aimable invitation, dit en s'inclinant le directeur, et soyez persuadé que, bien que mes occupations m'interdisent des relations suivies, je me ferai un plaisir d'aller vous voir. En tous les cas, vous serez toujours ici le bienvenu.

A la grille du jardin, ils se séparèrent après une cordiale poignée de main, le directeur se dirigeant vers la chapelle où l'exercice du soir s'annonçait, l'autre s'engageant dans un chemin creux qui conduisait vers la campagne.

L'étranger, ou, pour mieux dire, Walter Burton, comme le témoignait la carte qu'il avait fait remettre au directeur de l'asile, habitait une jolie demeure, un peu à l'écart de Saint-Firminy, adossée au grand bois.

Très coquette dans sa robe de briques rouges liserées de blanc, coiffée d'un joli toit de tuiles neuves aux tons de coquelicot, elle avait, dominant le champ de blé qui la précédait et où s'ébrouait l'or des épis, quelque chose d'une villa et d'un tout petit castel de plaisance. Villa par ses contrevents verts, sa glycine pendante, son auvent à pans retroussés, castel par les deux tours à clocheton, qui la flanquaient aux angles, et sa base de beau granit bleu.

Un matin, il y avait de cela deux mois à peine, un monsieur d'une certaine distinction s'était présenté dans l'étude d'un notaire de Nancy, le priant de lui procurer, dans le plus bref délai, aux environs de Saint-Firminy, une maison de campagne avec écurie et remise.

Le notaire ne put réprimer un mouvement de surprise. Pour lui, Saint-Firminy était un trou, un pays perdu, éloigné de tout centre civilisé, où les vaches elles-mêmes devaient meugler d'ennui, où, en fait de cours d'eau, on ne connaissait que celui qui dégoulinait sur le pavé englué du lavoir et se jetait mousseux avec des relents de lessive dans un grand caniveau.

— Saint-Firminy..... répéta-t-il, relevant ses lunettes et considérant comme un phénomène étrange ce monsieur qui, très sérieusement, venait lui demander d'acheter pour lui une maison à Saint-Firminy, comme s'il y avait des maisons à Saint-Firminy et comme s'il s'en vendait.

— Vous dites bien Saint-Firminy ? insista-t-il.

— Oui, Monsieur le notaire, Saint-Firminy-sur-Moselle.

— Oh ! sur Moselle ! De très loin, vous savez, à une distance de plusieurs lieues.

L'étranger eut un geste vague, comme si la Moselle et tous ses affluents le laissaient parfaitement indifférent.

— Peu importe, dit-il ; ne pourriez-vous me procurer une maison par là ?

— Il faudra que je me renseigne, car pour le moment je ne connais absolument rien.

Puis, brusquement, il se leva, et ouvrant la porte d'une grande salle qui servait d'étude à de nombreux clercs :

— Eh ! Messieurs, l'un de vous connaîtrait-il une maison avec écurie et remise à vendre à Saint-Firminy ?

— A deux kilomètres, est-ce trop ? demanda un petit saute-ruisseau précisément originaire d'un village voisin.

Le notaire se retourna, l'air interrogateur, vers l'étranger.

— Comme j'aurai cheval et voiture, je ne trouve pas cette distance exagérée, fit ce dernier.

— Alors, il y a à la lisière du bois d'Affou la maison du vieux colonel, mort il y a une dizaine d'années. Elle est vide depuis et doit être bien délabrée, mais il y a une écurie, une remise et un grand jardin.

— Monsieur, dit le notaire, je vais m'occuper de cela au plus tôt ; dès ce midi, j'y enverrai un de mes clercs et vous en écrirai.

— Du moment que c'est la seule maison que l'on puisse se procurer aux environs de Saint-Firminy, dit l'étranger, veuillez, je vous prie, me l'acheter, et vous m'obligeriez à me l'aménager dans les meilleures conditions d'habitation. Et même, ajouta-t-il en tirant négligemment de son portefeuille une liasse de billets de banque, si ce n'était pas abuser de votre complaisance, je vous prierais de charger quelqu'un de veiller à son ameublement complet. Quelque chose de simple, mais de confortable. Une chambre à coucher, un bureau, une salle à manger, un salon, une cuisine et une chambre pour un domestique.

Le notaire, en présence de ce client, qui sans sourciller posait sur le bureau de quoi payer deux fois la maison du colonel, assura avec empressement qu'il se chargeait de tout, et l'étranger se retira.

Trois jours plus tard, à la grande stupéfaction des gens du hameau, des ouvriers maçons, plâtriers, marbriers, suivis de grands chariots chargés de matériaux, entreprirent, par tous les bouts, la mise en état de cette demeure mystérieuse, où jamais, depuis la mort du vieux colonel, nul n'avait pénétré.

On l'habilla d'un revêtement de briques neuves ragréées de blanc, on exhaussa les tours, on perça des fenêtres un peu de tous côtés, faisant de la bicoque abandonnée quelque chose d'original et de charmant.

Puis ce fut le tour des menuisiers, des peintres, des tapissiers, et cinq semaines ne s'étaient pas écoulées que de grandes voitures chargées de meubles traversèrent le village, devant tous ces braves gens qui, sur le pas de leur porte, derrière leur fumier, regardaient émerveillés les torsades de paille et de copeaux qui leur cachaient tout cela.

C'était le lendemain de son installation que Walter Barton s'était rendu au couvent.

Qui l'eût vu, sa visite terminée, reprendre le chemin de sa demeure, se fût certainement demandé quelle était la joie qu'il avait dû ressentir. Le vieux domestique ne put se défendre d'une vive surprise à la vue de l'animation heureuse de son maître, et son étonnement fut à son comble quand Walter se mit à table et attaqua, avec un entrain qu'il n'avait plus depuis longtemps, les mets qu'il lui présenta.

A partir de ce jour, les allures de Walter Barton se modifièrent complètement. Ce fut en lui comme un renouveau, comme un élément de vie qui s'était infusé dans tout son être et le pénétrait. Il allait, venait avec une activité heureuse, fumait avec une satisfaction que son dévoué serviteur ne lui connaissait plus, lisait ses journaux avec intérêt et faisait de longues promenades sur le bel alezan brûlé qu'il s'était procuré peu de temps après son installation.

Peu à peu des rapports très suivis s'étaient établis entre le couvent et la maison du bois d'Affou. Quand ce n'était pas le directeur qui venait au petit castel, c'était Walter qui se rendait à l'asile et y passait de longues heures, le plus souvent avec Willie, qui s'était attaché à lui comme à un camarade et en faisait décidément ce qu'il voulait.

Il arrivait aussi que, l'enfant à la main, réglant sa marche sur la sienne, Walter l'emmenait chez lui. Alors c'étaient de bonnes parties entre l'étranger et le petit orphelin. Là, n'ayant que le vieux serviteur pour témoin, Walter Barton se faisait enfant, jouant avec Willie sur une grande pelouse quand il faisait beau temps, ou, quand il pleuvait, retiré avec lui dans une chambre de jeu, qu'il avait fait aménager à côté de son bureau, et qu'il s'était complu à munir de tout ce qui peut faire la joie d'un enfant.

Le printemps et l'été s'écoulèrent de la sorte, resserrant de plus en plus ces relations assez originales du riche Walter Barton avec le petit abandonné.

Aux premiers froids, ce fut en *brougham* que Walter fit ses visites au couvent, insistant souvent pour avoir avec lui le directeur qui parfois se laissait tenter par la perspective d'une bonne partie de manille ou de bésigue, mais emmenant toujours Willie qui rayonnait à l'idée du plaisir qu'il allait avoir dans la grande chambre aux joujoux.

Il arrivait que, vers le soir, le petit s'endormait. Alors l'étranger, trouvant la nuit trop noire, le chemin trop mauvais, ne voulant pas troubler le sommeil de l'enfant, le déposait délicatement dans un tout petit lit bien moelleux qu'il plaçait à côté du sien, heureux de profiter des occasions qui lui étaient données d'abriter sous son toit le petit orphelin.

Les bonnes Sœurs s'étaient habituées à ces absences de Willie ; il était chez son « grand ami, Walter », le seul maintenant qui pût le faire obéir, et bien qu'elles trouvassent très singulier cet attachement de l'étranger pour l'enfant, elles avaient fini à la longue par s'y accoutumer.

Si, l'été qui suivit, le jardin du petit castel, cultivé avec un soin minutieux, produisit les plus belles roses dont la gamme des tons, partant du blanc de neige, se terminait par le rouge endeuillé, c'est que Walter Barton avait découvert que Willie aimait les fleurs, que les parterres l'attiraient, qu'il caressait du regard les pétales perlés de rosée et semblait rendre le salut aux tiges graciles et frêles que la brise inclinait devant lui.

A certains jours, Walter en faisait une énorme moisson en présence de Willie, qui trépignait, battait des mains, jetait des cris de joie à la vue des beaux *Papa Lambert* au rose souriant, des *Grand-duc de Luxembourg*, toujours inclinés comme pour faire admirer l'envers éclatant de leurs pétales cornés, des *Ernest Morel* aux éclairs de feu, et d'autres aux reflets éclatants, aux ombres nuancées, qui s'accumulaient à ses pieds et l'enveloppaient de leur haleine suave comme un parfum de paradis.

Alors l'étranger bottelait tout ce rouge, tout ce blanc, tout ce rose, en faisait une fagotée et prenait avec le petit le chemin du couvent.

A la porte du grand jardin des Sœurs, Willie tendait les bras, s'emparait du tout, qu'il serrait tant bien que mal contre lui, les doigts crispés au lien de raphia, et s'avançait à tout petits pas jusqu'à ce que Sœur Elisabeth, la sacristine, l'apercevant de la chambre de travail, accourût à sa rencontre avec de joyeuses exclamations.

Lui, tout fier, laissait, avec un air de soulagement, tomber le gracieux fardeau sur le gazon, croisait ses petits bras qui n'en pouvaient plus, soufflait un peu, car l'effort avait vraiment dépassé ses forces, et, de ce ton autoritaire des enfants qui se sentent aimés :

— Tout ça pour la bonne Sainte Vierge, tu sais, Zabeth, il faut, ami Walter a dit.

XVIII

« Ami Walter a dit » était la phrase magique de Willie, son mot de passe, son espèce de « Sésame, ouvre-toi ». Il l'employait à tout propos, pour les grandes comme pour les petites choses. Pour lui, c'était un charme auquel rien ne pouvait résister, faisant tout accepter, tout accorder. Aussi en fit-il usage le jour où, avec une sorte d'épouvante, les bonnes Sœurs apprirent que l'ami Walter avait acheté un poney et qu'il se proposait, avec une selle perfectionnée, commandée dans une des premières maisons de Paris, et des courroies de sûreté, de le faire bel et bien monter par l'enfant, qui pourrait ainsi l'accompagner dans ses promenades aux environs.

C'était Willie qui, un beau matin, après avoir rêvé toute la nuit du joli poney arrivé la veille, avait, tandis que Sœur Philomène le lavait, fait part de la grande nouvelle à sa vieille *Mène*.

Celle-ci, ne pouvant croire à une telle extravagance, rit de tout son cœur à cette idée qui, d'après elle, était une pure imagination du petit.

— Je t'assure, *Mène*, j'ai un cheval, un vrai, tu sais ; il fait *brrou* comme Brisky ; il remue la tête, tiens, comme ça et encore comme ça.

Et, entre deux coups d'éponge, Willie ondula de la nuque en de grands *oui* et de grands *non* si expressifs, si bien réussis, que Sœur Philomène, jugeant le cas très grave, en fit part, non seulement au directeur, mais à toute la communauté.

Le prêtre, dont Walter avait pris l'avis, tranquillisa les religieuses, expliqua la selle à supports, les courroies qui enserreraient les genoux, la martingale en plastron dont le poney serait muni ; mais les bonnes filles, malgré toutes ces précautions, ne pouvaient se faire à l'idée de voir ce petit bout d'homme qu'était Willie chevaucher à côté de Brisky sur un vrai poney, capable, à leur avis, de toutes les malices.

— Monsieur Barton ne pouvait-il donc pas attendre ?

— Ne dirait-on pas qu'il a hâte de voir grandir *notre* petit ? S'il pouvait tirer dessus pour l'allonger, il le ferait, pour sûr !...

— A-t-il donc été pressé de lui voir quitter ses robes ! Comme si vraiment les garçons n'étaient pas déjà trop vite garçons !

Et les bonnes religieuses éprouvaient un vrai chagrin de se voir peu à peu arracher de leurs bras, soustraire à leur influence ce Willie, objet de tant de sollicitude, ce cher petit Noël accueilli à plein cœur, aimé, choyé avec cette tendresse que la femme éprouve pour les petits, et qui s'émancipait par degrés de jour en jour, s'en allant la main dans celle de Walter et ne se retournant déjà plus sur Sœur Philomène qui le suivait du regard si loin qu'elle pouvait, quand il se dirigeait vers la maison du bois d'Affou.

Qu'étaient maintenant les bobines de la chambre de travail qu'il avait fait rouler ? Les dés que l'on avait fait tourner en toupie devant lui et qui le faisaient éclater d'un rire hoqueteur à reprises suffocantes ?

Qu'était tout cela, vraiment, en regard des jolies locomotives à alcool conduisant des trains de voyageurs et de marchandises sur un long parcours sinueux où de petites gares s'espaçaient ; des camps à remparts de carton-pierre où des hussards, des dragons et des fantassins fraternisaient sous des tentes à raies rouges et blanches, où de fringants petits artilleurs entouraient de beaux canons dorés, lançant des boulets de sucre rose sur des assaillants au casque pointu ?....

Qu'était la corbeille de Sœur Tharsille avec ses pelotes, son dé de cuivre et son étui de buis à côté du grand placard de la chambre de jeu qui renfermait des merveilles ? Qu'étaient les biscuits de Sœur Dorothée, les promenades à la vigne pour accompagner le goûter ?.... Tout fondait, tout s'évanouissait ; Willie s'en allait petit à petit, il glissait entre leurs doigts, et l'ami Walter prenait toujours plus.

— Dis, Willie, tu ne dois pas monter ce poney, tu ne peux pas faire cela, mon petit, supplia Sœur Tharsille.

— Mais ami Walter veut !

— Dis à ami Walter que tu es trop petit.

— Il a dit que j'étais un garçon, et les garçons, ça monte à cheval. Je veux le poney d'ami Walter.

— Oui, tu l'auras, chéri, mais plus tard, quand tu seras plus grand.

— Non, je veux aujourd'hui.

Et l'enfant, sentant la résistance, entra dans une violente crise de larmes que les plus douces caresses ne parvinrent pas à apaiser.

L'incident avait mis en émoi tout le couvent de Saint-Firminy, et dans les longs commentaires auxquels il donna lieu, plus encore que du petit orphelin on parla de l'ami généreux dont, jusqu'à présent, on avait respecté l'impénétrable mystère. Les opinions se donnèrent libre cours sans éclaircir d'ailleurs le moins du monde le cas de M. Barton.

Mais quel que fût cet étranger, ses affectueux caprices pour Willie ne pouvaient qu'entraver les efforts consacrés à son éducation. Ce fut aussi l'avis du sage directeur, qui reçut sur-le-champ la délicate mission d'aller aux informations et d'exposer à M. Barton les inconvénients qu'il y aurait à faire à l'enfant une existence trop différente de celle que lui réservait l'avenir.

Quelques jours après, sachant M. Barton absent, le directeur se présenta à la maison du bois d'Affou. Mais la longue conversation qu'il y eut avec le serviteur de l'étranger ne lui apprit absolument rien.

— Au moins, ajoutait-il, pourriez-vous à l'occasion insinuer à votre maître, sans que cela paraisse, que, pour le bien même de Willie, quelques modifications dans ses rapports avec lui s'imposent.

Le vieux serviteur, très embarrassé, hochait la tête, comme s'il trouvait vraiment que ce que lui demandait le directeur n'était pas si simple.

— Voyez-vous, dit-il, mon maître a beaucoup souffert ; tout en lui, à un moment donné, a été étrange ; ses allées et venues ont été inexplicables ; à l'heure qu'il est, je ne m'explique pas encore ce qui l'a amené à Saint-Firminy ; maintenant il semble que c'est Willie qui l'y retienne. Je n'y comprends rien, vous dis-je. Ici, M. Barton m'a paru revivre. Le voyant s'attacher à l'enfant, je n'ai pas osé intervenir. Mon maître est très sensible, Monsieur le Directeur, et je dois prendre certains ménagements avec lui. Je ferai ce qui sera en mon pouvoir, Monsieur le Directeur, mais mais vraiment comment je m'y prendrai.

— Enfin, faites ce que vous jugerez à propos, aidez-moi, et, tout doucement, à nous deux, peut-être arriverons-nous à retirer un peu Willie,
de façon à ce qu'il ne vive pas continuellement comme un petit millionnaire et ne s'attache pas outre mesure à un ami dont, d'une façon comme
de l'autre, il devra se séparer un jour.

— Je vous promets d'essayer, assura le vieux serviteur.

. . . .

Ayant pour ami, pour tout petit ami, l'orphelin d'un asile, pour compagnon un vieux serviteur, pour seule relation un prêtre auquel de nombreuses
occupations ne permettaient pas de fréquentes visites au petit castel, Walter
Barton, aussi étranger à Saint-Firminy qu'au jour de son arrivée, restait
pour les habitants du village une énigme, dont, après maintes tentatives,
soit au couvent, soit près du vieux serviteur, le sens continuait à leur
échapper.

Bref, Walter Barton, ignorant la curiosité qu'éveillaient ses moindres
mouvements, allait commencer son second hiver dans sa maison du bois
d'Affou, sans souci de l'isolement de neige qui l'entourerait de partout, ni
des grands vents hurleurs qui passeraient par les taillis.

Dès novembre, Walter Barton reprit le *brougham*, car des pluies abon-
dantes s'étaient mises à tomber, détrempant les chemins. Mais il avait
remarqué à différentes reprises, bien que le directeur le reçût toujours avec
la même cordialité, qu'on lui cédait Willie avec moins d'abandon, et quand
vinrent les longs soirs d'hiver, ces soirs où, si souvent surpris par le sommeil, l'enfant avait couché à la maison du bois d'Affou, Walter Barton fut
très étonné de voir arriver presque régulièrement la vieille guimbarde aux
flancs crevés que l'on avait fait atteler tout exprès pour venir chercher le
petit.

Les premières fois, elle n'était venue que d'une façon assez irrégulière,
laissant certains soirs Willie à « son ami ». Mais quand elle arriva chaque
fois vers 7 heures reprendre l'enfant, Walter y vit un système ; il sentit
qu'un changement s'opérait par degrés, et un soir que le cocher du couvent
avait emmené Willie tout endormi, sans égard pour ce profond sommeil
que l'étranger avait toujours respecté, celui-ci, pris d'une amère sensation
d'isolement, assis le dos courbé dans le fauteuil de la chambre de jeu où
l'hiver précédent il avait tant bercé Willie, entouré de tous les jouets épars
dans ce touchant désordre du soir qui témoigne que, l'*homme au sable* étant
passé, les yeux des petits ont dû se fermer, semblait en proie à une grande
souffrance.

Le vieux serviteur, habitué à voir descendre son maître sitôt le départ de
Willie, monta pour le prévenir que son thé était servi, et il trouva Walter
la tête enfouie dans ses deux mains.

— C'est sans doute que Monsieur voit que maintenant on vient tous les
soirs chercher l'enfant, et cela fait de la peine à Monsieur, hasarda le domestique. J'aurais bien prévenu Monsieur, mais Monsieur comprendra que.....

Walter s'était lentement redressé, et, le menton appuyé sur son poing, il
attendait que l'autre s'expliquât.

— .....Oui, Monsieur comprendra qu'il m'était pénible de lui parler de

cela, et j'attendais toujours, fit le domestique avec un certain embarras, mais
maintenant que l'on vient ainsi chercher le petit, Monsieur doit bien voir
qu'il y a quelque chose.

— Et quelle chose ? demanda machinalement Walter.

— Il y a que M. le directeur pense que, pour le bien de Willie, on ferait
bien de le garder moins souvent et moins longtemps ici. Il m'a fait observer
qu'un jour ou l'autre vous pourriez partir et que cela ferait trop de chagrin
à l'enfant, ou que la famille de Willie pourrait le reprendre, et que ce
serait alors la même chose.

— Ah ! il a dit cela, murmura pensif Walter Barton.

Il se leva, son pied heurta un jouet qui rendit comme une plainte de
clinquant ; c'était un clown à cymbales qui, les bras étendus, gisait sur le
tapis et grimaçait un sourire ironique et cruel.

— Ah ! il a dit cela, répéta Walter, les yeux fixés sur le joujou qui avait
fait rire l'enfant et qui, maintenant, il le sentait, allait, lui, le faire pleurer.

Un vent violent, secoueur, ravageait le bois et chassait des fagaettes
mortes qui venaient crépiter contre les vitres de la grande chambre. C'était
une tourmente sauvage, et Walter, comme si cette tourmente répondait à ce
qui se passait en lui, semblait suivre le bruit de la bourrasque et s'en laisser
bercer.

Walter Barton passa nerveusement sa main sur son front, semblant
chasser énergiquement quelque chose qui l'obsédait, et de l'air de quelqu'un
qui prend soudain une résolution :

— Descends, ferme la maison pour la nuit, et viens me retrouver, j'ai
à te parler.

Que se passa-t-il entre le maître et le serviteur ? Qu'avait donc à lui conter Walter pour le retenir ainsi ? car la lumière de la chambre de jeu brilla
toute la nuit dans la campagne. Qu'avait-il dû lui apprendre pour que le
bon vieux parût si heureux quand il se retira ?.....

Le lendemain, Walter Barton se rendit au couvent.

Le directeur était dans son bureau, occupé à dépouiller son courrier. A la
vue de Walter, il se leva avec empressement et lui tendit la main par-dessus
sa table encombrée de livres et de papiers :

Et, comme si la lecture des lettres qu'il venait de recevoir était terminée,
et qu'il pût remettre à plus tard d'y répondre, il prit place dans un fauteuil
vis-à-vis de l'étranger, et remit une bûche dans la cheminée.

Walter, après l'échange de quelques paroles polies, gardait un silence
embarrassé. Les mains sur les genoux, les yeux fixés sur le foyer, il paraissait poursuivre une idée et attendre un moment favorable pour la communiquer, quand le directeur, sans s'en douter, lui en offrit aussitôt l'occasion.

— Ne pensez-vous pas, lui dit-il, que ce mauvais temps est peu favorable
aux fréquentes visites de Willie chez vous, et que l'on pourrait.....

— C'est précisément au sujet de Willie que je venais vous trouver, interrompit Walter ; je me suis attaché à cet enfant, il a pris une très grande
place dans mon existence, et mon plus vif désir serait de l'adopter ; y ver-
riez-vous des inconvénients ?

Je suis riche, Monsieur le Directeur, très riche, et je suis seul au monde,
absolument libre de disposer de ce que je possède. Je puis assurer l'avenir

de cet enfant. Laissez-moi le faire mien, et ma reconnaissance à votre égard sera sans bornes.

Le prêtre se recueillit quelques instants, puis, avec une extrême douceur, comme s'il sentait la peine qu'il allait causer :

— Pardonnez-moi, Monsieur Barton, mais l'adoption est chose beaucoup plus compliquée que vous ne le supposez. Ensuite, bien que j'ignore absolument l'origine de Willie, certains indices m'autorisent à supposer qu'il appartient à une famille d'un certain rang. Cet enfant n'est pas, comme on pourrait le croire, un petit malheureux recueilli par charité ; du reste, notre maison, vous avez pu le voir, n'est pas un orphelinat ; ce sont des Sœurs qui soignent les malades ; nous avons fait une exception pour Willie, à cause de l'insistance de l'un de mes amis qui m'assura que le cas était digne du plus grand intérêt. L'enfant nous a été confié pour quelques années, du moins je le suppose, car rien de précis n'a été spécifié ; mais on m'a fait prévoir que cela pourrait dépendre de certaines circonstances. J'ignore ces circonstances ; je garde Willie avec la perspective de devoir le rendre à un moment donné à ceux qui me l'ont confié et qui, par cela même, ont tous les droits.

Les traits contractés, Walter Barton semblait faire des efforts surhumains pour se contenir :

— Non, il ne faut pas songer à l'adoption, Monsieur Walter, c'est une chose impossible, et même il est urgent de modifier vos rapports avec Willie; un jour la séparation pourrait lui être trop pénible.

— Je vous comprends, Monsieur le Directeur, oui, je vous comprends, fit, très ému; Walter Barton, seulement, vous ignorez la raison qui me guide et qui, je n'en doute pas; fera tomber tous vos scrupules.

— Quand on désire une chose, cher Monsieur Barton, on croit toujours avoir des raisons très plausibles. Croyez-moi, Willie ne peut être adopté ; cet enfant appartient à sa famille, et quelles que soient vos raisons, je ne crois pas qu'elles changeraient mon avis.

Walter prit dans les siennes les mains du prêtre, et les yeux dans ses yeux :

— Ce que j'ai à vous dire, Monsieur le Directeur, est très grave et doit rester entre Dieu et nous, et quand vous m'aurez entendu, seulement alors vous me refuserez Willie.

Et l'étranger, à mi-voix, comme s'il eût craint que les murs eux-mêmes entendissent, fit au prêtre une longue confidence.

Quels furent les arguments qu'il fit valoir ?..... La raison qu'il donna fit-elle donc tomber, comme il l'avait dit, les scrupules du directeur ?

— Me le refuserez-vous encore ? demanda-t-il au prêtre quand il eut fini.

— Non, je ne vous le refuse plus, dit celui-ci, bouleversé, mais je maintiens que l'adoption est impossible.

*   *   *   *   *   *   *

La vieille guimbarde n'alla plus les soirs d'hiver chercher Willie à la maison du bois d'Affou. Les bonnes religieuses, suffisamment rassurées par le directeur, s'émurent moins des conséquences de l'affection réciproque des deux amis, et Walter Barton eut la grande douceur de garder chez lui des semaines entières le petit abandonné.

XIX

Tandis que, avec l'assentiment du directeur, Walter Barton, dans sa maison du bois d'Affou, se consacrait à Willie ;

Tandis que, pour lui éviter le collège — chose dont il avait été sérieusement question à un moment donné, — il commençait à lui enseigner la lecture et l'écriture, l'initiait à des connaissances en rapport avec son âge et lui faisait réciter les leçons de catéchisme qu'indiquait le prêtre ;

Tandis que le vieux serviteur faisait son Dieu de *Master* Willie et n'avait assez de ses yeux pour l'admirer ni de ses oreilles pour recueillir ses propos enfantins qui, pour lui, semblaient avoir un charme tout particulier, Edith, tantôt au château d'Oak Hill, tantôt à la riche résidence d'Edimbourg, aimée de lady Mary qui la considérait comme son enfant, choyée de la bonne vieille Betsy, entourée de luxe et d'élégance, vivait des heures très amères.

Sans doute, ces trois années chez son oncle et sa tante, si bons, si affectueux, eussent dû être pour la jeune veuve une ère de calme et de paix, mais le secret qu'elle gardait au fond de son cœur en ce qui concernait Willie la torturait ; la vue d'un enfant la faisait tressaillir, et sans cesse elle se reportait vers celui qui, sur la route blanche, menant à Limerick, s'était perdu dans le lointain, vers ce petit Willie, orphelin d'asile, qui venait d'avoir ses quatre ans.

A la demande de la pauvre mère, le directeur de Saint-Firminy lui avait envoyé la photographie de l'enfant.

Coiffé d'un joli béret duquel sortaient ses beaux cheveux bouclés, Willie la regardait de ses grands yeux sérieux et étonnés, et ce regard venant de si loin poursuivait Edith comme un appel à sa tendresse et lui causait un remords cuisant.

Il lui arrivait de passer des heures en contemplation devant le portrait de son fils, et souvent, soit illusion, soit qu'en réalité l'enfant ressemblât d'une façon frappante à son père, il semblait à la jeune veuve que l'usinier se dégageait des traits du petit et que, dans son regard, l'âme du disparu venait lui reprocher l'abandon de ce beau petit Willie qu'il eût tant aimé.

Il avait été décidé, cette année-là, que l'on prolongerait le séjour au château d'Oak Hill jusqu'à la fin de janvier, lord Mac Closkey ayant fait restaurer son hôtel d'Edimbourg et les salons n'étant pas encore en état de recevoir pour les fêtes de Noël et de nouvel an.

L'hiver s'annonçait maussade et pluvieux, et le vieux château de la montagne, avec son granit mouillé, semblait, au milieu des chênes jaunis, plus noir que jamais.

Les distractions mondaines avaient repris leur cours à la ville, et les châtelains d'Oak Hill, amateurs de théâtres et de concerts, s'absentaient fréquemment. Ils avaient beaucoup insisté pour qu'Edith les accompagnât, mais la jeune femme, dont la santé laissait beaucoup à désirer, prétexta la fatigue que ces plaisirs lui occasionnaient et obtint de rester avec Betsy.

Les châtelains quittaient Oak Hill au commencement de la soirée et ne rentraient parfois que très avant dans la nuit.

La distance d'Edimbourg n'était pas très considérable ; seulement comme en voiture on ne pouvait prendre le raccourci, le chemin contournant la montagne allongeait un peu le trajet.

On était au commencement de décembre. C'était un jeudi, jour de grande représentation au Théâtre royal d'Edimbourg ; lord Edmund et lady Mary étaient partis comme d'habitude après le dîner, et Edith s'était retirée près de Betsy.

La bonne vieille en était venue à se réjouir de ce que le monde, enlevant ainsi les châtelains au manoir, lui permît de revivre avec Edith les bonnes soirées d'autrefois.

C'étaient de longues causeries pleines de réminiscences, les reportant toutes deux à ce temps où, dans la grande *nursery* de la Sapinière, devant le même feu flambant, au chant de la même petite bouilloire, on passait les bons soirs d'hiver avec la pauvre Hilda que la mort avait prise en pleine jeunesse et la petite Espagnole partie pour le moulin des Genêts, et qui, depuis la naissance de son second enfant, n'avait plus écrit. On parlait de Willie, on faisait des projets, on parlait de lord O'Byrn qui maintenant, pris par la goutte qui le guettait depuis longtemps, était immobilisé au loin et inspirait des inquiétudes ; et quand 10 heures sonnaient, la jeune femme, après avoir souhaité le bonsoir à Betsy, rentrait dans sa chambre où elle lisait en attendant le sommeil.

Ce soir-là, la veillée s'était prolongée un peu plus tard qu'à l'ordinaire, et il allait être 11 heures quand Edith se retira.

Seule dans son appartement aux lourdes tentures de velours broché, la jeune femme, trop lasse pour lire, assaillie, du reste, par une foule de pensées qui l'obsédaient, songeait tristement, enfouie dans le large fauteuil où elle avait l'habitude de veiller.

La flamme du foyer jetait par moments des lueurs furtives sur ce qui l'entourait et allongeait des ombres, faisant les coins tout noirs, donnant ainsi une vague impression de vide et d'abandon.

Au dehors, le vent faisait rage, chassant contre les vitres une pluie serrée et continue mêlée de grésil.

Le cartel de bronze sonna lourdement minuit.

Edith ranima le feu, et, comme elle se baissait pour prendre dans le coffre à bois de quoi le recharger, un bruit strident comme du cristal qui se brise la fit se redresser.

La bourrasque continuait à mugir, la pluie tombait toujours crépitante, et la jeune femme, placée en dehors du rayonnement des braises, adossée au mur perdu dans la pénombre, écoutait, retenant son souffle, et essayait de saisir, au milieu des sifflements de la tourmente, la répétition de ce bruit qu'elle ne pouvait s'expliquer.

Quelques minutes s'écoulèrent, et, supposant s'être trompée, Edith s'emparait d'une bûche qu'elle allait poser sur les chenêts, quand un léger grincement l'arrêta.

Les yeux dilatés par l'effort obstiné d'y voir malgré les ténèbres qui l'environnaient, elle cherchait plus encore par la pensée que par le regard la cause de ce grincement qui allait continu et croissant, avec, de temps à autre, quelque chose de plus incisif et de plus strident, lorsqu'un coup sec, sans cette légère vibration du premier qu'elle avait entendu, éclata tout à coup.

C'était tout près, lui semblait-il. Edith eut comme l'impression que l'on marchait dans le corridor ; elle crut même saisir un frôlement presque imperceptible contre sa porte, puis le silence se fit.

Était-ce un serviteur allant alimenter le feu dans la chambre de lord Edmund ? Était-ce la femme de chambre qui s'était attardée chez lady Mary ?

Elle ne savait, mais une sorte de terreur l'avait envahie; cette grande maison vide contre laquelle le vent redoublait de violence lui fit peur, une angoisse inexprimable la saisit, et elle se mit à écouter ce silence comme s'il cachait un danger.

La voiture qui rentrait la fit se ressaisir. La voix de lord Edmund donnant des ordres au cocher pour le lendemain la rendit à la réalité. Son épouvante lui parut puérile, et elle allait procéder à sa toilette de nuit quand, à l'étage supérieur, un mouvement insolite se produisit, et Edith crut saisir comme le bruit sourd de la chute d'un corps sur le parquet. Presque au même moment, sur le balcon, devant sa fenêtre, elle vit s'abattre une masse qui poussa un hurlement de douleur, puis tout retomba dans le plus profond silence.

Éperdue, Edith sonna et se mit à lancer des appels perçants.

Le cocher et le groom accoururent avec de la lumière.

— Là ! Oh ! Voyez donc là, leur dit Edith, montrant la fenêtre.

Le cocher ouvrit la porte vitrée. Le vent s'engouffra dans la chambre et fit vaciller la flamme de la lampe que tenait le groom.

Dans un coin du balcon, sous la pluie qui tombait par torrents, un homme gisait évanoui.

Le cocher le traîna vers le milieu de la chambre.

Ce mouvement un peu brusque dut causer une vive douleur à l'individu, qui sans doute s'était blessé dans sa chute, car il laissa échapper un grondement sourd.

Sans égard pour cette plainte, le cocher le secoua durement.

L'autre ouvrit les yeux, les fixa hagards sur ceux qui l'entouraient et voulut se redresser. Cet effort lui arracha une imprécation et il retomba sans force, rageant de son impuissance et soufflant bruyamment.

Soudain il aperçut Edith. Un éclair de triomphe traversa son regard, et dans ses dents serrées il murmura sur un ton de menace les noms de Telson, de wretch et de Boston, incompréhensibles pour tous, mais qu'avec une épouvante indescriptible la pauvre Edith saisit aussitôt.

Lady Mary entra. A la vue de cette scène inexplicable, elle questionna. Edith, plus morte que vive, lui expliqua ce qu'elle savait.

— Lord Edmund, où est lord Edmund ! s'écria tout à coup lady Mary, s'apercevant seulement que son mari, qui eût dû être un des premiers à accourir à l'appel d'Edith, n'était pas là, et, affolée, pressentant quelque chose de terrible dans cette absence qu'elle ne pouvait s'expliquer, elle monta, suivie d'Edith, à la chambre de lord Mac Closkey.

La plus profonde obscurité y régnait. La fenêtre était ouverte et les battants frappaient l'un contre l'autre sous la poussée de la rafale qui allait maintenant en décroissant.

— Edmund ! Edmund ! appela lady Mary, saisie de l'abandon qui sem-

blait planer dans la pièce, et prise malgré elle d'une douloureuse
appréhension.

Elle avança en tâtonnant dans la nuit, titubant sur chaque meuble et
heurtant les choses les plus disparates.

Près de la fenêtre, elle trébucha, étendit les mains pour se retenir et
rencontra un corps rigide étendu sur le tapis.

Elle jeta un cri déchirant, un cri éperdu, et s'évanouit.

Quand elle revint à elle quelques instants plus tard, elle était étendue
sur une chaise longue, dans sa chambre, ayant à ses côtés Edith et Betsy.

Son regard alla de l'une à l'autre, et joignant les mains :

— Oh ! dites-moi, implora-t-elle, dites-moi, je suis forte, le bon Dieu
me soutiendra, dites-moi si c'est vrai ?

Edith l'entoura de ses bras, la serra sur son cœur et ne put que pleurer.

— Mon Dieu ! O mon Dieu ! murmura pieusement la veuve d'Edmund.

Ses yeux se fermèrent et elle tomba dans un lourd sommeil d'accablement.

Le Parquet, mandé en toute hâte, était arrivé à Oak Hill.

Lady Mac Closkey, chez qui une fièvre intense s'était déclarée, était dans
l'impossibilité de répondre aux questions du magistrat, et ce fut Edith
qui dut la remplacer.

La scène reconstituée selon les indications d'Edith, la chute de l'assassin
sur le balcon attribuée à ce qu'ayant voulu fuir en longeant une corniche
de pierre, il avait dû perdre pied, restait à interroger celui-ci.

Étroitement garrotté, il avait été porté par le cocher et le groom dans
une cave, sous la douve du donjon.

Edith espérait pouvoir se soustraire à cette entrevue, mais les magistrats
jugeant une confrontation indispensable, elle dut les suivre.

A l'entrée de la justice, l'assassin, accroupi dans un coin, ne fit pas un
mouvement. La tête appuyée sur ses genoux, il paraissait étranger aux
différentes questions qu'on lui posa.

Quand on lui demanda son nom, il eut un ricanement, se redressa, et,
regardant Edith, comme si c'était à elle seule qu'il répondait :

— James Plunket, Messieurs, Plunket pour vous servir, ancien valet
d'écurie à la villa d'un *soi-disant* Telson, à Whalley. Je dis *soi-disant*, ajouta
t-il, les yeux rivés sur ceux de la jeune femme.

Puis il reprit sa pose ramassée et se renferma dans le mutisme le plus
absolu.

Il était 6 heures du matin, une voiture cellulaire attendait dans la cour
du château. On y transporta James Plunket, qu'une foulure du pied empê-
chait de marcher, et, gardé à vue par deux hommes de la police, il quitta
le manoir d'Oak Hill.

James Plunket allait goûter maintenant d'un nouveau genre de position
sociale que, malgré sa vie aventureuse et aventurière, il n'avait probablement jamais envisagé et qui pouvait le faire monter à un degré d'élévation
un peu précipitée qu'il était loin d'ambitionner, car si considérer ses
semblables à ses pieds peut avoir un certain charme, le faire au bout
d'une corde de chanvre gâte sensiblement le plaisir ; et Trévor eût de tout
cœur renoncé à cet honneur auquel il redoutait d'être appelé.

XX

La mort tragique de lord Mac Closkey avait causé une profonde émotion. Toute la noblesse de la contrée avait tenu à assister aux funérailles qui, dans leur austère simplicité, avaient cependant été dignes du grand seigneur, dernier du nom, avec lequel s'éteignait la longue et antique lignée des Mac Closkey.

Lady Mary n'avait pu quitter ses appartements. Si sa douleur était silencieuse, elle n'en était pas moins poignante. Sans se plaindre, sans murmurer, elle priait, demandant au ciel la force et le courage d'embrasser généreusement le sacrifice qui lui était imposé ; elle priait pour Edmund, et peu à peu la paix, cette paix que Dieu accorde à ceux qui se conforment à sa volonté sainte, descendit en elle, pénétra son âme endolorie ; elle pardonna à celui qui, en frappant Edmund, l'avait atteinte en plein cœur, et si elle pleura, ce furent de ces larmes résignées que Dieu bénit.

Edith, comprenant le déchirement qui avait dû s'opérer chez sa tante, lui témoignait la plus vive affection, l'entourait de soins et veillait à lui épargner le plus léger souci. La mort terrible de son oncle, ravivant en elle le souvenir d'une autre mort non moins épouvantable, l'avait fait, les premiers temps, se replier sur elle-même pour écouter sa douleur et ses regrets ; mais l'exemple de lady Mary subissant chrétiennement l'épreuve lui fut comme une leçon. Elle pria, se dévoua à sa tante qui avait besoin de grands ménagements, car sa santé profondément ébranlée ne se remettait que très lentement, et, si elle ne parvint pas à dominer sa peine, du moins put-elle la supporter.

Comme pour faire diversion, une pensée inquiétante venait maintenant de temps à autre assaillir Edith.

Qui était James Plunket ? Que pouvait savoir ce valet d'écurie, sinon qu'elle avait été l'heureuse épouse d'Edward Telson, neveu de Robert ?

Si, en quittant précipitamment la villa de Whalley en compagnie de son père, elle avait pu causer quelque surprise, éveiller certains soupçons parmi le personnel, cela devait se réduire à de simples hypothèses, car qui eût pu deviner le vrai motif de cette rupture entre elle et Edward ?

Que la discussion entre l'usinier et le châtelain eût été vive, que certaines paroles prononcées sous le coup de la colère et de l'exaspération eussent été, à la rigueur, entendues dans l'antichambre, jamais elles ne fussent parvenues jusqu'au palefrenier, qui, passé 8 heures du matin, une fois les gros ouvrages terminés dans la maison, ne quittait plus les communs.

Matthew seul eût pu saisir quelque chose, peut-être même savait-il tout, lui qui n'avait pas quitté son maître pendant ses jours de délire ; mais la discrétion du vieux serviteur était à toute épreuve, et ce ne pouvait être lui qui eût répété quoi que ce fût.

Que savait donc James Plunket ?

James Plunket incarcéré, toute tentative de la jeune femme pour obtenir de lui qu'il dît ce qu'il savait était impossible ; le désir qu'elle avait de lui donner de l'argent pour acheter son silence, irréalisable. Force était donc à la pauvre Edith, malgré l'inquiétude qui la tenaillait, de s'abandonner aux événements.

Cependant, la cause de James Plunket s'instruisait avec une certaine lenteur.

Il défiait ses juges, menaçait, faisait à mots couverts des allusions à certains personnages en vue dont il paraissait avoir surpris les secrets ; faisait, en un mot, échec à la justice avec un aplomb de scélérat renforcé.

Bien que l'on fût pressé d'en finir, on ne pouvait procéder qu'à pas comptés.

On était au mois d'août, époque des vacances à la cour, et James devait attendre la prochaine session.

XXI

Dans un sous-sol d'Edimbourg, au coin d'une rue étroite courant en contre-bas parallèlement à High-Street l'espace d'une cinquantaine de mètres, vivait un personnage des plus énigmatiques.

Petit, raide, nerveux, les traits enfouis sous une barbe à trois étages, d'un gris sale de vieille poussière, le regard embusqué sous des sourcils épais et derrière des lunettes de verre fumé, la tête toujours couverte d'une calotte de velours verdi d'où sortaient de longues mèches de cheveux aussi gris sale, aussi vieille poussière que les crins de la barbe, et le nez bec bien accentué donnant à tout l'ensemble sa note caractéristique, cet homme avait quelque chose d'étrange et d'inquiétant, un mélange du vautour et de la hyène, du sinistre et du repoussant.

Une longue redingote l'enveloppait gauchement, à peu près comme un habit recouvre le porte-manteau sur lequel on le dépose. A première vue, sa tête branlante, ses mouvements saccadés où l'on eût cru percevoir le bruit vague d'os décharnés s'entre-choquant, cet air de caducité macabre digne des toiles d'Holbein saisissaient, et l'on se fût demandé de quel ossuaire il eût pu s'échapper ; mais sa voix, qu'il semblait modérer à dessein, l'éclair qui, à certains moments, jaillissait derrière ses lunettes fumées, la blancheur de ses mains, qu'il ne parvenait pas toujours à dissimuler dans l'ampleur de ses manches, faisaient contraste. Et l'on demeurait perplexe devant cette chose étrange qu'était Moïse Abraham.

Nul n'eût pu dire le nombre d'années qu'il occupait sa cave humide.

Moïse Abraham, connu de tous et pour tous un être légendaire, aussi vieux que la rue, aussi dur que le pavé, menait une de ces vies terrées, sans bruit, sans heurts, traitant ses petites affaires à travers un guichet ménagé dans sa croisée et n'ouvrant son réduit qu'à de rares privilégiés.

Huit heures du matin sonnaient à l'horloge de Saint-Peter.

Moïse Abraham, déjà installé dans sa boutique — car c'était un jour de quinzaine et il attendait plus de clients que de coutume, — consultait son livre de comptes.

Plongé dans un jour terne que tamisait le grillage de sa fenêtre garnie de toiles d'araignées, il était là, reniflant tout ce gâchis de chiffres habilement combinés, quand un coup sec fut frappé à sa porte.

Moïse ferma son registre, remit ses lunettes, qu'il avait quittées pour mieux y voir, s'assit dans son fauteuil, où il prit une pose affaissée, puis tira une chaînette qui communiquait au lançant.

La porte s'ouvrit d'une poussée violente, et un individu, après avoir soigneusement donné deux tours de clé afin d'être mieux à son aise, se dressa devant lui.

— Oh ! Oh ! exclama avec un certain sentiment d'admiration Moïse Abraham, vous, déjà ?

— C'est pas trop tôt, vraiment, vieil imbécile ! Avouez que vous avez compris que le gruau me semblait un peu fade et que j'allais *manger le morceau* pour l'assaisonner, sans quoi, vous ne m'auriez pas fait passer à la cellule 12, pas vrai ?

— Mais, mon cher, mon bon ami, c'était très difficile, presque impossible, et......

— Et si l'on eût été sûr que le *cher*, le *bon ami* fût resté muet, on l'eût bel et bien abandonné à son sort ! Connu, connu, cher agneau de mon cœur ; vous pouvez me bêler tout ce que vous voulez, je n'en reste pas moins convaincu que si je m'étais cassé les reins sur le balcon d'Oak Hill, c'eût été pour vous une véritable aubaine, car maintenant il y a la carte à payer, et pas dans les prix doux, vous supposez bien......

— Mais je vous ai fait une avance qui.....

— Tout doux, tout doux, mon petit, une avance du quart de la somme convenue ; oui, nous sommes loin d'être quitte envers le cher ami Plunket, mais, pour le moment, je crève littéralement de faim, et avant de discuter notre petit compte, père Abraham, vous pourriez, ce me semble, m'offrir de quoi réconforter mon précieux individu.

Père Abraham, en vrai père des vivants, montra une petite armoire formant encoignure.

James, sans se faire prier, rafla sur le rayon à portée de sa main trois petits pains fourrés qu'il dévora et s'empara d'une bouteille de vin qu'il but à même le goulot.

Puis il s'assit sur l'unique chaise du réduit, et, dévisageant le Juif :

— Nous disions donc, père Abraham, que j'avais encore trois quarts de bon, une bagatelle de quinze livres que vous aurez, je suis sûr, mis en réserve, et puis une misère de cinq livres pour mes six mois d'attente, cela fait-il le compte ?.....

— Du tout, du tout, mon ami ; suis-je responsable si vous avez été assez bête que de vous faire prendre ?

— Ça, je vous ai dit que s'il y avait de la casse, dame, chacun y mettrait du sien : j'ai fait six mois de prison pour vous avoir rendu un petit service en expédiant chez ses nobles aïeux lord Rides Mac Closkey, qui ne me gênait nullement, et contre lequel vous paraissiez avoir une dent aussi monumentale qu'un pilier de notre grand pont ; j'ai fait même la chose assez proprement ; prison et le reste valent bien ce petit supplément.

Moïse Abraham, comme s'il avait hâte d'en finir, tira vingt pièces d'or d'une petite boîte qui se trouvait sur son bureau et les tendit à James Plunket.

Celui-ci les enfouit dans la poche de son gilet, et comme il ne faisait pas mine de se retirer :

— Eh bien ! c'est fini, je suppose, dit Moïse Abraham avec une certaine impatience.

— Minute, mon vieux ; j'ai maintenant à vous prier de mettre le comble à vos bienfaits en me donnant de quoi me tirer les guêtres jusque sous d'autres cieux.

— Mais, par Abraham et Jacob, que voulez-vous donc que je vous donne, cher enfant de mon cœur ? Je suis aussi pauvre que le saint père Job sur son fumier.

James ricana :

— Ah ! mais voyons, vieux mohican, c'est qu'il ne faut pas essayer de me la faire, à moi ! C'est pas avec moi qu'on tire cette gamme-là de son vieux mirliton, surtout avant de m'avoir écouté et de savoir ce que je vous apporte.

— Eh !..... tu ne viens ni du Pérou ni de la Californie, mon pauvre fellow ; ce ne sont ni des pépites ni des lingots que tu m'apportes. Quant à de la blague, tu en as à revendre, je sais ça ; tu peux la garder, mon petit.

— Là, là, ne nous pressons pas, dit James Plunket, je n'ai pas fini mon petit boniment. D'abord, cher et délicieux canard aux oignons de mon cœur, vous devez comprendre que j'ai usé toutes les cordes qui pouvaient se trouver à mon arc et même celles qui ne s'y trouvaient pas.

— A propos de corde, dit en riant Abraham, il en est une..... hum..... hum.....

— Oh ! celle-là, fit avec un geste vague James Plunket. Enfin, je disais donc, mon tendre dindon farci, que je suis fini, et, malgré tous les expédients que je pourrais inventer, il m'est impossible de vivre par ici. La presse va se mêler de mes petites affaires, on mettra ma capture à prix ; je vais, dans toute l'acception du mot, être un homme de *valeur* et je serai traqué. Mon intention est de gagner l'Amérique, et il me faut pour cela, tous frais compris, plus un petit argent de poche, de quoi me refaire, une centaine de livres sterling que vous allez m'avancer tout gentiment.

Moïse Abraham sursauta.

— Par Melchisédech ! cent livres ! clama-t-il, comme si, se trouvant devant un nouveau Shylock, il défendait une livre de sa chair que l'autre lui réclamait. Cent livres ! Et pour partir encore, sans qu'il me reste la moindre garantie.

— Je n'ai pas fait mention de garanties, père Abraham, pour la bonne raison que j'entends vous payer comptant, ici, sur l'heure, au moyen d'une pièce qui, pour un certain David Block, de Dublin, de qui j'ai dans le temps fait les petites affaires, vaudrait mille livres comme rien.

Au nom de David Block, le Juif avait eu comme un mouvement de recul ; son visage avait paru s'enfoncer plus profondément dans sa barbe, et ses paupières avaient battu comme pour dissimuler l'éclair qui s'était allumé dans ses prunelles.

— Montrez donc, alors, fit-il avec impatience.

Cette nuance frappa James Plunket, qui, en profitant aussitôt, s'écria :

— Avez-vous les cent livres dans votre chenil ?

— On va voir, on va voir.

Et, plongeant dans la poche de son espèce de lévite, il en tira un trousseau de clés, vrai chef-d'œuvre de serrurerie, ouvrit devant lui un tiroir blindé de son bureau et en retira quelques banknotes froissées.

— Oh là là ! pas de chiffons, de l'or ou rien, exclama l'autre.

Le Juif, comme à regret, remit les banknotes, tira un petit sac de cuir qu'il soupesa.

— Oui, je crois que je les ai, mais c'est le seul or dont je puisse disposer.

— Vous eussiez dit la même chose si je ne vous avais demandé que cinq livres, vieux chimpanzé. Décidément, vous baissez, mon ami, soignez-vous, jamais je ne vous ai vu si grimacier. Fait-on ainsi des manières avec Plunket ? Allons, est-ce entendu ? Ça y est-il pour cent livres ?

— Ah ! mais, dites donc, je dois maintenant savoir à quoi m'en tenir avec ce que vous me dites que vous m'apportez.

— Rien de plus juste, mais cent livres, c'est une misère, vraiment. Ah ! si David Block n'était pas si loin, cher cobra de mon âme, lui qui me payait déjà grassement pour de vraies bagatelles, que ne me donnerait-il pas pour ce papier ! Mais voilà, je suis dans un cas que l'on peut, je crois, qualifier de pendable sans beaucoup d'exagération ; il faut que je m'en tire et je me vois contraint de réaliser à vil prix mes valeurs de portefeuille.

Tout en parlant, James avait tiré d'une poche de dessous une grande tabatière de buis. Il en vida sans façon le tabac sur le coin du bureau de Moïse, puis, après en avoir retiré un ovale de carton qui y établissait un double fond, il prit avec mille précautions un papier jauni, usé aux angles, qu'il déplia soigneusement avec une sorte de respect.

— Voici, dit-il sans lâcher le précieux document et en le tenant à portée du regard de Moïse Abraham, une pièce qui, pour un malin, un adroit, vaut dix fois l'or que je vous ai demandé. Or, vous ne manquez ni d'adresse ni de malice, et je me trompe fort si vous n'arrivez pas à lui faire rendre cent pour un.

Si, à ce moment, James, au lieu de considérer son papier avec une sorte de suffisance comme pour s'en repaître une dernière fois, eût regardé Moïse Abraham, il eût été épouvanté de la satisfaction satanique qui jaillit alors de son regard et du pli terrible qui se creusa entre ses sourcils.

— Oui, continua-t-il, cent pour un. Il y a cinq ans que j'ai ce précieux chiffon. J'étais alors valet d'écurie à la villa Telson, à Whalley, près de Stonyhurst, chez un certain Edward Telson, usinier à Manchester. Vous savez, celui qui périt dans l'explosion des forges, il y a quatre ans, expliqua-t-il, comme par manière d'acquit, en se tournant vers le Juif.

Celui-ci, qui s'était remis, esquissa un geste vague plein d'indifférence, comme s'il ignorait et trouvait ce détail oiseux. En réalité, il buvait les paroles de James Plunket.

— Il était marié à lady O'Byrn de Limerick, continua James. Le jeune ménage paraissait heureux, quand, après la mort de l'oncle, ou plutôt du soi-disant oncle qui vivait avec eux, lord O'Byrn vint à Whalley. Que se passa-t-il un beau soir ? Je l'ignore. Mais après une conférence entre le beau-père et le gendre, celui-ci eut une espèce d'attaque suivie d'une longue fièvre, et comme si l'Irlandais voulait enlever sa fille, il partit avec elle au cours de la maladie. Cela nous sembla très drôle. Je veillai, j'épiai, mais impossible de rien éclaircir, quand, un matin, en préparant le feu dans le fumoir, je trouvai épars dans la cendre de petits morceaux de papier déchirés négligemment. Les réunir était jeu d'enfant, ce que je fis, ma besogne terminée, et bien m'en prit, car je possédais la clé du mystère.

C'étaient des notes prises par lord O'Byrn au cours du délire d'Edward Telson, où il apparaissait que celui-ci n'était pas plus que vous et moi le neveu de ce vieux qui était mort, mais un mendiant, un misérable mendiant trouvé dans les rues de Boston par l'Américain. Ce n'était pas fier, vraiment, pour un lord, de voir sa fille mariée à un inconnu, et tout simplement il annonçait à l'usinier que tout était rompu.

Ce secret de l'origine d'Edward Telson pouvait m'être de quelque utilité, et je mis ma trouvaille dans ma tabatière. Une tabatière n'inspire pas de méfiance, et vous avez vu si les circonstances m'ont prouvé l'opportunité de mes prévisions.

— Mais je ne comprends pas, je ne vois pas la valeur que vous attribuez à ce papier, dit Moïse Abraham avec un mépris bien joué : vrai, je me moque de votre chiffon.

Tout à coup James le dévisagea comme si un mouvement du Juif ou le timbre de sa voix venait de réveiller en lui un souvenir ; puis, avant que celui-ci eût pu prévoir le geste, il lui enleva brusquement sa calotte à laquelle tint la perruque, lui arracha sa barbe, et l'empoignant par les deux épaules :

— Comment ! vous ?..... vous ?..... Et voilà plus d'une heure que vous vous moquez de moi ! Comment, comment, ce chiffon ne vaut rien ! Mais c'est le double que vous me donnerez, cela vaut le double pour vous.

— Allons, James, mon ami, du calme, fit l'autre dont la pâleur faisait pitié ; les affaires sont les affaires.

— Avec tout autre, peut-être, mais pas avec moi ! Allons, deux cents livres de suite, ou sinon le *Pall Mall Club*, où l'on vous voit en gants frais, la boutonnière fleurie, en apprendra de belles. Deux cents, vous entendez, et mon passage en règle avec de bons papiers sur le premier paquebot qui quitte Liverpool.

L'autre avait de bonnes raisons pour s'exécuter, sinon de la meilleure grâce, du moins avec le plus grand empressement, faut-il croire, car deux jours plus tard James Plunket, sous le nom de Davy Plum, partait à bord du *Red Standard*, allant si les vœux de Moïse Abraham se réalisaient, se faire pendre ailleurs.

XXII

Lady Mac Closkey et Edith avaient passé tout l'été au château d'Oak Hill.

Il avait été convenu que, cette année-là, on descendrait plus tôt que de coutume à la résidence d'Edimbourg, et tout était préparé en vue d'un départ prochain, quand arriva d'Australie la nouvelle du décès de lord O'Byrn.

La première émotion passée, il fallut s'occuper de la succession, régler certains fermages, s'occuper de maints détails, et lady Mary accompagna Edith au château de la Sapinière où sa présence était indispensable pour le règlement de plusieurs comptes.

Cela demanda environ un mois, et lady Mary supposait qu'Edith allait insister pour prolonger son séjour au château, quand, à son grand étonnement, celle-ci manifesta le désir de retourner à Edimbourg.

Quelque chose d'inexplicable se passait en elle, et lady Mary, inquiète, reprit avec sa nièce le chemin d'Edimbourg, non sans se demander, voyant la hâte fébrile qu'avait la veuve d'Edward d'arriver au terme du voyage, quel était l'aimant qui semblait l'attirer par là.

Et il y avait un aimant, en effet, qui agissait sur Edith, un aimant ne relevant d'aucun principe de physique et auquel elle ne pouvait résister.

La semaine précédente, elle avait reçu de Betsy une lettre arrivée pour elle à Oak Hill et que la vieille gouvernante lui envoyait, selon son habitude de toujours faire suivre régulièrement la correspondance.

Cette lettre, écrite en caractères grossiers, sur un vilain papier grisâtre aux empreintes de doigts graisseux, formulait, d'une façon respectueusement ironique, un appel de fonds plein de menaces qu'Edith ne comprit que trop bien.

Ce message eût été signé James Plunket qu'il ne lui eût rien appris de plus, attendu que la jeune femme y sentait le défi et la rage du sinistre individu qui avait porté la mort à Oak Hill.

Il proposait une entente et mettait son silence à prix.

Edith était sommée, en quelque sorte, de remettre, le 1er novembre, à 9 heures du matin, cinq cents livres sterling, douze mille cinq cents francs, à une vieille mendiante qui attendrait sous le portail de l'église Saint-Peter, à Edimbourg.

Le jour où la tante et la nièce quittèrent la Sapinière était déjà le 25 octobre, et la jeune femme estimait que le temps qui restait n'était pas trop long pour aviser à un parti quelconque.

Pour elle, c'était James Plunket tombé dans la misère, manquant de tout, traqué par la police, qui faisait à sa façon appel à sa charité.

Quand elle arriva à Edimbourg, car pendant son absence et celle de lady Mary les serviteurs avaient aménagé la résidence de High Street, elle était résolue à aller elle-même, à l'heure et au jour dits, à Saint-Peter, à y aborder la mendiante, à la faire parler, et, s'il se pouvait, à obtenir d'elle l'adresse du malheureux.

Le soir même, elle eut un entretien avec Betsy.

Celle-ci essaya de persuader à Edith de ne pas se rendre à Saint-Peter ; elle voulut lui faire comprendre que cette démarche serait déplacée et inutile, que ce serait trahir son inquiétude, donner en quelque sorte dans le piège tendu.

Mais la jeune femme tenait à son idée.

— Croyez-moi, Betsy, ce James Plunket n'est qu'un malheureux. Dieu sait dans quel dénuement absolu il se trouve, il a besoin d'un secours, je l'aiderai, j'obtiendrai qu'il reste tranquille, et ainsi j'aurai la paix.

— Eh bien ! nous irons, et en attendant ne vous troublez pas, Madame Edith.

Malgré la recommandation de Betsy, la pauvre Edith éprouva un trouble croissant à mesure que les jours s'écoulaient.

Enfin, le 1er novembre, comme si le hasard eût pris à tâche de lui faciliter son étrange rendez-vous, lady Mary, indisposée, garda la chambre, et Edith, après avoir assisté à une messe matinale dans une chapelle voisine, put se rendre avec Betsy à Saint-Peter.

Saint-Peter est peut-être la plus ancienne église du vieil Edimbourg.

Bien que s'élevant au milieu de rues populeuses, le monde qui s'y rend semble appartenir à la haute société écossaise, et le pauvre n'y va que pour implorer la charité.

Sur les degrés nombreux de l'antique édifice, une populace minable s'échelonnait, clamant sa misère sur ce rythme qui, avec quelques variantes, a traversé les siècles et durera aussi longtemps que le monde.

Edith et Betsy arrivèrent au moment où, l'office terminé, les fidèles sortaient du temple.

Neuf coups tintèrent en ce moment à la haute tour. C'était l'heure désignée, et les deux femmes, se dérobant dans l'ombre de la grande porte de chêne, scrutèrent du regard la gent dépenaillée qui encombrait le portail.

Soudain, une femme vêtue de haillons sordides perça la foule et vint se placer bien en évidence contre une colonnade.

Un moment, son regard vague embrassa la foule, puis elle s'accroupit sur le pavé dans une attitude si indifférente et si dégagée de tout ce qui l'entourait que la veuve d'Edward ne douta pas un instant que ce fût la mendiante en question.

— Vous attendez quelqu'un ? demanda Edith en s'approchant.

La vieille leva vers elle un regard glauque, comme noyé, et, de cet accent grossier qui sent le bouge et la ruelle :

— Oui, Milady, jusqu'à 10 heures pour une petite bouteille de *whisky*. On n'est pas généreux pour la pauvre Sucky ! Une petite bouteille de *whisky*, Milady, pas une goutte de plus.

— Qui donc vous a envoyée ? demanda Edith.

— C'est que, voyez-vous, ma belle dame, Sucky est pauvre, Sucky est vieille, Sucky a soif, et elle doit boire, *Votre Honneur*. Le *whisky* est cher et le *gin* ne me semble plus bon..... Les goûts changent avec l'âge, voyez-vous. Oh ! quand j'étais jeune comme vous, j'aimais le *gin* alors.

Edith frissonna à cette odieuse comparaison.

— Dites-moi qui vous a envoyée, redemanda-t-elle.

— Qui m'a envoyée ?..... Jusqu'à 10 heures, Milady, 10 heures pour une bouteille de *whisky*.

— Voici pour du *whisky*, fit Edith, déposant une couronne dans la main de Sucky. Dites-moi maintenant qui vous a envoyée ici.

La vieille sourit stupidement.

— Elle est généreuse, la petite dame, exclama-t-elle, faisant sauter avec joie la pièce de monnaie, et Moïse Abraham n'a jamais donné autant à Sucky, pauvre Sucky !

— Moïse Abraham ? Qui est ce Moïse Abraham ? demanda Edith.

— Moïse Abraham ? C'est le Juif.....

Puis, regardant autour d'elle, comme si elle redoutait qu'on l'entendît :

— N'en dites rien, fit-elle sur un ton confidentiel, c'est le Juif de Cork Street, Milady, un avare. Pour une petite bouteille de *whisky*, attendre ici jusqu'à 10 heures, pauvre Sucky !

— C'est donc Moïse Abraham qui vous envoie ?

— Pardonnez-moi, *Votre Honneur*, Sucky doit se taire ; ne dites jamais que Sucky a parlé.

Elle se leva lentement et descendit les degrés du temple sans se retourner.

Edith, qui avait soigneusement noté dans sa mémoire, comme s'ils y fussent gravés, les noms de Cork Street et de Moïse Abraham, reprit avec Betsy le chemin de la Mansion de High Street.

XXIII

Le lendemain de son entrevue avec Sucky Bull, Edith, toujours accompagnée de Betsy, se rendit chez Moïse Abraham.

Il était à peu près 10 heures du matin quand elle pénétra dans le logis-cave.

La transition subite du jour extérieur au clair-obscur qui régnait dans le sous-sol la mit d'abord dans l'impossibilité de distinguer quoi que ce fût.

Seuls le grognement inintelligible qui répondit au léger heurt qu'elle avait donné contre le chambranle pour s'annoncer et la forme indécise qui se mut dans la pénombre à son entrée lui firent deviner qu'un être quelconque se trouvait là.

— Monsieur Moïse Abraham ? demanda-t-elle.

— C'est moi-même, Milady, grinça une voix fêlée au diapason suraigu de fausset.

Edith eût entendu le sifflement du crotale qu'elle n'en eût pas frémi davantage. Elle saisit une force, quelque chose de froidement cruel dans ce timbre évidemment contrefait à dessein, et toute l'assurance dont elle avait essayé de se munir s'évanouit.

Quant à Betsy, soit qu'elle eût l'ouïe plus exercée, soit que, se reportant à quelques années en arrière, elle se souvînt avoir saisi dans une circonstance particulière quelque chose d'approchant quant à l'intonation et à la façon de traîner sur les mots, son cœur se mit à battre avec violence et, tout l'être tendu, elle écouta.

— J'ai parlé hier à la mendiante de Saint-Peter, reprit Edith, essayant de se ressaisir.

— Ah ! et Milady vient sans doute apporter ce qui était demandé dans le message qu'elle a reçu ?

— Pardonnez-moi, je venais.....

— Je comprends, je comprends..... Milady veut probablement entrer en arrangements ? Rien n'est plus facile. Cela peut très bien se faire. Quel est l'acompte que Milady offrirait ?

— Il n'est pas question d'acompte, Monsieur Abraham. Ayant de bonnes raisons de supposer que c'était James Plunket qui m'avait écrit, et comprenant qu'il se trouvait dans une situation des plus difficiles, je venais, croyant avoir affaire à lui, lui offrir de l'aider, le prier de s'expliquer, et lui acheter, s'il en a, les preuves de ce dont il me menace vaguement et que je voudrais connaître. Il n'est pas étonnant que James Plunket, n'étant pas prévenu de ma visite, ne soit pas ici. Veuillez l'avertir, je vous prie, que je reviendrai demain à la même heure et que je suis disposée à traiter généreusement avec lui.

Un rire de crécelle qui la terrifia lui répondit :

— James Plunket !..... Oh là là ! comme vous y allez, Milady ; mais il n'est aucunement question de James Plunket, je ne sais même pas de qui vous voulez parler. S'il a ses petites affaires avec vous, cela le regarde. Ici, c'est Moïse Abraham, Milady, le pauvre Moïse Abraham, trop obligeant parfois, qui, pour venir en aide à ceux qui s'adressent à lui, se met en quatre, sinon en huit. J'ai en ce moment un écrit vous concernant que, moyennant certaines conditions, je suis disposé à vous remettre. Seulement, j'ai avancé les fonds, et vous comprenez que ce petit capital doit, comme tout bon placement, me rapporter tant du cent.....

— Mais c'est un crime, cela, Monsieur Abraham ! C'est une infamie ! interrompit la jeune femme, incapable de se contenir. Que James Plunket, acculé par la misère, ait eu recours à un moyen de ce genre, à la rigueur je l'eusse compris. Mais en faire une sorte d'industrie, de trafic, c'est ignoble, Monsieur Abraham, c'est infâme !

Le Juif ne put réprimer un léger tressaillement, mais il se contint, et, d'une voix très calme qui cependant claqua comme le vieux buis d'une paire de castagnettes :

— Ignoble..... Infâme ! Ce sont des mots, rien que des mots. C'est une affaire d'appréciation, voilà tout. Vous n'êtes pas venue, je suppose, pour discuter ces choses. Ignoble, infâme, tout ce que vous voudrez, du moment que vous m'apportez les cinq cents livres sterling que je vous ai demandées.

Betsy s'était peu à peu rapprochée et dardait sur le Juif des yeux qui l'eusse épouvanté si, tout entier à son entretien avec Edith, il n'avait eu continuellement le regard fixé sur la jeune femme.

— Je ne les ai pas, fit celle-ci qui se sentait faiblir.

— Cinq cents livres, s'entend, je ne parle pas ici de valeurs absolument trébuchantes ; les bijoux, les diamants peuvent aussi faire mon compte. Je serai raisonnable.

— Et quelle sera alors la garantie que j'aurai de ne plus être inquiétée ? Me remettrez-vous alors ce papier dont vous me parlez et auquel vraiment je puis ne pas reconnaître la valeur que vous lui attribuez. Car ceci encore est une question d'appréciation.

Le Juif eut un autre accès de rire en crécelle.

— Il m'est très facile de vous faire juger de la valeur du document, Milady, et je suis persuadé que vous ne me marchanderez pas les deux mille livres, — cinquante mille francs — que je vous demanderai pour m'en défaire entre vos mains.

— Deux mille livres !..... Monsieur Abraham, c'est impossible.

Celui-ci, sans relever la protestation d'Edith, ouvrit son tiroir et prit, au milieu d'une liasse de papiers qui sans doute avaient le même genre d'importance, la feuille qu'il avait achetée à James Plunket.

— Voyez, dit-il, la lui tenant de façon à ce qu'elle pût en prendre connaissance.

Ayant aussitôt reconnu l'écriture de son père, Edith, les yeux dilatés, lisait sans y rien comprendre des phrases sans suite, comme hachées, qu'émaillaient le nom de Sally et le sien, des imprécations et de tendres protestations, des plaintes suppliantes et des malédictions.

Très pâle, les tempes serrées comme dans un étau, le cerveau battant comme sous une poussée de folie, elle lisait, lisait, lisait, se remplissant les yeux de lettres, de mots qui se heurtaient, s'entre-choquaient sans que pour elle le moindre sens y apparût, et d'une voie étranglée de démente :

— Je ne comprends pas..... non, je ne comprends pas.....

Impassible, le Juif tenait toujours le papier.

— Deux mille livres, Milady, oui, deux mille. Ce n'est vraiment pas trop cher, avouez, pour vous épargner de voir paraître un beau matin dans le *Guess-Paper* une petite note traitant de l'intéressant sujet qui nous préoccupe en ce moment. Vous ferez bien ce petit sacrifice, une misère pour vous, et le pain des vieux jours pour le pauvre Moïse Abraham, qui vous en bénira.

Edith, maintenant habituée au jour de la cave, regardait le singulier individu avec une espèce d'ahurissement. Ce n'étaient ni sa barbe poussière, ni ses cheveux filasse, ni son toquet de velours verdi qui attiraient son attention, mais de derrière les lunettes fumées un éclair avait jailli à un certain moment, subtil, presque insaisissable, mais cet éclair au fluide magnétique ne lui était pas inconnu.

Où et quand avait-elle été regardée de la sorte ? Elle n'eût pu le dire.....

— Deux mille livres, Milady, deux mille, et vous avez le temps.

Un nouvel éclair, plus intense que celui qui avait saisi Edith, jaillit sous les verres fumés et suivit les deux femmes qui s'éloignaient. Puis Moïse, après avoir poussé ses gros verrous, se rassit dans son fauteuil près de son guichet grillagé, dans cette pose accroupie qui lui était familière, et, laissant ses livres de comptes, il s'absorba dans un tout autre calcul moins ardu, faut-il croire, et tout à son avantage, car à plusieurs reprises il eut un rire silencieux trahissant son entière satisfaction.

Il était bien, en ce moment, l'araignée sombre qui, blottie en boule dans un coin de sa toile, guette la mouche frêle qui viendra s'empêtrer dans ses filets tendus. Partageant son taudis avec une légion de ces habiles filandières, il avait de commun avec elles la ruse et l'avidité. Ses fils avaient la même ténuité que ceux qui formaient des festons à ses solives noires et des rideaux à ses fenêtres ; ils avaient le même délié, la même souplesse, pour avoir ce même avantage que plus l'être qui s'y ferait prendre s'agiterait, plus il serait enveloppé, réduit à l'impuissance et sucé à merci.

Edith et Betsy montèrent en silence la rampe rapide qui conduit à High Street.

Arrivées au sommet, où un square fait l'angle, Edith s'arrêta, enveloppa le bas de la ville d'un regard de dégoût, comme si elle n'y sentait que boue et fange, et, poussant un soupir :

— Deux mille livres, Betsy, que faut-il faire ? Tante Mary connaît toutes mes affaires, jamais je ne pourrai me procurer cette somme à son insu.

Betsy la regarda avec une expression indéfinissable, quelque chose de dur et de résolu, comme les natures fortes en ont en face d'une situation sans issue, et, secouant vivement la tête :

— Vous ne donnerez rien, Madame Edith, rien, rien.

— Mais, Betsy !.....

— Ce soir, quand votre tante se sera retirée et que vous serez libre, venez chez moi, j'ai quelque chose à vous dire. En attendant, soyez bien calme, Madame Edith, et ne songez pas à ces deux milles livres, ce qui ne vous avancerait à rien. Croyez-moi, jamais Moïse Abraham ne vous donnera ce papier.

— Vous pensez, Betsy ?

— J'en suis sûre.

— Et qu'est-ce qui vous fait supposer cela ?

— Ce n'est pas une supposition, Madame Edith, mais une conviction. Je vous dirai cela ce soir.

Elles arrivaient à la Mansion. Edith, qui était en retard pour le lunch, trouva lady Mary qui l'attendait dans la salle à manger.

Il était 9 heures quand Edith put quitter sa tante et se rendre auprès de Betsy.

C'était un bon petit-coin calme et paisible que l'appartement de Betsy. Quelque chose de doux et de consolant semblait émaner de tout , et Edith y pénétrait toujours avec l'impression qu'elle se réfugiait dans un asile où rien de fâcheux ne pouvait l'atteindre.

— Allons, voyons, Madame Edith, dit la bonne fille, quand Edith se fut assise dans son petit fauteuil près du feu. Ce matin, n'avez-vous pas eu une idée ? Aucun souvenir ne s'est-il éveillé en vous quand vous avez vu et entendu Moïse Abraham ?

— Pas dès l'abord, Betsy, mais vers la fin j'ai saisi quelque chose dans son regard, une lueur qui n'a duré que l'espace d'une seconde à peine, et qu'il m'a semblé avoir vue déjà.

— Mais sa voix ? Sa voix ne vous a-t-elle rien dit ?

— Non, Betsy.

— Rappelez bien vos souvenirs, Madame Edith ; ce n'est pas de bien loin que je veux parler, cinq ans tout au plus. C'était au cours de l'automne qui suivit la mort de notre pauvre Hilda, cette année que lord O'Byrn voulut organiser une battue.

— Oh ! Betsy, interrompit Edith, oh oui, maintenant je me souviens ; oui, c'est ce soir-là qu'entre les orchidées et les mimosas du surtout j'ai vu la même lueur, le même éclair, Betsy..... Mais c'est impossible, ma bonne Betsy,.... impossible !..... Ce ne peut être lui ! Lui à Edimbourg ! Lui, Moïse Abraham !..... Non, cela ne se peut, vraiment.

— Je ne sais de quelle lueur, de quel éclair vous voulez parler, Madame Edith, ni ce que cette lueur et cet éclair pouvaient bien faire à travers les orchidées et les mimosas ; mais ce que je sais, c'est que cette nuit-là il est quelqu'un à la Sapinière qui, tandis que l'on croyait tout le château endormi, vit dans le grand lac une fenêtre encore éclairée. Ce quelqu'un avait certains soupçons, certaines craintes, et se glissa le long du corridor jusqu'à une chambre du bout où l'on causait. Ce quelqu'un était votre vieille Betsy, qui, appuyée contre la porte, écouta jusqu'au matin. Ce qui s'est dit, vous n'avez pas besoin de le savoir, petite Madame Edith, mais ce que je puis vous affirmer, c'est que les deux individus qui se concertaient étaient d'infâmes coquins, que l'une des deux voix était celle de David Block, et que c'est David Block que j'ai entendu ce matin.

Edith, qui, suspendue aux lèvres de Betsy, semblait boire chacune de ses paroles, resta comme galvanisée, les yeux dilatés par l'épouvante, le souffle saccadé et brûlant.

— Mais alors, fit-elle après un silence dont les battements précipités de son cœur avaient mesuré la durée, mais alors, Betsy, que faire ?..... Plus que jamais il me faut ce papier. Je dois faire l'impossible pour me procurer au plus tôt ces deux mille livres !.....

Betsy hocha lentement la tête.

— Non, petite Madame Edith, je sais trop ce que j'ai entendu. Je sais trop que la haine de cet homme est le seul mobile de cette espèce de marché qu'il vous propose pour la forme. Il ne lâchera pas ce papier. Ce qu'il veut, c'est vous voir vous traîner à ses pieds, lui demander grâce, lui crier merci. A tout prendre, il vaudrait mieux, à mon avis, quoi qu'il puisse vous en coûter, tout dire à lady Mary, elle est de bon conseil et aviserait à un parti à prendre. Elle finira peut-être par savoir. Mieux vaut que ce soit vous qui l'instruisiez. Du reste, tout n'est-il pas préférable à cette humiliante extrémité de devoir en passer par les exigences d'un David Block dit Moïse Abraham ?

— Oui, ma bonne Betsy, fit distraitement Edith, évidemment absorbée par une pensée tenace qui l'obsédait et semblant chercher la solution d'un problème qu'elle ne parvenait pas à résoudre.

Mais enfin, s'exclama-t-elle tout à coup, est-ce bien David Block ? Comment David Block serait-il maintenant Moïse Abraham ?

— C'est lui, Madame Edith, on ne peut plus lui. Pendant que vous étiez à Oak Hill cet après-midi, j'ai été à Cork Street, je me suis informée, j'ai trouvé Sucky Bull, qui, pour une bouteille de wisky, ne demandait qu'à parler, et je sais maintenant que si David Block est à Edimbourg sous le nom de Moïse Abraham, qui est connu depuis soixante ans et peut-être plus dans Cork Street, c'est que ce comptoir de prêt à la petite semaine et sur gages est tout simplement un fonds de commerce qui se loue ; que le nom de Moïse Abraham fait partie de ce fonds ; que celui qui loue a aussi en location le nom de Moïse Abraham avec le reste du bazar parce qu'il est nécessaire pour la mise en scène. Dans cent ans, il y aura encore peut-être la même barbe, les mêmes lunettes fumées, le même toquet de velours, au fond du logis-cave, il y aura la même canaille, le même infâme.

C'est le fonds de commerce, cela, qui passe ainsi de l'un à l'autre. Allez-y demain, il se peut que, sous la barbe, bien que le ricanement soit le même, ce soient d'autres lèvres qui le grimacent, et ce sera le même Moïse Abraham, à la voix de fausset, au cœur sensible, aux ongles qui écorchent, aux dents qui déchirent. Ils entrent, voyez-vous, dans la peau de ce mytho, ils l'endossent avec la même aisance qu'un habit fait sur leur mesure, parce que Moïse Abraham a été taillé sur leur patron. Voilà, Madame Edith, ce que j'ai appris aujourd'hui, et voilà pourquoi je puis affirmer que c'est David Block que nous avons vu.

. . . .

Trois semaines s'écoulèrent, et bien qu'Edith eût à différentes reprises reçu des lettres menaçantes, faisant en termes vagues allusion à la somme que l'on attendait et lui imposant des délais successifs, elle ne s'était plus rendue dans le logis-cave de Cork Street et n'y avait rien envoyé.

Malgré Betsy qui avait insisté pour qu'elle se confiât à sa tante, elle ne pouvait se décider à cette communication pénible ; elle la remettait de jour en jour, attendant un moment favorable. Et le temps s'écoulait sans qu'à son avis ce moment se présentât.

Comme si les événements dussent donner raison aux prévisions de Betsy, David Block fit un beau matin remettre sa carte à Edith.

La jeune femme se trouvait précisément à ce moment avec sa tante ; son trouble ne put échapper à celle-ci ; et, inquiète, elle pressa sa nièce de questions.

Chez Edith, la mesure était comble, le poids qui l'accablait devenait par trop lourd, et la voix tremblante, des larmes dans les yeux, elle conta à lady Mary ce qu'elle avait souffert. Elle parla longtemps sur ce ton monotone qu'ont les pénibles confidences, mais quand elle en vint à Willie, quand, dans une sorte de cri où vibrait tout son amour maternel, elle lança ce nom qui résumait sa tendresse, tante Mary, la prenant sur son cœur comme un jour elle l'avait fait à la Sapinière, n'essaya pas de sécher ses larmes ni de calmer ses sanglots, car elle aussi pleurait.

— Tu iras chercher ton Willie, ma petite ; tu iras, je le veux, lui dit-elle. Tu es déjà ma fille par le cœur, ton fils sera le mien ; il fera notre joie à toutes deux.

XXIV

— Singing birds !..... Singing birds !.....

Et ces trois syllabes, équivalant au joyeux cri de Paris qui s'égrène sur une gamme fantaisiste : « Du mouron pour les petits oiseaux ! » étaient ce matin-là répétées lamentablement, sur deux notes en tierce sonnant comme un glas, par une pauvre créature décharnée, vêtue de haillons, qui parcourait les rues de Londres, en quête de quelques *pennies*.

— Singing birds !.....

Un vieux panier d'osier grisâtre, où souriaient quelques boîtes de mouron tout perlé de rosée, pendait à son bras maigre, et contre elle, appuyé sur sa poitrine que déchirait de temps à autre une toux-sèche et sifflante, elle tenait avec sollicitude un tout petit paquet de hardes d'où s'échappaient de faibles et douloureux vagissements.

— Singing birds ! Singing birds !..... — Oiseaux chanteurs !

Et ses grands yeux noirs entourés de bistre allaient anxieux d'une fenêtre à l'autre, cherchant la cage étroite où frétillait un de ses gracieux clients au plumage d'or ou de pourpre. Et elle jetait dans l'espace, avec une nouvelle insistance, son appel plaintif, auquel seul le petit oiseau répondait par un pépiement de convoitise, suivant de son regard perçant ce tout petit printemps qui passait dans un panier d'osier.

Il était midi. Elle avançait péniblement, lasse, n'en pouvant plus, traînant les pieds, ne lançant plus maintenant cet appel qui épuisait ses forces, et regardant avec une inquiétude croissante l'enfant qu'elle serrait sur son cœur.

C'était une pauvre petite figure grimaçant la misère et le rachitisme, froncée de rides vieillottes, marbrée de méplats sinistres ; et la mère suivait avec épouvante les signes de mort qui marquaient déjà le petit.

La maladie avait visité la mansarde de la malheureuse et lui avait enlevé deux enfants. Un troisième agonisait en ce moment sur le grabat commun, et celui qu'elle tenait était le dernier.

Il y avait six mois que la marchande de mouron était veuve, et ce pauvre petit lui était né au milieu de sa misère et de son abandon, dans ce grand Londres où elle était venue échouer, croyant, comme tant d'autres, y trouver à vivre, et en réalité y mourant chaque jour au milieu du dénuement le plus absolu.

Un hoquet violent secoua tout à coup le petit. La mère le sentit se raidir dans un spasme, puis se détendre, abandonné.

Elle s'arrêta, considéra ce visage minuscule où les yeux creux grands ouverts s'étaient matis, où les lèvres violacées bayaient sur les gencives livides. Elle promena sur la foule qui passait indifférente un regard effaré, puis, jetant un cri rauque qui n'avait rien d'humain, elle s'engagea au hasard dans une rue transversale, laissant tomber son panier dont le mouron s'éparpilla sur le pavé.

Elle allait les yeux hagards, accélérant par degrés son allure, comme si toute fatigue s'était évanouie, comme si une vigueur nouvelle l'avait envahie soudain.

Son chapeau de crêpe fripé pendait sur son dos, ses cheveux s'étaient dénoués et couvraient ses épaules. Elle allait, regardant sans voir, tournant l'angle des rues qu'elle rencontrait, allant toujours, toujours, traversant des artères pleines de mouvement et de bruit pour rentrer de nouveau dans le calme d'une allée quelconque. La guenille qui enveloppait l'enfant flottait, découvrant la petite tête qui suivait d'un ballottement saccadé les soubresauts de la course éperdue de la mère.

— Singing birds ! Singing birds ! rauqua-t-elle lugubrement à différentes reprises comme un refrain douloureux. Puis enfin, épuisée, haletante, la poitrine sifflant, oppressée, elle s'affaissa sur le seuil d'un jardinet, dans une toute petite rue au pavé gazonné et où nul ne passait.

Un moment, ses grands yeux sombres où semblait régner la nuit se fermèrent ; l'ombre frangée de ses longs cils se projeta sur ses joues creuses comme un voile de deuil ; et elle se mit à bercer le petit de ce mouvement de va-et-vient aussi ancien peut-être que la première mère endormant son premier enfant.

Alors un chant triste et lent sortit de ses lèvres, et tandis qu'elle berçait toujours, le petit corps se glaçait dans ses bras.

Sa voix, d'abord voilée, s'éclaircit peu à peu, les notes en devinrent nettes et vibrantes, et de ce chant confus se dégagea bientôt un air bizarre, à la mélodie étrange, originale, ou quelque chose de caractéristique plein de charme, qui s'éleva dans la rue déserte, où de quelque fenêtre on jeta un penny

Indifférente, la malheureuse continuait à chanter et à bercer, quand derrière elle la porte de la demeure s'ouvrit et trois dames sortirent.

La pauvresse occupait le milieu de la marche de pierre. S'effaçant autant que possible, elles passèrent dans l'étroit espace qui restait contre le grillage, et, quand elles furent sur le trottoir, l'une d'elles, par un mouvement habituel de charité, lui tendit une pièce de monnaie.

La marchande de mouron n'avança pas la main, chantant et berçant toujours, inconsciente de ce qui se passait autour d'elle.

— Venez, fit en se tournant vers les deux autres dames celle qui avait offert la pièce de monnaie, nous n'avons pas de temps à perdre, puisque.....

Elle s'arrêta, interdite. Ses deux compagnes, inclinées sur la malheureuse, la considéraient avec un étonnement mêlé de stupeur. La plus jeune, très pâle, frémissante, écoutait le chant de l'inconnue. C'était un air d'autrefois, un air qu'elle avait aimé, alors que des castagnettes en rythmaient la cadence et qu'une fillette aux sauts élastiques en marquait le pas en regardant dans le lointain.

La jeune femme écoutait, buvant ces notes claires qui accompagnaient la fandango que dansait jadis Nina dans la grande nursery. Elle écoutait, et soudain, tandis qu'il lui semblait ressaisir dans les traits de la pauvre créature quelque chose du passé :

— Nina !..... Ma petite Nina !..... dit-elle à tout hasard sur ce ton caressant qu'elle employait autrefois quand elle parlait à la gitane.

L'autre leva la tête, et ses grands yeux noirs se fixèrent sur les yeux bleus de la jeune femme en deuil.

— Nina ?..... demanda la pauvresse.

Elle haussa les épaules, hocha la tête, puis après un silence et comme se parlant à elle-même :

— Elle était jeune....., elle était belle......, elle était heureuse, là-bas, tout là-bas, bien loin, petite Nina. Oh ! oui, heureuse, heureuse !.....

Elle eut alors un navrant sourire.

— Regardez-moi donc, Nina ! Ne me reconnaissez-vous pas ?..... Edith, Mme Edith, avez-vous donc oublié Mme Edith ?

— Mme Edith était belle aussi, dit la gitane, elle était bonne pour Nina ; mais elle est partie ! partie loin, bien loin. Elle n'était pas heureuse, Mme Edith. Nina était heureuse parce qu'elle avait son Jim alors, mais le Jim de Nina est mort, voyez-vous !..... C'est loin cela, la mort, et Nina est fatiguée. Et cependant, il faut qu'elle coure encore longtemps, longtemps, pour arriver où est allé Jim. Mais vous ne connaissez pas Nina ? fit-elle découragée, après une pause ; non, vous ne la connaissez pas ; personne ne connaît Nina.

Et, baissant la tête, elle se remit à bercer son enfant.

— Et moi, Nina, ne vous souvenez-vous pas de moi, Betsy ? Vous savez, Betsy de la Sapinière ?

La malheureuse eut un geste vague, plein d'abandon et de lassitude.

— Elle est partie aussi, miss Betsy, partie, partie, fit-elle hochant la tête. Tous sont partis !

Edith écarta le mouchoir effrangé qui enveloppait Nina, et elle aperçut le visage violacé du petit mort.

Au cri d'épouvante qu'elle et Betsy laissèrent échapper, miss Bell s'approcha.

C'était réellement un tableau d'une horreur poignante que cette mère

Inconsciente, berçant ce tout petit cadavre dont la tête allait de-ci de-là, suivant le mouvement.

— Mais il est mort, le pauvre enfant ! dit Edith.

Une faible lueur de raison parut traverser furtivement le regard de la malheureuse.

— Mort ? s'exclama-t-elle. Oh ! ne dites donc pas que mon petit est mort ! Vous ne savez pas, non, vous ne savez pas que j'en ai deux déjà qui sont allés retrouver mon Jim ! Il me reste ma brune Alda qui m'attend dans la mansarde et celui-ci qui ne peut être mort, car il doit vivre, oui, pauvre Nina serait trop seule !

Elle se tut, un pli profond entre les sourcils, comme sous l'effort d'une pensée pénible ; elle recouvrit avec une sollicitude qui faisait peine le pauvre petit corps glacé, puis, de nouveau, les yeux hagards, un cymbalement dans la voix :

— Et Alda qui m'attend ; elle a faim, ne vous l'ai-je pas dit ? C'est du pain qu'elle attend !

Et, divaguant de nouveau, elle lança son cri de mouron.

Avant qu'Edith, Betsy et miss Bell aient pensé à la retenir, elle s'était redressée brusquement et fuyait, criant éperdument :

— Singing birds ! Singing birds ! d'une voix stridente et sauvage qui épouvantait.

*   *   *   *   *   *   *   *   *   *   *   *

Edith et sa fidèle Betsy étaient arrivées de la veille chez miss Bell, qui, prévenue depuis huit jours, les attendait.

Le voyage, au lieu de fatiguer la jeune femme, comme Betsy le redoutait, avait, au contraire, opéré chez elle un revirement. Chaque tour de roue, chaque poussée de vapeur diminuant la distance qui la séparait de Willie avait paru la faire revivre, et c'était presque joyeuse qu'elle était arrivée chez la pieuse fille qui, cinq ans déjà passés, avait porté le fils d'Edward Telson au couvent de Saint-Firminy.

Elle aspirait au moment où, Willie contre son cœur, elle goûterait dans toute son amplitude cet amour de mère qui jusqu'ici avait été pour elle une torture et qui, sous les caresses et les sourires de son fils, allait devenir une joie.

Nina, rencontrée tout à coup sous une livrée de misère, alors qu'elle la supposait heureuse au moulin-ferme des Genêts, lui causait une peine sensible ; et quand, chemin faisant, elle eut instruit miss Bell de ce qu'avait été la malheureuse et de l'intérêt qu'elle lui portait, elle ainsi que Betsy, se perdirent en conjectures sur les événements qui avaient pu conduire Nina à ce degré de dénuement et d'abandon.

XXV

Devait-on retrouver la gitane ?

Dix jours déjà s'étaient écoulés, et pas un indice, si faible qu'il fût, n'était venu soulager l'anxiété d'Edith et de Betsy.

Cependant celles-ci allaient quitter Londres.

L'impatience d'Edith en ce qui concernait Willie s'exaspérait, et, malgré tout son intérêt pour la malheureuse, elle ne pouvait remettre indéfiniment ce voyage.

Miss Bell ayant promis de les tenir fidèlement au courant des recherches, elles avaient fixé leur départ au lundi suivant.

On était au vendredi. Le P. Remi-Marie, qui d'habitude se rendait deux fois par semaine à l'infirmerie du Work-House pour y visiter les catholiques, quittait le monastère comme 3 heures sonnaient.

Sa marche était accélérée, car il devait se conformer au règlement qui, à moins de cas particuliers, assigne certaines heures à la visite des malades.

Dans la salle II, où d'ordinaire le plus grand calme régnait, il trouva le désordre et l'agitation. Les infirmières couraient de côtés et d'autres, quelques-unes demandaient à parler au directeur, enfin tout paraissait dans le plus complet désarroi.

— Voyons, que se passe-t-il donc ? demanda le prêtre à l'infirmière en chef.

— C'est le numéro 10, Révérend, une femme que l'on nous a amenée hier presque mourante. On l'avait, paraît-il, trouvée étendue sur un tas de chiffons, dans un grenier de Fly Street, à côté de ses deux enfants, dont la mort devait remonter à huit jours. Elle a déliré toute la nuit, et une heure environ avant votre arrivée, elle a été prise d'un accès violent ; elle a déchiré ses draps et ses couvertures, et, comme une infirmière essayait de la maintenir, elle a manqué de l'étrangler. Cette femme est folle, sa place n'est pas ici et le directeur doit être prévenu.

— Auparavant, je désire la voir, dit le P. Remi, que cette coïncidence de folie et d'enfants morts frappait.

— Je ne crois pas qu'elle ait demandé le prêtre, objecta la garde, et vous comprenez.....

— Ce n'est pas une question de ministère, j'exprime le désir de la voir ; y trouveriez-vous des inconvénients ?

— Depuis le nouveau règlement, nous ne pouvons laisser communiquer le prêtre avec les malades qui ne sont pas inscrits sur les registres pour en avoir fait la demande.

— Je vous répète que mon désir de la voir est tout à fait pour le moment en dehors du culte, mais aussi je vous ferai observer que cette femme ayant été amenée ici privée de sentiment, est évidemment dans l'impossibilité d'exprimer un désir, et comme prêtre j'ai le droit de la voir. Du reste, si le directeur vous faisait la moindre observation, j'irais m'expliquer avec lui.

Et, très calme, avec la conviction qu'il agissait d'après son devoir, le prêtre alla au numéro 10.

La crise passée, la pauvre femme se trouvait maintenant plongée dans un accablement qui, sans être le sommeil, suspend le jeu des facultés tant physiques que morales, sans toutefois permettre de reposer.

Sa tête était renversée sur l'oreiller, ses cheveux épars l'entouraient d'un voile sombre, ses lèvres, légèrement entr'ouvertes, découvraient l'émail bleuté de jolies dents rangées comme des perles, et sous ses longs cils abaissés brillaient des larmes.

Ses traits étaient délicats, son profil d'une excessive pureté de lignes ; c'était un visage presque enfantin, où la touche de misère, bien que creusant les joues, n'avait pu effacer un reste de sourire rappelant un passé heureux.

Le prêtre la considéra avec une émotion croissante. Tout dans la triste créature confirmait le soupçon qui s'était éveillé en lui aux premières paroles de l'infirmière, et, très doucement, pour éviter toute commotion pénible :

— Nina, mon enfant ! dit-il.

Elle, sans témoigner la moindre surprise, regarda le religieux, semblant l'interroger.

— Seriez-vous heureuse de voir Mme Edith ? demanda-t-il, employant à dessein cette appellation familière qu'il avait entendue de Betsy pour désigner la veuve d'Edward. Voulez-vous voir Mme Edith ? répéta-t-il, cherchant à saisir l'effet que ce nom produirait sur l'inconnue.

Celle-ci fit un mouvement, comme pour se redresser, mais, trop faible, elle retomba.

Une infirmière lui fit prendre quelques gouttes d'un cordial.

Après un léger repos durant lequel on eût dit que la vie renaissait dans ce pauvre corps ruiné, elle se tourna vers le prêtre :

— Mme Edith ?..... Vous avez dit Mme Edith ?..... Ce n'était donc pas un rêve l'autre jour ! demanda-t-elle. Mme Edith..... miss Betsy !..... Oui, j'ai vu, j'ai entendu, elles m'ont dit : Petite Nina ; mais il y a longtemps, n'est-ce pas ?

Elle serra son front dans ses mains décharnées et resta le regard fixe, semblant chercher dans le chaos de ses pensées un point qui lui échappait.

— Vous verrez Mme Edith et miss Betsy, dit le prêtre, je vais les faire prévenir.

Le prêtre écrivit en hâte quelques mots sur un feuillet qu'il avait détaché de son calepin, et il pria une infirmière de faire porter immédiatement le message aux Daltons Gardens.

Il revint alors à Nina, et quand, une demi-heure plus tard, Edith et Betsy arrivèrent, la gitane, souriante, les yeux éclairés d'un doux reflet de joie, leur tendit les bras.

Ce furent des baisers, des caresses, des larmes et de douces protestations de part et d'autre.

Edith ne voulait pas laisser Nina au Work-House :

— C'est déjà convenu avec miss Bell, chez qui nous sommes descendues, disait-elle. Elle prépare en ce moment une chambre pour te recevoir, Nina, ma petite ; à trois, nous te soignerons si bien que tu oublieras ce que tu as souffert.

Tu redeviendras l'aide de Betsy, nous allons avoir besoin de toi, car nous allons avoir mon petit Willie.

L'Espagnole eut un mouvement de surprise.

— Oui, continua Edith, la mort de lord O'Byrn me rend la liberté, et je vais pouvoir vivre avec mon fils.

Nina remarqua seulement alors le crêpe qui enveloppait la jeune femme, mais les émotions qu'elle venait de ressentir l'avaient fatiguée ; et après avoir pris le bol de bouillon que l'infirmière lui apporta, elle fut prise d'un sommeil invincible et s'endormit.

Edith et Betsy quittèrent alors le Work-House, non sans avoir fait les plus minutieuses recommandations à l'infirmière, qui les assura de sa plus grande sollicitude à l'égard de Nina.

La dévouée miss Bell les attendait. Ayant partagé leurs anxiétés pendant la disparition de la marchande de mouron, elle avait éprouvé un grand soulagement la sachant enfin retrouvée, mais elle n'était pas sans se demander dans quel état pouvait être la gitane, et elle éprouvait une certaine inquiétude. L'arrivée de ses deux visiteuses qui la mirent au courant de l'entrevue la calma, et de commun accord il fut décidé qu'elles iraient le lendemain chercher Nina.

Et il en fut ainsi. Jamais la petite maison des Daltons n'avait abrité tant de monde.

Nina, encore très faible, y était arrivée en voiture, appuyée sur des coussins, mais soit que sa nature résistante eût pris subitement le dessus, soit que l'affection dont elle se voyait entourée lui eût comme réchauffé le cœur et rendu la vie, dès le lendemain de son installation chez miss Bell elle put se lever.

Alors, lentement, prenant largement son temps pour ménager ses forces et ne pas exciter sa toux qui maintenant se calmait, elle conta son histoire.

L'histoire de la gitane ressemblait en quelque sorte à une de ces belles journées d'été qu'interrompt un nuage noir suivi d'un coup de foudre.

Il y avait eu du soleil à la ferme des Genêts, de ce beau soleil qui blondit les moissons, fait chanter la fermière et ronfler le moulin. Jim souriait à Nina, et Nina, heureuse, filait dans la salle basse à côté d'un berceau.

C'étaient de tout petits meuniers et de petites meunières qui faisaient ainsi, à intervalles réguliers, leur entrée dans la vie. Tous avaient les yeux bleus du père et les boucles noires de la mère ; et chacun apportait une joie nouvelle sous le toit de chaume moussu.

Ce fut au milieu de ce bonheur calme que la mort le frappa.

Jamais le ruisseau n'avait passé si impétueux sous la roue du moulin qui se relevait blanche d'écume. Depuis l'aube, on avait remué le grain blond que broyait la meule ; et le meunier, secouant la farine qui le givrait, se dirigeait vers sa demeure pour le repas de midi quand un cri de détresse sortit du ruisseau.

Jim avait reconnu la voix de son aîné, et à deux-brasses il aperçut comme un petit paquet de colonnade que le flot emportait. Fou d'angoisse, il se précipita au secours du petit, mais les pluies des jours précédents avaient grossi les eaux, et le flot le chassait vers cette roue qui tournait en clapotant.

Combien de temps lutta-t-il contre le courant qui l'entraînait vers la mort ? Nul n'eût pu le dire, car nul ne fut témoin de ce drame poignant. La roue fit de Jim une loque sanglante que l'on trouva une heure plus tard empêtrée dans des ajoncs, et de Nina une pauvre veuve qui eut aussi à pleurer son premier-né, car il manqua un petit ce soir-là dans un des lits de la grande chambre.

Celui qui avait coûté la vie au père était resté dans les eaux du moulin.

Un mois après, la malheureuse quittait les Genêts.

C'étaient des bras qu'il fallait à la ferme et au moulin, et l'on ne se souciait guère de la veuve et des enfants.

Edith lui reprocha amèrement de ne pas s'être adressée à elle ; puis, avec de grands ménagements, dans la crainte de froisser le cœur de cette malheureuse mère qui avait cinq enfants à pleurer, elle lui parla du petit Willie qu'elle allait chercher.

— Oh ! oui, fit Nina, les mains tendues et une prière dans la voix, amenez Willie, Madame Edith, il sera un peu à moi, me semble-t-il, et il m'aidera à supporter mes regrets ! Il sera les petits que j'ai perdus.

Et voyant qu'Edith voulait attendre son complet rétablissement pour se rendre à Saint-Firminy, elle insista pour que ce voyage se fît au plus tôt, assurant qu'elle se trouvait beaucoup mieux et que la vue de Willie la rétablirait complètement.

En conséquence, le voyage ne fut point remis, et le lundi, dans la matinée, Edith et Betsy partirent pour la France par le premier bateau de Douvres-Calais.

XXVI

Ce ne fut que le mardi soir, tandis que 6 heures sonnaient à l'église de Saint-Firminy-sur-Moselle, qu'Edith et Betsy arrivèrent au petit hameau.

Par un singulier revirement, Edith, qui, au cours du voyage, avait éprouvé une hâte intense, une impatience fiévreuse, que l'idée de voir Willie avait tenue dans un continuel tressaillement, fut prise, au moment où elle allait atteindre enfin ce but vers lequel tout son être comme soulevé l'avait portée, d'une appréhension vague, indéfinie, d'une sensation d'arrêt, de recul en présence de ce lointain qu'elle approchait, de cet inconnu qu'elle allait affronter.

En somme, qu'était-elle pour Willie ? Jusqu'ici, le cœur débordant de tendresse, l'âme pleine du petit, elle ne s'était jamais arrêtée à cette considération. Jamais, dans son esprit sans cesse occupé de l'enfant, l'idée que, ignorant sa mère, il pouvait n'avoir rien en lui qui répondît à son affection à elle ne lui était venue. Et maintenant qu'elle approchait de l'asile où Willie, enfant des bonnes Sœurs, avait passé ses plus touchantes années, elle se rendait compte de ce qu'elle allait trouver d'étranger en lui.

Jusqu'à la langue anglaise qu'il ne pouvait posséder, ayant été élevé en France, qui allait établir entre lui et sa mère une gêne ; car si Edith parlait et comprenait le français, l'épanchement lui serait difficile en ce langage qui n'était pas le sien : ce serait une tension perpétuelle, de son côté, et une fatigue, un ennui pour l'enfant.

Jamais Willie ne lui avait semblé si loin que depuis qu'elle s'en approchait de si près, et lorsque Sœur Tharsille vint ouvrir, elle fut frappée de la pâleur émue de la jeune femme.

— Pourrions-nous voir M. le directeur ? demanda Edith.

La religieuse eut un geste qui signifiait que la visite tombait mal à propos ; elle regarda l'horloge du vestibule :

— Il vient malheureusement de sortir, dit-elle.

Et elle s'effaça pour introduire les visiteuses au parloir.

— Cinq minutes plus tôt vous l'eussiez trouvé, Mesdames ; il ne devait pas être prévenu de votre arrivée, car sans nul doute il vous aurait attendues.

Sœur Tharsille avança des chaises et poussa les contrevents.

— Vous ne pourriez nous dire quand il sera de retour ?

— C'est très difficile : d'habitude, le mardi, il passe la soirée chez un ami qui habite à une certaine distance, et il ne rentre que fort tard. Si encore notre chère Mère était à la maison, mais elle est en ce moment à Nancy et ne doit arriver que par le dernier train. En tous cas, je vais prévenir notre Sœur assistante. Veuillez vous asseoir, je vous prie.

Et, s'inclinant avec un joli sourire, elle sortit.

Edith, agacée par ces difficultés qu'elle n'avait pas prévues, ne put tenir en place ; elle se leva, fit quelques pas, examina les gravures de piété appendues à la muraille, l'écritoire de buis, l'essuie-plume de drap déchiqueté et le buvard aux coins cornés qui, dans tous les couvents du monde, s'étalent sur la table du milieu ; fit jouer du bout de son en-cas les petits ronds en lisière qui s'espaçaient devant chaque siège sur le parquet ciré, puis, oppressée, sentant que l'air lui manquait, elle ouvrit la croisée qui donnait sur le jardin.

Tout à coup, elle chancela, et Betsy, qui suivait tous ses mouvements, la vit se retenir des deux mains aux battants. Edith, les lèvres entr'ouvertes, un ravissement dans les yeux, tout l'être figé comme dans une extase, regardait avidement, semblant absorber de toute la puissance de son être ce qui lui frappait la vue en ce moment.

— Betsy, Betsy !..... appela-t-elle bien bas, comme si elle eût craint de rompre le charme.

Et, la main tendue, elle indiqua l'extrémité de la pelouse que bordait un massif de rhododendrons.

En ce moment, un garçonnet aux longs cheveux bouclés, campé résolument les bras croisés devant un chien énorme au pelage fauve, semblait le défier. Aux jappements de plaisir que lançait la grosse bête, l'enfant répondait par un éclat de rire joyeux et provocateur, puis il s'inclinait, les mains dans le gazon ; l'animal bondissait sur lui, faisait mine de le mordre, le roulait d'une poussée à quelque distance, puis allait se tapir, la queue battant ses flancs, la peau frémissant de plaisir, au pied des rhododendrons, attendant que l'enfant fît mine de se redresser pour le faire choir de nouveau.

Après quelques reprises, ce fut au tour du petit à bondir sur le molosse ; mais celui-ci ondulait, faisait des feintes, échappait sans cesse, ce qui, faut-il croire, n'était pas selon l'accord passé entre eux, car le garçonnet se fâcha, poursuivit son partner jusqu'à une faible distance de la fenêtre du parloir d'où Edith et Betsy l'entendirent distinctement protester contre la déloyauté de Nick qui s'enfuyait sans se retourner, quelque chose de narquois dans son museau futé, de l'air résolu d'un chien qui a décidé que le jeu ne lui en dit plus.

Edith, tout entière à saisir le timbre de cette voix fraîche qu'elle entendait pour la première fois, frappée de ce que, dans les traits du petit, Edward semblait se dégager et revivre tout à coup, interdite de surprendre dans ses mouvements quelque chose des gestes familiers de l'usinier, n'avait rien remarqué dans les paroles de l'enfant.

Ce fut Betsy, qui, les larmes aux yeux, les lèvres froncées pour retenir un sanglot, dit, en appuyant sa main ridée sur le bras d'Edith :

— Mais je l'ai compris, Madame Edith, j'ai compris le petit : *t'is not fair ! t'is not fair !* ce n'est pas français, cela, Madame Edith. Il parle donc anglais, notre petit ?

Et la bonne fille, à l'idée que Willie pourrait la comprendre, ne pouvait contenir sa joie.

La porte s'ouvrit, et Sœur Philomène, s'excusant d'avoir tant tardé, apparut.

Surprise de voir les visiteuses debout, regardant dans le jardin, elle s'approcha de la fenêtre.

La vue de Willie lui expliqua l'intérêt qu'offrait en ce moment la pelouse, et avec un sourire quasi maternel :

— Vous regardez notre Willie, dit-elle, une douce fierté dans le regard, est-il assez gentil ! Quand vous pensez que nous l'avons eu pas plus grand que ça, ajouta-t-elle, étendant les mains qui mesurèrent tout juste ce qu'il fallait pour un maillot. Et c'est à moi qu'on l'a confié ; j'ai été comme qui dirait sa maman, et je le suis restée, car pour lui je suis sa *Mène.* Les enfants, voyez-vous, ça a besoin d'affection pour bien venir, et il ne lui en a pas manqué, à notre Willie.

A mesure que la religieuse parlait, Edith, en présence de ce profond attachement que Sœur Philomène, ignorant à qui elle s'adressait, exposait dans sa touchante naïveté, fut en quelque sorte prise d'un serrement d'âme.

En effet, qu'était-elle en réalité pour Willie, elle, devant cette *Mène* que le petit aimait ? Comment aussi l'arracher à ce vieux cœur tout plein de lui ? dire à cette *maman :*

— Je suis la mère, je le reprends ; je le connais à peine, c'est vrai. Vous, vous lui avez consacré votre temps, vos veilles, vous l'avez entouré de sollicitude, vous avez suivi, heure par heure, jour par jour, son développement; c'est vous qui avez saisi ses premiers bégayements, mais j'ai des droits, j'ai tous les droits ; Willie est à moi et je viens le prendre.

Comment déchirer ainsi l'âme de la pauvre Sœur ? Et cependant c'était bien pour cela qu'elle avait accompli ce long voyage.

— Oserai-je, ma chère Sœur, vous demander de nous laisser voir Willie ? hasarda timidement Edith, un léger tremblement dans la voix.

— Mais, certes, s'empressa de répondre Sœur Philomène, tout heureuse de ce que l'étrangère parût s'intéresser à l'enfant ; seulement, je devrai bientôt le coucher, ajouta-t-elle, en manière de recommandation.

Et, se penchant à la fenêtre, elle fit signe à Willie de monter.

Celui-ci, que la défection de Nick avait indigné, et qui n'attendait que l'occasion de le dire à sa *Mène :*

— Tu sais, cria-t-il du perron où il était assis tout songeur, Nick a été vilain, très vilain, il a triché au jeu.

— Oh ! que c'est laid de tricher, dit avec une grosse voix indignée Sœur Philomène.

— Ah ! je savais bien que tu trouverais cela très laid, ma bonne *Mène,* aussi j'ai grondé Nick, et si demain il recommence, je le punirai.

— C'est cela, mais, en attendant, viens saluer ces dames qui désirent te voir.

On entendit un petit pas r[illegible] et énergique sur les dalles du vestibule.

Sœur Philomène ouvrit la porte, introduisit Willie, en lui recommandant d'être sage, et se rendit à la cuisine pour veiller à ce que l'on servît le souper.

Le jour commençait à tomber, il régnait une certaine obscurité dans le parloir, et l'enfant s'arrêta interdit.

Edith, les bras tendus, se précipita vers lui, le serra contre son cœur et le couvrit de baisers. Betsy lui avait saisi une main qu'elle baisait aussi en pleurant.

Ce fut pendant quelques instants un murmure confus de sanglots entrecoupés, d'exclamations joyeuses, du nom de Willie revenant sans cesse avec celui d'Edward ; puis Edith, dont le bonheur décuplait les forces, emporta l'enfant dans le coin le plus sombre de la pièce, afin que nul ne s'aperçût de l'émotion joyeuse qui la bouleversait. Et s'étant assise, elle le tint sur ses genoux.

— C'est donc ainsi que tu m'aimes, demanda tout à coup Willie qui s'était redressé, un peu arc-bouté, et considérait avec étonnement la jeune femme.

Pour toute réponse, elle le serra plus fort, et, le visage enfoui dans les boucles soyeuses de l'enfant, elle se mit à pleurer.

— Tu pleures, tu as donc de la peine ? demanda-t-il, l'entourant de ses bras.

Betsy hasarda quelques paroles, essayant de calmer Edith.

Aussitôt Willie lança une exclamation joyeuse, et en anglais, car il avait immédiatement saisi que c'était en anglais que Betsy avait parlé.

— C'est comme l'ami Walter, fit-il, battant des mains ; vous venez donc aussi de bien loin ?

— L'ami Walter ? demanda Edith.

— Mais oui, grand ami.....

Edith regarda Betsy.

— Tu as donc un ami qui parle l'anglais ?

— Oui, mais un grand, tu sais, plus grand que M. le directeur, et il a une moustache, il va à cheval. Moi aussi, je vais à cheval, mais sur un poney; il s'appelle Frick, mon poney ; le cheval de grand ami s'appelle Brisky. C'est beau, tu sais, de monter sur un grand cheval, mais l'ami Walter dit que je suis encore trop petit, et il m'a donné Frick en attendant.

Edith et Betsy eussent entendu les contes merveilleux des *Mille et une nuits* qu'elles n'eussent pas éprouvé stupéfaction plus profonde : Willie ayant son poney ! — Et, *en attendant !* — et cela raconté en anglais avec une telle facilité que l'on eût dit que l'enfant n'avait jamais connu que cela.

— Tu aimes sans doute beaucoup ton ami Walter ? demanda Edith.

— Oh !..... exclama Willie, comme s'il ne trouvait aucun terme pour rendre ce qu'il éprouvait, mais, ajouta-t-il, je sens....., oui, je sens que je t'aime aussi beaucoup.

— Et comment sens-tu cela ?

— Je sens que tu m'aimes comme tu m'as embrassé ; personne, non, personne, pas même grand ami, m'embrasse comme toi ; alors je sens que je t'aime, vois-tu.

Et, tressaillant, il se blottit contre Edith, qui, à ce moment, crut défaillir de joie.

Sœur Philomène rentrait avec une autre Sœur, apportant de la lumière et une légère collation.

— Tenez, tenez, exclama-t-elle, voyez-vous cela, comme il se fait dodeliner ! Veuillez, je vous prie, l'excuser, Madame, crut-elle bon d'ajouter.

Et se tournant vers Willie :

— Quelle idée t'a-t-il donc pris ce soir, mon petit ? Jamais tu n'as fait cela.

La bonne Sœur ne se douta pas de la joie que ces simples paroles mirent au cœur de la jeune femme.

Toujours blotti et ne semblant pas disposé à quitter de si tôt cette place de choix :

— Tu ne vois donc pas qu'elle m'aime bien ? demanda-t-il. Et puis, tu ne sais pas, je parle anglais avec elle comme avec grand ami.

— Grand ami ! Grand ami ! Il t'en fait faire de belles, grand ami ! murmura Sœur Philomène, qui, décidément, ne pouvait pardonner le poney. Quand vous pensez, dit-elle avec une légère indignation, qu'il a donné un poney à ce bambin, et que le petit bonhomme n'est heureux que quand il galope à travers champs ! C'est-il vraiment possible d'avoir des idées pareilles !

— C'est vraiment imprudent, dit Edith. Quel est donc ce monsieur, ma chère Sœur ?

— C'est un ami de M. le directeur, dit Sœur Philomène. Oh ! il est très bien, se hâta-t-elle d'ajouter, car elle n'avait contre Walter Barton que l'idée du poney. M. le directeur l'estime beaucoup. Dès son arrivée à Saint-Firminy, il est venu au couvent et s'est pris d'affection pour notre Willie qui est presque continuellement chez lui. C'est même à une circonstance toute particulière que vous devez d'avoir trouvé l'enfant ici ce soir, car souvent il loge à la villa du bois d'Affou ; mais M. Walter, qui était protestant, vient de se faire catholique ; il a abjuré et reçu le baptême ce matin dans notre chapelle, et demain il fera sa première Communion. Il a voulu passer cette soirée seul avec M. le directeur, et voilà pourquoi Willie n'y est pas.

— Oui, mais demain ce sera moi qui servirai la messe, et je serai tout près, tout près de grand ami quand il recevra le bon Dieu.

— Oui, mais tu vas te coucher maintenant, dit Sœur Philomène, afin de pouvoir te lever pour la messe.

Willie embrassa Edith et Betsy, et, docile, suivit Sœur Philomène qui le précédait.

Après leur souper, les visiteuses, conduites par Sœur Philomène qui avait quitté Willie déjà endormi, montèrent à leur chambre, la même que miss Bell avait occupée, et où l'on avait dressé un second lit.

— Ne trouvez-vous pas, ma bonne Betsy, que tout cela est bien étrange ? ne put s'empêcher de dire Edith lorsque la religieuse se fut retirée. Tout cela me fait peur, Betsy ; non seulement je vais devoir arracher mon fils à ces bonnes Sœurs, mais encore à cet inconnu qui a pour lui des procédés d'une générosité vraiment exagérée. Que faire donc, mais que faire, Betsy ?

La bonne fille eût été bien embarrassée de répondre ; à elle aussi tout cela paraissait singulier.

— Attendons, Madame Edith, cela devra bien s'arranger, et le bon Dieu nous aidera.

— Et puis, ajouta la jeune femme, il y a une chose très drôle, c'est que Willie a, non seulement l'accent de son père, cela se comprend, mais encore ses inflexions de voix, ses tours de phrases, un genre tout particulier de prononcer certains mots, au point qu'en l'écoutant parler, c'est mon pauvre Edward que j'entends. Je ne puis m'expliquer cela.

— Cela arrive, Madame Edith ; j'ai entendu parler de ressemblances plus frappantes encore.

— Mais pas à ce point ?

— Si, si, cela se rencontre.

Il fut tard quand Edith trouva le sommeil. Longtemps elle écouta en elle cette voix d'Edward parlant par les lèvres de Willie, et ce ne fut que bien avant dans la nuit qu'elle s'endormit.

XXVII

Levées pour ainsi dire à l'aube, Edith et Betsy causaient depuis plus de deux heures lorsqu'on vint les avertir que la messe allait commencer.

En effet, un léger tintement leur arrivait, et malgré leur empressement à se rendre à la chapelle, le prêtre était déjà à l'autel quand elles entrèrent.

Un jour, que tamisaient des vitraux épais de couleur sombre, éclairait d'une façon diffuse la petite chapelle. Le chœur, enfoncé dans une ombre douce où étincelait comme des étoiles la lumière de longs cierges, tout perdu dans un vague de mystère, avec ses fleurs, son léger nuage d'encens, sa lampe falote aux soubresauts palpitants, était bien le coin de paradis du petit couvent, le point où s'accumulaient les prières des bonnes Sœurs, où toutes se rencontraient dans les mêmes oraisons.

Pour Edith, maintenant qu'elle apercevait dans une écartée de voiles noirs Willie en soutanelle rouge, en surplis ailé, ce coin lui était aussi tout ici-bas, et elle priait, l'âme irradiée, le cœur débordant, contant sa joie à Celui à qui elle avait tant dit ses peines et le bénissant de lui avoir gardé son enfant.

Alors la pensée de cet inconnu qui avait tant pris du cœur de Willie lui revint, tenaillante ; l'idée de celui qui fatalement allait se dresser entre elle et son enfant réveilla en elle l'appréhension qui l'avait assaillie la veille. Et obéissant sans réflexion à cette impulsion qui porte l'être humain à remuer sa douleur comme pour la faire parler, à se repaître la vue d'une chose qui la menace, semblable à celui qui, tremblant sur le bord d'un précipice, en sonde cependant la profondeur avec une âpre curiosité d'épouvante, elle fouilla du regard les abords de l'autel, y cherchant, avec une pointe d'amertume, l'ami de son fils.

La messe se continuait. Le grand silence du mystère de la divinité planait maintenant dans le petit oratoire où tous les fronts s'étaient inclinés.

Edith resta longtemps absorbée dans l'adoration.

Au *Domine, non sum dignus*, elle se redressa.

Walter, les mains jointes, était en ce moment agenouillé, placé de biais sur le dernier degré de l'autel.

Willie, portant un cierge, traversa le chœur et vint se placer debout à côté de son ami.

Alors Edith eut une vision étrange.

A la lueur du cierge que tenait l'enfant, les traits de l'inconnu se précisèrent.

En eux il y avait du Willie, en Willie il y avait d'eux.

Haletante, tout l'être frémissant, les mains accrochées à l'appui de son prie-Dieu, elle regardait avec une sorte d'épouvante cette espèce de dédoublement. Cet homme réflétant cet enfant, cet enfant réflétant cet homme avec une fidélité que seule d'ordinaire donne la filiation.

C'étaient deux Willie qui lui apparaissaient ainsi, ou plutôt un Willie-Edward et un Edward-Willie confondus, Willie homme, Edward enfant l

Raide, immobile, le cœur battant à se rompre, elle regardait toujours l'inconnu, puis il lui parut enveloppé d'une lourde vapeur. Il lui sembla voir chanceler les grands cierges, elle vit des flammes rouges dans la nuée douce de l'encens, des cheminées crachant du feu, des roues gigantesques évoluant avec une rapidité vertigineuse, et le tout se perdit dans un effondrement.

Une impression de froid la saisit, elle poussa un léger soupir et ouvrit les yeux.

Elle était appuyée contre Betsy, qui, voyant qu'elle allait tomber, avait tendu les bras et la soutenait.

La messe était terminée. La chapelle était calme, recueillie. Edith se passa la main sur le front, regarda du côté de l'Epître où l'inconnu priait, absorbé dans son action de grâces, et, hochant la tête, ne comprenant rien à ce malaise qui l'avait prise ainsi :

— C'est drôle, Betsy, on dirait que j'ai rêvé, murmura-t-elle.

— C'est la chaleur qui vous aura incommodée, Madame Edith, venez, nous sortirons.

— Avez-vous bien remarqué ce Monsieur qui a communié ? demanda-t-elle avec une certaine anxiété.

— Oui, Madame Edith.

— N'avez-vous rien remarqué, Betsy ? Ne vous a-t-il pas fait l'effet d'être si..... — elle hésita — si comme Willie ?

— Non, Madame Edith, il ne m'a pas semblé cela, cette idée ne m'est pas même venue.

— Attendons dans le corridor le moment où il passera, Betsy, voulez-vous ? Et vous le regarderez, puis vous me direz ce que vous pensez. Il m'a semblé, voyez-vous..... Mais non, c'est impossible !..... Oh ! Betsy, fit-elle, serrant à les briser les mains de la gouvernante, j'ai peur, on dirait que je vais devenir folle, ma bonne Betsy.

Elles étaient sorties de la chapelle. Betsy avait entraîné Edith dans un recoin un peu sombre, près de l'escalier, et de ce ton calmant que l'on prend pour dissiper une inquiétude irraisonnée :

— Là, restez bien ici, Madame Edith, dit-elle, nous l'attendrons, et je regarderai bien.

Un quart d'heure s'écoula.

L'une après l'autre, les Sœurs sortaient de la chapelle, de ce pas glissant et silencieux accompagné d'un bruissement pieux de perles et de médailles, passant furtives, effacées, avec un frôlement d'ailes, quelque chose, avec leur guimpe d'une éclatante blancheur et leur voile aux coins papillotants, de l'hirondelle rasant un moment le sol pour s'élancer d'une envolée rapide toujours plus haut vers l'infini.

Edith répondait par une légère inclinaison à leur salut un peu timide, décelant cette gêne momentanée qu'éprouvent d'habitude les religieuses à se trouver, sans s'y être attendues, en présence d'étrangers à l'intérieur du couvent. Et pensive, les suivant du regard, elle comparait sa vie si traversée d'épreuves, si abreuvée d'amertume, si pleine d'appréhensions douloureuses, de déchirements, de regrets, à l'existence calme, recueillie, de ces pieuses filles, et elle se prenait à se souhaiter la plus humble, la plus ignorée d'entre ces ignorées et ces humbles pour goûter un peu de cette paix, de ce bonheur tranquille, de cette douce monotonie qu'elle sentait flotter entre les pauvres murs blanchis et qui exerçaient sur elle une attirance de repos, de silence et d'oubli.

Soudain un léger mouvement de Betsy la rappela à ce pour quoi elles étaient là à attendre ; elle se retourna vivement dans la direction de la chapelle et aperçut la main dans la main Walter et Willie qui sortaient.

Sitôt qu'ils eurent fermé la porte derrière eux, l'enfant, qui grillait de conter à son grand ami son entrevue du parloir, se mit avec volubilité à lui parler de la dame si gentille qui l'avait si bien embrassé et avait tant pleuré en baisant ses cheveux.

Walter, un sourire amusé aux lèvres, écoutait ce léger gazouillis sans y prêter grande attention, se laissant plutôt caresser par le timbre musical de cette voix enfantine et ne s'apercevant pas que Willie, le voyant distrait, commençait à s'impatienter.

— Mais tu ne dis rien, ami Walter, tu ne m'écoutes pas, bien sûr ! exclama l'enfant qui, s'arrêtant de marcher, se plaça devant Walter pour l'empêcher d'avancer. Ecoute-moi donc, fit-il avec une insistance volontaire et chagrine, s'agrippant à son ami et le forçant à lui prêter toute son attention.

— C'est que, vois-tu, ces dames parlent anglais comme toi, grand ami, c'est en anglais que je leur ai causé hier soir ; elles doivent donc aussi comme toi venir de très, très loin, sur un bateau, ajouta-t-il, se balançant d'une hanche sur l'autre comme suivant le mouvement du tangage.

Il tournait le dos à Edith et à Betsy. Walter, sur qui tombait le jour cru d'une fenêtre en lanterneau, leur faisait face.

L'apercevant ainsi tout à coup en pleine lumière, Edith crut que la vie allait l'abandonner, et se tenant à Betsy, s'appuyant à la muraille, livide, un égarement dans les yeux dont les paupières battaient nerveusement d'un clignotement d'éblouissement intense, sans souffle, sans voix, un cymbalement strident dans les oreilles, elle fixait de ses prunelles dilatées par l'effroi celui qui, maintenant incliné sur l'enfant qu'il enveloppait d'un regard de tendresse, venait de pâlir en l'écoutant.

Les tombes s'entr'ouvrent-elles donc parfois et laissent-elles les trépassés venir ici-bas ? La mort accorderait-elle donc à certains une trêve ? Cela se pourrait-il qu'un père sortît de l'au-delà pour chérir son enfant ?

— Tu dis qu'elles parlent en anglais, mon chéri ? demanda avec anxiété

Walter, d'une voix qui éveilla dans le cœur d'Edith l'écho d'une autre voix lointaine qui ne lui parlait plus qu'en rêve.

— Mais oui, grand ami. Tu viendras avec moi leur dire bonjour, dis ? N'est-ce pas, tu viendras ?..... Je n'ai pas bien vu celle qui m'a pris sur ses genoux, il faisait déjà sombre, vois-tu ; mais elle est bien gentille, oh oui, et puis c'est si doux ce qu'elle m'a dit.

— Que t'a-t-elle donc dit, Willie ?

— Oh !..... — il haussa les épaules — toutes sortes, fit-il avec un vague qui traduisait la confusion dans laquelle l'avaient laissé les témoignages de tendresse qu'il avait reçus, je ne sais plus, vois-tu, mais c'était si doux, si doux !

Puis, après une pause, se souvenant tout à coup d'une chose qui entre toutes l'avait frappé et dont l'idée le faisait rire d'un rire intérieur, d'un rire de grand :

— Tu ne sais pas ? Cependant Sœur Philomène avait bien dit à cette dame que je m'appelais Willie. Figure-toi qu'elle m'a dit plusieurs fois Edward..... Edward ! N'est-ce pas drôle, ça, ami ? Mais tu pleures ! Ami Walter, tu pleures, cria tout à coup l'enfant qui se mit aussi à pleurer, cela te fait donc de la peine ce que je te dis ? Oh ! je ne le ferai plus, implora-t-il. La dame aussi pleurait hier. Les grands, ça pleure donc ? demanda-t-il, pensif et triste.

— Ce n'est rien, mon Willie ; viens, ajouta-t-il comme se secouant, et tenant toujours l'enfant par la main ; il allait tourner l'angle du couloir qui menait aux appartements du directeur, quand Willie, apercevant les visiteuses, lança un cri de surprise joyeuse et se précipita vers elles, laissant Walter à quelques pas.

— J'ai dit, j'ai dit à grand ami que vous étiez ici, clama-t-il, entourant Edith de ses bras.

— Viens donc, fit-il, se tournant vers Walter, viens voir, ami..... Oh ! oui, viens voir ma dame !

Et se sentant tout permis, avec une liberté touchante d'audace aimante, il écarta le voile qui entourait la jeune femme.

Un double cri retentit : deux noms se croisèrent, et Walter Barton, pâle, bouleversé, se précipita les bras tendus vers Edith, que Betsy, à bout de force, ne pouvait plus soutenir.

Comme à la villa de Whalley, ce soir où son bonheur avait été cruellement brisé, il voulut l'emporter, mais elle se raidit contre cette défaillance et elle enveloppa Edward d'une puissante étreinte, comme si, le disputant à la mort qui le lui avait pris, elle la défiait de venir le lui reprendre ainsi appuyé sur son cœur.

Willie, ne comprenant rien à cette scène, accroché d'une main à Edith, de l'autre à Edward, se hissait sur la pointe des pieds.

Betsy alors l'aida, et quand il fut à portée, il enserra de ses petits bras la tête de grand ami et celle de sa dame, qui s'abandonnèrent sur son cœur d'enfant, et il les couvrit de baisers.

Ce fut devant cette chose inexplicable qu'était ce groupe que Sœur Philomène, à la recherche des visiteuses pour leur annoncer que M. le directeur les attendait, s'arrêta interdite, n'osant avancer, sentant en elle comme un déchirement.

— Ah ! Mène ! ma Mène ! cria Willie, grand ami connaît ma dame, et ma dame connaît grand ami ! Et ils m'aiment tous les deux !

Alors, Edward, plongeant ses grands yeux noirs dans les yeux bleu sombre de l'enfant comme pour lui faire pénétrer au fond du cœur et de l'âme ce qu'il allait lui dire :

— Dis-lui maman, Willie, et ton grand ami, c'est......

— Papa ! interrompit l'enfant, comme si, par un instinct de délicatesse exquise, il avait senti qu'il devait sa toute première appellation de tendresse filiale à son ami Walter.

— Papa, répéta-t-il ; mais toujours, toujours grand ami, protesta-t-il en l'embrassant. Et toi, maman, maman, fit-il, en s'inclinant vers Edith. Oh ! je sens bien que tu es maman !

Un sanglot les fit se retourner.

Sœur Philomène, la bonne Sœur Philomène, ses pauvres mains ridées serrant le grand crucifix de son rosaire comme pour calmer l'émotion qu'elle ressentait en voyant cette scène touchante, et aussi sans doute pour implorer la force dont elle avait besoin pour le grand sacrifice qu'elle se voyait imposer, pleurait sous sa cornette, les yeux fixés sur son Willie qui lui échappait.

Des larmes de religieuses ne sont pas des larmes banales, elles font mal.

Edith, se dégageant, alla vers elle, et la serrant sur son cœur :

— Pardon ! Oh pardon ! ma bonne Sœur, et merci d'avoir été la mère de mon enfant !

Sœur Philomène eut le geste un peu brusque d'un vieux grognard que l'on saisirait en flagrant délit de sensiblerie, et chassant d'un coup de pouce les larmes qui roulaient, roulaient jusque sur sa guimpe, elle eut un sourire mouillé qui fit peine.

— Non, mais là ! c'est pas pour dire, mais c'est bien plus heureux pour le petit !

— Tu seras toujours ma Mène, va, fit Willie en l'embrassant.

— Toujours, appuya Edward, que des sanglots contenus étranglaient.

La pauvre Betsy, un peu à l'écart, suivait cette scène, n'osant approcher. Edith la montra à Willie.

— Va l'embrasser aussi, mon chéri ; elle t'a vu si petit et elle t'aime depuis si longtemps !

Et tandis que la bonne gouvernante se payait ce trop long arriéré de tendresse, Edith, appuyée sur le bras d'Edward, se rendit chez le directeur, qui commençait à s'impatienter et trouvait que décidément les visiteuses en prenaient par trop à leur aise et abusaient de son temps.

L'entrée de Walter Barton avec l'étrangère lui fut une révélation, et tendant affectueusement les deux mains à l'Américain :

— C'est tout deviné, tout compris ; ce que vous me diriez ne m'apprendrait rien ; je le lis dans le rayonnement heureux de votre regard à tous deux. Prenez avec vous votre bonheur. Monsieur Telson, puisque Dieu vous le rend. Allez à la maison du bois d'Affou. Il est de ces joies qu'il ne faut pas déflorer, de ces confidences qui doivent se faire cœur à cœur. Allez avec Willie, oui, allez. Et lorsque vous voudrez me voir, envoyez-moi Matthew.

XXVIII

Et Walter prit avec lui son bonheur. Comme en un rêve, il l'emporta vers sa villa du bois d'Affou, où Matthew crut perdre la tête, se mit à rire, à pleurer, à serrer en tremblant les mains de la jeune femme ; à parler de Robert, de la villa Telson et de tout l'autrefois qu'il lui semblait tout à coup voir renaître avec l'arrivée d'Edith.

Comme l'avait si bien dit le directeur, il est de ces choses qui doivent se dire de cœur à cœur, d'âme à âme. Et l'après-midi de ce jour, Willie, au jardin avec Betsy et Nick, Matthew à la cuisine où il s'escrimait de son mieux avec ses fourneaux pour préparer un dîner de fête, Edward et Edith, retirés dans la chambre de jeux de Willie, eurent un long entretien.

Ce fut un long regard qu'ils jetèrent en arrière sur cette route qu'ils avaient parcourue depuis près de six ans, unis toujours, mais éloignés par plus que l'immensité, puisque la mort semblait être intervenue, et se rencontrant soudain à un brusque tournant, la main dans la main, encore à l'âge où la vie peut se revivre, le bonheur se recommencer.

Appelé en Amérique pour certaines choses nécessitant sa présence immédiate, Edward n'avait pris que le temps de prévenir son contremaître et était parti avec Matthew quelques heures avant l'explosion de son usine. Le contremaître était mort, et ce ne fut qu'à son arrivée à Albany qu'Edward apprit la catastrophe.

Trouvant son nom parmi ceux des disparus et son décès affirmé, il résolut de profiter de cette mort supposée, puisque Edith l'avait abandonné. Oui, il mourrait en tant que wretch et Edward Telson, en tant qu'époux de la fille de lord O'Byrn, mais il revivrait comme père, il irait dans ce petit coin de France où, grâce à Nina, il savait Willie, et il y chérirait son fils qui lui ferait oublier le passé.

Ses biens d'Angleterre étant sous séquestre, il s'occupa de ses biens américains, les seuls dont il allait désormais retirer des revenus. Malgré sa hâte d'en finir, il dut attendre plus de six mois, certaines opérations étant assez compliquées, et l'été qui suivit le vit arriver à Saint-Firminy.

En ce qui concernait sa conversion, il dit à Edith ses luttes, sa résistance, son morne découragement. Il dit ces pauvres petites pages de catéchisme qu'il avait fait réciter régulièrement à Willie, d'abord avec indifférence et une sorte de pitié, et qui l'avaient peu à peu ébranlé ; ces prières que l'enfant disait à haute voix devant lui matin et soir, et qui, par un effet de lente capillarité, l'avaient comme envahi d'une douceur et d'une paix qu'il avait jusque-là ignorées. Il lui dit aussi ses heures de trouble, ses heures de doute, et ces moments terribles où il ne croyait plus à rien.

Le jour où Matthew lui avait annoncé qu'il était décidé à se faire catholique pour aller plus tard dans le même paradis que *master Willie*, Edward avait éprouvé une souffrance comme si le vieux serviteur lui avait soudain posé un fer sur la plaie. Il se raidit cependant et il s'abstint, comme par une sorte d'entêtement, d'assister à la cérémonie, ce qui avait causé un vrai chagrin au pauvre Matthew.

Il y avait déjà six mois que le vieux serviteur était *romain*, comme il disait, quand, une nuit, Willie, qui venait de s'endormir un peu fiévreux, jeta soudain un cri sinistre, au râle métallique, ce cri des tout petits que la mort étreint.

Debout dans son petit lit, battant l'air de ses bras, les yeux exorbités, le nez pincé, les lèvres blêmes, Willie, le beau petit Willie, pris de ce mal terrible qui fait se dresser tant de jolies tombes blanches et bleues semblables à des berceaux, de ce mal qui, comme l'ange exterminateur, ravage les foyers ; Willie, l'être raidi sous le spasme épouvantable, résistait à la mort qui, plus forte que l'amour de grand ami, l'entraînait.

Il mourait, emportant toute raison de vivre à ce misérable de naissance, ce misérable dans son union cruellement brisée, qui avait espéré goûter, dans la tendresse de son enfant, l'oubli de sa misère, et qui, au paroxysme du désespoir, murmurait, dans une sorte d'inconscience, ce titre de *misérable* qu'il tenait du temps de Sally, et se voyait, comme sur le grand quai de la grande gare, rendant toujours, rendant sans cesse l'or du bonheur, l'or de l'affection, l'or de la tendresse, parce que cet or aussi avait dû se tromper.

Avec peine, Matthew avait réussi à faire passer quelques gouttes d'huile d'olive mélangée de miel entre les lèvres de l'enfant.

Un léger mieux s'était produit. Willie avait fait mine de s'assoupir, et le vieux serviteur, après l'avoir bordé dans son petit lit, jugeant qu'il n'y avait pas une minute à perdre, avait scellé Brisky et avait filé avec la rapidité d'une flèche vers le couvent.

Un quart d'heure après il était de retour, annonçant le directeur qui le suivait à quelque distance.

Grand ami, incliné sur le petit malade, l'être perdu dans l'hébétude d'un morne désespoir, regardait son fils qui mourait orphelin d'asile sous les yeux de son père ignoré.

L'heure s'écoula. Enfin le directeur arriva.

Willie ouvrit les yeux, quelque chose de l'au-delà dans ses prunelles confuses où déjà se lisait l'adieu du grand départ, et se tournant de côté, il se reprit doucement à mourir, sans plainte, sans soupir, avec un faible tressaillement, comme un petit oiseau. Très ému, le prêtre se revêtit de son étole, car, il l'avait aussitôt vu, Willie n'avait plus rien à attendre d'ici-bas.

Il étendit la main sur l'enfant en prononçant quelques paroles, puis il se retourna, fixa sur l'ami Walter un regard inspiré, et d'une voix grave, au timbre pénétrant, parlant avec l'autorité du sacerdoce, sentant qu'au nom de Dieu il pouvait commander :

— Mettez-vous à genoux et priez, dit-il, appesantissant sa main sur l'épaule de l'Américain. Il faut un miracle pour sauver votre enfant, un vrai miracle, car il est perdu ! Demandez ce miracle ! Demandez-le à celle que le pauvre Willie invoque chaque jour ; demandez-le à Marie vers qui Willie s'en va, à Marie notre Mère à tous, la vôtre aussi, Monsieur Telson, qui peut-être n'attend que votre *Ave*.

En cette nuit-là, de Saint-Firminy-sur-Moselle, d'une villa adossée au grand bois, d'une chambre close où la mort planait, du chevet d'un tout petit lit à côté duquel un protestant priait à genoux, un *Ave* déchirant s'éleva.

Le ciel en ce moment devait être entr'ouvert, car une vertu divine parut soudain s'en échapper.

Willie se mit à sourire, il tendit les bras, et, la voix dégagée :

— Pourquoi qu'elle est partie, la Dame ?

— Quelle dame, Willie ? fit l'ami Walter, ému de ce changement subit que rien dans l'ordre de la nature ne pouvait expliquer.

— La belle Dame avec des étoiles, qui souriait en te regardant, grand ami.

Et, la tête sur le bras de Walter, il s'endormit.

A son réveil, Willie ne parla plus de la Dame ; la douce vision s'était fondue dans sa mémoire.

Mais Walter crut au regard qui s'était fixé sur lui, il crut au sourire. Bien plus, il s'en était senti comme pénétré, du bleu lui en était resté à l'âme, une attirance invincible au cœur, et, un mois plus tard, il était baptisé.

Si pour Edward le temps écoulé se réduisait, à peu de chose près, à ces années douces et monotones qu'il avait passées à Saint-Firminy, ne vivant que de la présence de son fils, pour Edith il en était tout autrement, et ce fut, remontant au jour où lord O'Byrn l'avait arrachée à la villa de Whalley, qu'elle conta ce qu'avait été sa vie. Elle dit ses luttes pénibles concernant Willie, le silence angoissant que son père lui avait imposé, la mort d'Hilda, la laissant sans cet appui fraternel qui lui était d'un si grand secours, la mort tragique de son oncle Edmund, et ce qu'elle avait encore à redouter de l'être double de Cork Street.

— Vous dites bien Block ? interrompit-il soucieux, ce nom réveillant en lui un souvenir confus.

— Oui, David Block.

— De Dublin ?

— Mon père l'a connu à Dublin.

— Ah ! C'est donc cela que l'oncle Robert......

Il n'acheva pas, se promettant de revenir plus tard à ce personnage et ne voulant pas troubler davantage Edith qui, avec une certaine anxiété, le questionnait :

— Rien, dit-il, une réflexion. Je vous dirai cela.

Jamais cependant Edward ne devait reparler de Block à Edith, car le lendemain ce fut auprès de Betsy qu'il se renseigna.

Il se fit répéter cet entretien de nuit que sa femme devait toujours ignorer, se fit décrire l'être infâme, et quand, très calme, il serra la main de la vieille gouvernante, l'éclair indigné qu'elle saisit dans le regard de l'usinier lui fit comprendre que désormais Block aurait affaire à forte partie, qu'il trouverait à qui parler, et que dès à présent les rôles étaient définitivement changés.

Ce ne fut pas Matthew que l'on envoya au directeur.

Vers la fin de la semaine, Edith, appuyée sur le bras d'Edward, comme aux plus heureux jours de Whalley, et tenant Willie par la main, fit une longue visite au petit couvent.

Le culte de souvenir dont Edith avait, sans s'en départir un instant, entouré la mémoire de l'usinier qu'elle avait cru mort, les souffrances qu'elle avait endurées pour garder le secret du passé d'Edward furent, en quelque sorte, pour celui-ci, une révélation d'une autre Edith, une Edith au cœur plus vibrant, à l'âme plus profonde.

Oui, la vie pouvait se revivre, le bonheur se recommencer, et le bon directeur, qui eut sa part de toutes les confidences, approuva le projet d'Edward de retourner à la villa de Whalley.

Un matin, Matthew, muni de pièces établissant d'une manière irréfutable l'existence d'Edward Telson, partit pour l'Angleterre.

Il devait agir le plus secrètement possible, n'ébruitant rien et ne faisant pour le moment lever le séquestre que sur la villa de Whalley, qu'il devait mettre immédiatement en état, Edith voulant au plus tôt l'habiter, prise d'une hâte intense de se retrouver là où son premier bonheur s'était épanoui.

Et voilà pourquoi, vers le milieu de l'été, alors que les blés commencent à blondir, la villa du bois d'Affou, les persiennes closes, parut sommeiller contre le taillis, tandis que, bien loin, une autre villa, au perron gardé par de lourdes panthères grises, s'éveillait doucement derrière de gros marronniers.

Nina, complètement rétablie, grâce aux soins assidus de miss Bell, avait été du voyage.

Par sa touchante indiscrétion, ce soir d'hiver sur la route de Limerick, la gitane était bien pour un peu dans ce bonheur. Edward et Edith l'avaient si bien compris qu'elle eut sa place à Whalley, comme au temps de la Sapinière, dans la grande *nursery*.

Master Willie, pour qui en réalité on avait installé cette grande *nursery*, était peut-être celui qui s'y tenait le moins, se trouvant, à ce qu'il disait, beaucoup plus heureux, soit avec son toujours, toujours grand ami, soit avec sa maman Edith, souvent aussi avec Nick qui décidément était incorrigible et trichait abominablement, ou avec Frick, le beau petit Frick que Willie commençait à regarder avec un air de protection.

Betsy et Nina en étaient venues à souhaiter les jours de pluie, alors que l'enfant, par son tapage et ses gambades à travers les appartements avec son inséparable Nick, s'étant rendu insupportable, on le leur envoyait.

C'étaient les bonnes heures de ces deux cœurs dévoués. Betsy allait rechercher au fond de sa mémoire ses vieilles ballades de l'Erin. Nina, se sentant alors redevenir maman, avait mille industries pour le distraire. Un jour même, tirant cette paire de castagnettes qui jamais ne l'avait quittée, elle exécuta le joli pas de la *fandango* que Willie imita d'une façon charmante et dont il fit un beau soir la surprise à Edward et à Edith, au moment où on voulait l'envoyer se coucher plus tôt que de coutume, parce que, dans la journée, il avait exigé du groom qu'il lui sellât Brisky.

Edward, qui avait de bonnes raisons pour se montrer indulgent quand il s'agissait d'incartades de ce genre, fut heureux de se laisser désarmer par la *fandango* de Willie. Lui, trop bon petit garçon pour abuser de ce qui pouvait ressembler à une faiblesse, embrassa son père en lui promettant de ne plus penser à Brisky, non sans ajouter cependant :

— C'est que Brisky est un cheval, vois-tu, grand ami papa, tandis que Frick n'est qu'un poney, et je voulais *essayer*.

De temps en temps, la petite famille se rendait au château de Stonyhurst voir le vieil oncle Morrisson et la tante Mary qui, cet été-là, avait préféré venir à Stonyhurst pour se rapprocher du jeune ménage. Du reste, Oak Hill était trop vaste et trop solitaire, et sa présence était très nécessaire à l'oncle Morrisson qui maintenant était infirme et ne quittait plus son fauteuil.

Les visites d'Edward, d'Edith et de Willie étaient la seule distraction du vieillard. Willie surtout l'intéressait ; il aimait ce tout petit homme résolu, aux grands yeux limpides qui regardaient franc ; il aimait sa voix cristalline, son accent adouci par son séjour sur le continent, la tournure parfois française de ses phrases qui mettait une grâce dans tout ce qu'il disait, et il passait des heures à l'écouter babiller.

Un matin, au moment où Edith se préparait à descendre pour le premier déjeuner, une lettre d'Edimbourg à son adresse arriva à la villa.

Edward se trouvait seul à la salle à manger lorsque Matthew, avec un air de mystère et un sourire indéfinissable, comme si depuis un certain temps une sorte de convention se fût établie entre le maître et le serviteur, lui remit le message.

— Encore ?..... semblait interroger le regard de Matthew fixé sur Edward.

Celui-ci fit signe que oui et glissa l'enveloppe dans la poche intérieure de son veston de matin.

Décidément, Matthew avait mené les choses si à la sourdine pour ce qui était de la levée de séquestre de la villa de Whalley, que le renard de Cork Street, auquel en ceci le flair faisait défaut, ne se doutait de rien et recommençait sa campagne.

C'était ce que voulait l'usinier, et, très calme, il attendait.

XXIX

Lorsque David Block, huit jours après avoir fait passer sa carte à Edith, s'était présenté à la Mansion de High Street, il n'avait pas été reçu.

La consigne de lady Mary avait été formelle, et, sans même prévenir sa nièce, elle avait pris des mesures pour que le personnage fût éconduit.

A une seconde visite, comme il s'obstinait avec une insistance de mauvais goût, laissant percer une sorte de dépit, le maître d'hôtel, très digne, lui avait fait entendre que lady Edith ne recevait pas et qu'il était inutile de revenir à la charge.

David était patient, il attendit.

Mais quand, aux premiers beaux jours, il se représenta à la Mansion, il fut désagréablement surpris d'apprendre que la jeune femme avait précisément quitté Edimbourg la semaine précédente pour le continent, où elle ne ferait, il est vrai, qu'un rapide séjour, mais qu'elle ne reviendrait certainement pas à Edimbourg, lady Mary ayant aussi quitté la Mansion.

Quant à ce point du continent où Edith s'était rendue, nul ne put le lui indiquer, pas plus que les raisons qui l'avaient déterminée à entreprendre ce voyage. Il ne put savoir non plus où elle comptait se retirer ensuite ni où se trouvait en ce moment lady Mac Closkey.

D'abord il éprouva une sorte de rage, comme s'il se fût soudain vu joué. Puis, après réflexion, il jugea qu'en somme un retard ne gâterait rien, aiderait, au contraire, ses projets, car il aurait ainsi le temps de cuisiner plus soigneusement sa candidature en réchauffant du Moïse Abraham abondamment assaisonné.

Alors, de semaine en semaine, une lettre d'Edimbourg était partie pour le château de la Sapinière — car David Block n'avait pas hésité un moment à croire Edith retirée en Irlande avec sa tante, — et c'étaient tous ces messages, fidèlement expédiés par John à la villa de Whalley, qu'Edward avait reçus régulièrement.

C'était toujours la même écriture empâtant le même papier grisâtre ; mais le ton des menaces formulées montait progressivement comme une gamme chromatique et arrivait au suraigu de ce chantage outré.

Enfin, jugeant l'affaire suffisamment à point, ne doutant pas un seul instant que la faible Edith, au comble de la frayeur, ne le considérât dans la circonstance — s'il arrivait par d'adroites sollicitations à obtenir ses confidences — comme le seul qui pût lui venir en aide ; n'ayant pas le moindre soupçon que le Moïse Abraham de Cork Street eût à un moment donné trahi le David Block des clubs et des sports ; sûr de la profonde ignorance d'Edith et de lady Mac Closkey en ce qui concernait l'émission ratée de la fameuse Royal Golden Trade Union, car il est de ces choses qu'un vrai gentleman garde pour lui, et Edmund Rides, il le savait, était gentleman dans toute l'acception anglaise du mot ; sans l'ombre de méfiance à l'égard de Betsy que, du haut de son petit individu, il jugeait quantité absolument négligeable, il partit un beau matin pour Limerick.

Le lendemain de son arrivée, ganté beurre frais, le toupet frisé, les moustaches cirées, son éternel gardénia à la boutonnière, il se présenta au château.

John, qui à ce moment ratissait par manière de désœuvrement la grande allée, eut un mouvement de surprise. Ses deux mains appuyées sur le manche du râteau, le menton sur ses deux mains, il attendit, de cet air chez soi qu'ont habituellement les serviteurs quand les maîtres n'y sont pas.

David, ses bottines vernies craquant élégamment sur le sable fin, avançait, s'exerçant discrètement au sourire, un de ces sourires émus, comme mouillés, dont il avait le secret, et ruminant une phrase à effet, élaborée depuis longtemps, qu'il avait mise en réserve ce jour où, éconduit de la Mansion de High Street, il avait dû la rengainer.

Il passait très dégagé devant John, lui accordant la faveur d'un léger salut de protection, quand celui-ci, bourru, en homme que l'on dérange, lui demanda où il allait.

— Au château, répondit laconiquement le beau David, en continuant d'avancer.

— Quoi faire au château ?

Pour le coup, le petit homme s'arrêta, regarda d'un œil narquois et passablement méprisant l'espèce d'escogriffe qui se permettait ainsi de l'interpeller, et tout en se promettant de lui faire son affaire le jour où il serait le maître.

— Dites donc, fit-il, seriez-vous par hasard chargé des visiteurs ? En ce cas, vous feriez bien de prendre une autre tournure.

Et il vira sur ses talons dans la direction du grand perron.

— Ah ! mais là, lui cria John, j'ai, dame, la tournure qu'il me plaît, et si Monsieur n'est pas content.....

Il jeta son râteau et en deux enjambées rejoignit David Block.

— Me direz-vous enfin ce que vous venez faire par ici ? C'est pas pour des travaux, car vous ne me paraissez pas de la partie ; c'est pas pour visiter le château, car mes maîtres ne l'ont jamais montré comme une pièce curieuse, et il n'est ni à louer ni à vendre. J'ai bien le droit de savoir, voyons, s'impatienta John qui se campa les bras croisés devant David, lui barrant résolument le chemin.

Celui-ci crut alors plus sage d'entrer en composition :

— Je viens, dit-il, présenter mes hommages à mistress Telson ; veuillez, je vous prie, me laisser passer.

— Et vous connaissez milady ?

John avait toujours conservé le titre pour désigner Edith, et il n'entendait pas s'en départir.

David piétina d'impatience, et la voix tremblant d'une colère qu'il faisait tous ses efforts pour contenir :

— Si je la connais !..... Mais vous avez l'air de vous moquer de moi ! Certes, je la connais ; je venais à la Sapinière du temps de lord O'Byrn. Je suis David Block. Block, vous ne vous rappelez pas ?

— Je n'ai pas à me rappeler ou à ne pas me rappeler, dit-il ; mais je trouve que, pour une *connaissance*, vous connaissez très peu ce qui a rapport à milady.

— Que voulez-vous dire ?

— Tout simplement que, si vous venez pour la voir, elle n'est pas ici.

— Pas ici !

— Non, elle n'est pas même venue au château depuis la mort du regretté lord — que Dieu lui fasse paix ! — dit John en se signant.

— Elle est encore à l'étranger ?

— Pardon. Elle est en ce moment aux environs de Stonyhurst, dans le Lancastre, à la villa de Whalley.

De blême, David était devenu soudain cramoisi, et un éclair dans ses petits yeux ronds :

— Vous voulez dire au château de Stonyhurst, chez son oncle, fit-il, n'osant comprendre.

— Pardon, j'ai dit à la villa de Whalley.

— Dans la propriété de feu M. Telson ?

— Précisément. Dans la propriété de M. Telson, appuya John, laissant le *feu* comme à dessein.

Mais David n'y prit garde, et insistant :

— La succession n'est donc plus sous séquestre ?

— Probablement.

Un frémissement de satisfaction parcourut le petit financier. C'était comme un rutilement d'or qui lui coulait jusque dans les moelles. Pour peu, il eût embrassé John en pleurant d'attendrissement ; mais John avait décidément l'air par trop rébarbatif.

— Elle a donc hérité de M. Telson et elle s'est donc installée par là ? demanda David, que la joie poussait à se renseigner plus amplement.

— Certainement.

Et se dirigeant vers les communs, il le planta, sans plus, au milieu de l'allée où le petit homme semblait décidément vouloir prendre racine.

Après quelques secondes, sortant enfin de cette espèce d'ahurissement où l'avait plongé cet accroissement imprévu des biens qu'il convoitait, il rebroussa chemin, et non sans se retourner avec complaisance sur la façade grise du vieux château, il partit pour Limerick. Le soir même il prenait le chemin d'Edimbourg où il avait à prendre certaines dispositions qu'il jugeait de la plus grande opportunité.

Pour lui, son entrevue avec Edith à Whalley allait être décisive. Il fallait, à son avis, sitôt l'accord convenu, presser autant que possible le dénouement, et il n'avait ni plus ni moins que l'intention de s'installer pour quelques semaines à Blackburn, en attendant d'être le maître à Whalley.

Mais il fallait aussi qu'auparavant, passant par le logis-cave de Cork-Street, il y fît un tri minutieux de tout ce qui pouvait prouver l'unité de David Block et de Moïse Abraham, et ce fut dans ce but qu'une nuit il s'y enferma.

Il y était depuis une heure, son être tout noir de suie était éclairé à certains moments par une flambée de paperasses inutiles et quelque peu encombrantes, quand on gratta à sa porte.

Inquiet, il attendit, se demandant, vu que ses volets blindés étaient bien clos et sa porte munie d'un bourrelet épais, qui avait pu deviner que Moïse Abraham fût encore debout à cette heure.

En effet, pour de bonnes raisons, il était avéré que Moïse Abraham, pour épargner, pensait-on, la chandelle, se couchait quand il faisait encore jour et qu'il avait le sommeil si profond que, de mémoire de voisin, jamais on ne l'avait vu ni entendu répondre à aucun appel de nuit.

Le bruit se renouvela plus persistant.

Eteignant l'espèce de lumignon fumeux qui l'éclairait tant bien que mal, il s'approcha de la porte, et d'un accent plus Moïse Abraham que jamais il demanda qui était là.

Un grognement de satisfaction lui répondit, prouvant que le nocturne visiteur ne s'attendait pas à tomber si à propos. Et tout bas, se servant du trou de la serrure comme d'une sarbacane pour lancer droit et toucher vif, celui-ci souffla le nom de David Block.

Moïse Abraham avait reconnu la voix. Il tira les verrous, entr'ouvrit la porte d'un quart, et une ombre se faufila dans le réduit.

— Eh bien ?.....

— Eh bien ! c'est moi ! et puis ? ça vous gêne ?

— Vous n'êtes donc pas resté là-bas ?

— Vous voyez bien.

— Et la raison ?

— Simple comme le jour. Les fonds m'ont fait défaut à un moment donné, et je suis venu causer un tantinet avec mon banquier, qui doit, à l'heure qu'il est, avoir un petit reliquat à me remettre.

— Ah ! mais elle est forte, celle-là, dit en sursautant Moïse Abraham.

— Forte ? Allons, voyons, je vous ai vendu un papier qui, pour vous, valait de l'or en barre. Le prix que vous m'en avez donné était relativement dérisoire, et sur le gros chiffre qu'il vous a fait gagner, vous ne trouveriez pas une petite part pour moi ? Ce n'est pas sérieux, avouez !

— Votre papier ?..... Mais je n'en ai rien fait de votre papier !..... Il ne m'a absolument rien rapporté, c'est un vrai bouillon que vous m'avez fait boire.

— Un bouillon avec quelque chose dedans et de beaux yeux dorés par-dessus, pas vrai ? Un bouillon gras, quoi !..... Rien fait !..... C'est que vous n'avez pas su vous y prendre ou plutôt que vous le réservez pour frapper un grand coup. Pariez que si je vous le redemandais, vous me le refu-seriez, et cependant, si vous ne me donnez pas sur-le-champ une centaine de livres, je suis bien décidé à vous le reprendre.

— Comment ! comment ! des menaces ? Mais je n'ai qu'un appel à lancer pour vous faire prendre, malheureux ; et cette fois, je vous réponds que ce ne serait pas dans la cellule 12 que vous iriez vous reposer.

— Ta ta ta !..... A d'autres, Monsieur Block !..... Vous savez trop bien qu'avant que James Plunket ait fait le plongeon dans la grande trappe au bout d'une corde de chanvre, il aurait parlé de son vieil ami Moïse Abraham, qu'il demanderait, comme grâce dernière, de serrer un moment sur son cœur. Vous savez aussi que James enverrait, en guise d'adieu suprême et en vue de solliciter un pardon avant d'entrer dans l'éternité, un respectueux message à lady Mac Closkey qu'il a faite veuve sans trop savoir pourquoi. Vous savez tout cela, Monsieur David Block, et voilà pourquoi vous n'appellerez pas.

Les deux hommes étaient plongés dans la plus complète obscurité. Seul, un peu de rouge au fond de l'âtre établissait un point de repère dans ce ca-pharnaüm aux encombrements les plus hétéroclites et les plus imprévus.

Moïse Abraham fit un léger mouvement qui échappa à James Plunket et se mit de côté.

— M'avez-vous compris maintenant ? demanda ce dernier ; voulez-vous, oui ou non, me remettre ce papier ? Ce papier ou cent livres ?

Il ne reçut pas de réponse.

— Ah ! mais, c'est que j'ai fini de rire, moi, espèce de cancrelat, grinça-t-il, colère.

Et les mains tendues, tâtant les ténèbres qui l'environnaient, il fit un pas.

Quelque chose qu'il heurta le fit trébucher, et il s'étendit la face en avant, lançant une violente imprécation.

Que se passa-t-il alors au fond de la cave sinistre ?

Nul ne le sut jamais, mais, une heure plus tard, le tocsin éclatait à Saint-Peter.

La cave du Juif, convertie en brasier, avait communiqué le feu à deux habitations.

Par des prodiges d'héroïsme, les pompiers parvinrent à arracher aux flammes les nombreux ménages entassés aux étages, mais Moïse Abraham était perdu,

Les volets de fer de sa cave, rougis et recroquevillés, laissaient entrevoir un trou incandescent au rayonnement insoutenable allant frapper les façades de l'autre côté de la rue et menaçant de les embraser,

Ce ne fut que deux jours plus tard que l'on retira des décombres encore fumants des os calcinés et un crâne horrible que l'on s'empressa d'inhumer.

XXX

Le même jour, à la même heure, David Block, plus fringant que jamais, les gants on ne peut plus beurre frais, le toupet on ne peut plus frisé, la moustache on ne peut plus cirée, débarquait, de l'air d'un homme qui vient de faire peau neuve, à la gare de Blackburn, et montait dans un cab en jetant l'adresse de la villa dé Whalley.

Il était 10 heures du matin quand il franchit la grille du parc après avoir congédié son cocher.

La vue de cette villa grandiose, au péristyle imposant, le frappa d'admiration. Les gros marronniers, le ruisseau, les massifs, les corbeilles de fleurs lui parurent autant de caresses de luxe, lui dirent l'abondance, le bien-être dont il serait entouré, le cadre où il apparaîtrait, lui David Block, avec Edith, la blonde Edith si élégante que l'on ne pourrait se lasser d'admirer.

Au moment où il passa le long de la pelouse, Nick, qui paraissait sommeiller, gronda sourdement, les babines soulevées, la mâchoire à l'air, une espèce de provocation dans ses grands yeux roux.

David pensa à John, que l'accueil plus que significatif du chien lui rappelait, et, dans son for intérieur, il arrêta que, de même que John, Nick aurait aussi son affaire avant peu.

Ayant franchi le perron, il donna un léger coup de heurtoir, et Matthew, en tenue de matin, vint ouvrir.

Très respectueux, avec cette sobriété de mouvements qui caractérise les serviteurs de marque, il introduisit le visiteur dans un petit salon-parloir et attendit que celui-ci lui eût décliné son nom ou remis sa carte.

David tira d'une élégante enveloppe de maroquin un léger bristol et le tendit à Matthew qui se retira.

La villa Telson, comparée au château de la Sapinière, n'avait réellement rien à perdre.

Si elle n'avait pas ce caractère d'antiquité de la résidence des O'Byrn, elle avait, à coup sûr, ce genre somptueux et lourd des habitations bien assises, ayant tout d'un château, sauf la prétention.

Le genre plaisance s'y alliait admirablement, s'y fondait, pour ainsi dire. David Block comprit que, du moment qu'Edith s'était trouvée propriétaire de cette demeure, elle s'y fût fixée de préférence, et il éprouva une réelle satisfaction de constater que ses goûts, à lui, le portaient vers ce choix qu'avait fait la jeune femme.

Le salon où il avait été introduit, d'un style sévère, approprié à la destination de cette pièce qui n'était qu'un salon d'attente, était cependant de haut goût.

Les murs tendus de cuir clouté de cuivre, les meubles couverts du même cuir et rehaussés d'armatures ciselées analogues à un large cartel et à deux candélabres posés devant la glace biseautée de la cheminée, les portes en noyer frisé et poli comme le parquet ; tout y était sobre, d'une sobriété masculine si accentuée que Block eut, à un moment donné, comme un léger froid d'embarras, une gêne qu'il n'eût pu définir, se rendant compte à la fin qu'il se trouvait dans la pièce la plus banale de la maison, quelque chose d'un peu plus que le hall, où tout premier venu pouvait être introduit.

L'abondance des revues anglaises, américaines et françaises éparpillées sur la table, leur date toute récente, car il y en avait de la veille, le surprit, étant donné le caractère spécial de certaines qui ne pouvaient en aucune façon intéresser une femme.

Après en avoir négligemment feuilleté quelques-unes au hasard et s'être de plus en plus ahuri de leur genre technique, comprenant de moins en moins, il se mit à arpenter le salon, tout en se félicitant, vu le peu d'empressement que mistress Telson mettait à le recevoir, de s'être muni comme en-cas du précieux papier de James Plunket qui, s'il lui fallait à un moment donné changer de tactique et jeter le masque, serait son argument décisif, sa cartouche de réserve qu'il ferait sinistrement éclater.

Tandis que David Block, ainsi abandonné à lui-même, passait par une série d'états psychologiques des plus contradictoires pour en revenir à l'estimation approximative de la fortune que, tant en Amérique qu'en Angleterre, tant en immeubles qu'en portefeuille, l'usinier avait dû laisser à sa veuve, Matthew, de ce même air mystérieux qu'il avait lorsqu'il remettait à son maître les fameuses lettres d'Edimbourg qui avaient passé par la Sapinière, porta la carte au bureau où Edward venait de s'installer devant sa table de travail.

Un sourire qui eût pu se traduire par un *enfin* de soulagement se joua autant dans les yeux que sur les lèvres d'Edward, et après avoir donné l'ordre à Matthew de l'attendre, il alla trouver Edith qui se préparait à descendre dans le parc avec Willie.

— Ma chère Edith, dit-il, voulez-vous me faire un plaisir ?

La jeune femme, surprise de l'air un peu grave de son mari, le regarda de ses grands yeux étonnés.

— Oui, voulez-vous me faire un plaisir, un grand plaisir ?

— Mais, certainement, fit-elle, de plus en plus intriguée.

— C'est d'aller avec Willie à la *nursery*, près de Betsy et de Nina, jusqu'à ce que j'aille vous y chercher.

— Mais vous avez l'air tout drôle, Edward ! exclama la jeune femme soudain alarmée : se passe-t-il donc quelque chose ? demanda-t-elle inquiète.

— Rien qui doive vous troubler, ma petite Edith. Je désire être absolument libre, absolument seul, pendant tout au plus une heure.

Très calme, il rentra dans son bureau et fit signe à Matthew de lui amener le visiteur.

Celui-ci devenait de plus en plus nerveux, et lorsque la porte du salon-parloir s'ouvrit devant Matthew, très correct, impénétrable, qui s'effaçait en articulant la phrase de rigueur : « Si Monsieur veut me suivre », il eut un soupir de soulagement, une satisfaction bien sentie à l'idée qu'Edith le mandait chez elle.

Du coup, toutes les appréhensions qui l'avaient assailli s'évanouirent, et il en était arrivé à un état de complète assurance, quand la voix mâle qui répondit au coup discret que Matthew avait frappé à une porte du vestibule, trop près du hall pour être celle des appartements de la jeune femme, éveilla en lui une méfiance.

— C'est mistress Telson que je venais visiter, et il me semble.....

Silencieux, un sourire sphinxique entre ses favoris à la coupe réglementaire, Matthew l'introduisit dans le bureau où Edward Telson, la physionomie très quelconque, affectant une grande indifférence, l'attendait. négligemment renversé dans son fauteuil en face de sa table.

Troublé, David Block eut un mouvement de recul comme en présence d'une méprise, et il se mit à balbutier quelque chose d'incompréhensible devant ces grands yeux noirs qui paraissaient le fouiller.

— Vous dites ? demanda Edward, appuyé de côté sur un des bras de son siège et jouant avec un léger coupe-papier de nacre.

— Je suis venu, expliqua David se ressaisissant par degrés, je suis venu présenter mes hommages à mistress Telson.

— C'est gracieux, très gracieux de votre part, Monsieur Block, dit avec un sourire d'une amabilité outrée, frisant l'ironie, Edward Telson.

— Mais, Monsieur !.....

— Je vous dis que c'est gracieux, très gracieux, fit l'Américain, un amusement dans le regard, et du meilleur goût.

David Block était vert.

Debout, car l'usinier ne lui avait pas même indiqué un siège, il était là, frémissant sous une poussée d'épouvante qui l'envahissait. Les mains crispées dans ses gants beurre frais qui craquaient aux coutures, la poitrine éclatant sous l'empesage de sa chemise où étincelaient des boutons de brillant de la plus belle eau, sa grosse chaîne de montre tintinnabulant sous les secousses de tout son être bouleversé, tout le sang au cœur, le feu au cerveau, il voulut se cabrer, et, la voix arrogante, la moustache hérissée :

— Monsieur, c'est mistress Telson que je veux voir, et je m'étonne que sous son toit, un inconnu ose me recevoir de cette façon.....

— Ah ! vous parlez d'oser, dit froidement et toujours avec le même sourire Edward qui, négligemment, continuait à jouer avec le coupe-papier, et vous venez, je suppose, avec l'intention de mettre ordre à cela ?

— Monsieur, encore une fois, je ne vous connais pas, et je ne sais vraiment qui vous donne le droit.....

— Qui vous dit donc, cher Monsieur Block, que je doive attendre que l'on me donne le droit pour l'avoir ? Et je ne vous cache pas qu'il me serait très agréable de savoir ce qu'en dehors des hommages que vous désiriez présenter à mistress Telson, vous aviez à lui communiquer ? Serait-ce par hasard une nouvelle émission du Royal Golden Trade Union ou un message du vénérable Moïse Abraham, prêteur sur gages de Cork Street et chanteur à l'occasion ? Si ce n'est que cela, vraiment, j'ai pensé qu'Edward Telson, le mendiant de Boston, sur lequel vous avez essayé de battre monnaie, pouvait vous recevoir en lieu et place de mistress Telson, et voilà pourquoi c'est à moi seul que vous devez avoir affaire.

Les yeux démesurément ouverts, David, comme en un cauchemar, regardait avec une sorte d'hébétude l'Américain. C'était l'effondrement complet, l'écroulement total de ses machinations scélérates, et blême, quelque chose de dément dans le regard, il voulut fuir.

Edward l'arrêta.

— Vous avez, lui dit-il, en votre possession, un papier qui m'appartient ; veuillez, je vous prie, me le rendre.

David Block, dans une espèce d'inconscience, comme s'il obéissait à un ordre auquel il n'eût pu résister, tira de la poche, sous le gardénia, le papier de James Plunket qu'il déposa sur la table.

Il chancelait.

Edward, inquiet de l'expression étrange qu'il saisit tout à coup dans les yeux égarés de David Block, pris même d'une vague pitié pour cet être qu'un juste châtiment écrasait, voulut l'accompagner jusqu'à la grille du parc.

Comme ils arrivaient au milieu de la grande allée, Block, qui jusque-là avait marché comme un automate, étranger à tout ce qui l'entourait, se redressa soudain comme mû par un ressort, poussa un cri strident, sauvage, qui n'avait rien d'humain, et, se précipitant sur Edward, lui enserra la gorge d'une étreinte terrible, d'une étreinte de folie contre laquelle rien ne peut réagir.

Alors une chose épouvantable que nul n'eût pu prévoir se passa.

Du milieu de la pelouse bondit comme l'éclair une forme souple, ondulante, aux reflets d'or bruni, et Nick, le doux Nick de Willie, Nick, terrible dans son instinct de bête fidèle, Nick, voyant son maître aux prises et près de succomber, sauta sur David Block, et d'un coup sec de ses mâchoires puissantes lui broya la nuque.

Ce fut, devant Matthew et le valet d'écurie qui accouraient, un moment de confusion horrible au milieu de la grande allée.

A côté d'Edward évanoui, Nick, l'énorme Nick, bondissait, roulant de son museau le corps inerte de Block qui ne donnait plus signe de vie.

Edith ignora toujours la fin de David Block.

Quand Edward alla la chercher dans la nursery, des hommes de police étaient venus chercher le cadavre du double scélérat.

Cork Street garda son secret. Edith et Betsy furent persuadées que Moïse Abraham avait péri dans le fond de sa cave, jamais elles n'eussent supposé que ç'eût pu être James Plunket.

Ce ne furent que les journaux de clubs et de sports qui mentionnèrent le décès de David Block, mais Edith ne lisait pas ces journaux.

XXXI

Dans le courant de l'hiver, Edward Telson, reprenant sa personnalité et ses droits, s'occupa de la reconstruction de ses forges, qui, avant six mois écoulés, étaient en pleine activité.

La villa de Whalley où la vie éclatait avait repris, derrière ses marronniers de plus en plus touffus, sa physionomie joyeuse de maison où le bonheur s'est installé.

Willie, très grand pour son âge et doué d'une intelligence peu commune, fréquentait le collège des Pères Jésuites de Stonyhurst où il commençait ses premières déclinaisons.

Nick, le fidèle et intrépide Nick, conscient de sa valeur et de l'importance de sa responsabilité, l'accompagnait régulièrement à l'aller et au retour, l'air fier et entendu, en bête qui remplit sérieusement une mission de confiance.

Rien ne semblait manquer au bonheur de l'enfant, quand, un jour, ses grands yeux pensifs allant de son grand ami d'autrefois à sa mère :

— Ils ont tous des petits frères et des petites sœurs, mes amis du collège, dit-il avec une vague expression d'ennui, moi je n'ai que Nick et Frick. Pourquoi donc, ami papa, n'aurais-je pas aussi un petit frère ?

Edith, un rayonnement heureux dans le regard, se tourna en souriant vers son mari.

Celui-ci souleva vivement Willie par les coudes, et le tenant bien haut, les yeux dans les yeux :

— Tu aimerais donc bien ton petit frère ou ta petite sœur, si le bon Dieu t'en envoyait ? demanda-t-il avec effusion. Mieux que Nick ?..... Mieux que Frick ?..... Vrai..... bien vrai ?

— Oh ! fit Willie, une exclamation dans le regard, je l'aimerais, oh ! là, je l'aimerais, tiens, comme cela, ajouta-t-il, en serrant Edward de ses vigoureux petits bras.

Il y avait trois mois déjà que, dans la grande nursery où Willie n'apparaissait plus, maintenant qu'il faisait sérieusement ses longs devoirs dans le bureau de son père, il y avait trois mois que la vieille Betsy, toute souriante derrière ses lunettes à monture d'écaille, tricotait, tricotait du blanc, du blanc toujours, floconneux, nuageux, au doux moutonnement. Et c'étaient des brassières, de tout petits chaussons, de gracieuses capuches, qu'elle serrait avec un respect attendri dans le large placard dont elle avait la clé.

Nina, dont les grands yeux noirs se mouillaient parfois au souvenir de ceux que le Paradis lui avait repris, taillait dans du nansouk, de la batiste, chiffonnait de la dentelle, tordait de jolis nœuds, et quand, le poing coiffé d'un gracieux béguin ou d'un petit bonnet, elle regardait Betsy, c'était de l'air de dire :

— N'est-il pas temps qu'il arrive, maintenant que tout l'attend ?

Et par un beau matin de fin d'été il arriva.

Matthew, qui depuis plus d'une heure piétinait nerveusement dans le hall, pleura comme un enfant quand Edward, très pâle, la voix étranglée par l'émotion, vint lui dire que c'était un petit Robert qui était là.

D'une traite, il courut à Stonyhurst chercher master Willie.

Et quand ce déjà grand frère, incliné sur la corbeille que tenait Betsy, vit ce tout *petit ami* que le ciel lui envoyait, pris d'un pieux attendrissement devant cette touchante faiblesse :

— Robert, petit Robert, fit-il recueilli, je serai ton *grand ami* Willie. C'est si bon un *grand ami*, ajouta-t-il, se tournant vers Edward qui, à ce moment, lut dans le regard de son fils cette tendresse amicale de la maison du bois d'Affou.

Et ce fut un joyeux baptême, au carillon triomphant, ce même carillon qu'avait rêvé le vieux Robert et qui jamais n'avait sonné.

Tante Mary fut la marraine, l'oncle Morrisson s'était fait remplacer par Matthew.

Et les pauvres des environs parlèrent longtemps de cette fête où l'or fut semé avec les dragées sur la route de Whalley.

L'oncle Morrisson, comme s'il avait attendu cette joie pour aller la conter là-haut à son vieil ami Robert et lui dire que de petits Telson arrivaient maintenant à la villa de Whalley, s'éteignit doucement dans le courant de l'été.

Tante Mary avait hérité du château.

La vieille demeure lui parut si vaste, les salles si spacieuses, la petite chapelle si vide, si abandonnée, maintenant qu'elle était souvent seule à y prier, qu'un jour, après une longue conférence qu'elle eut avec Edward et dans laquelle il avait beaucoup été question de la France et de la persécution odieuse qui y sévissait contre les religieux et les religieuses, elle écrivit à Saint-Firminy.

Ce n'étaient que quelques lignes d'une grande simplicité, par lesquelles lady Mary offrait aux bonnes Sœurs qui avaient élevé Willie le vieux château de l'oncle Morrisson, demandant seulement qu'on lui laissât un coin béni dans cette demeure qui allait être sanctifiée, pour y attendre dans le recueillement et la prière le jour où elle irait rejoindre celui qu'elle pleurait.

Quand le message de lady Mac Closkey arriva au directeur de Saint-Firminy, le liquidateur sortait du petit couvent où il venait de faire apposer les scellés.

Les pauvres religieuses, privées de cet asile où toutes avaient espéré mourir, préparaient leur petit baluchon en vue du départ. Les unes allaient dans leur famille, d'autres chez des amis, quelques-unes allaient péniblement gagner leur pain en servant dans certaines grandes maisons où on leur offrait un gage.

C'était la dispersion.

La première qui devait s'en aller était Sœur Tharsille.

L'âme navrée, Sœur Tharsille avait dû abandonner sa cornette, rendre à ses cheveux le pli qu'ils avaient perdu depuis longtemps, et quand les Sœurs la virent, les yeux noyés par ce gros chagrin qu'elle éprouvait, apparaître timide et toute déconcertée dans les vêtements surannés qu'elle avait lors de son entrée au couvent, elles éprouvèrent un véritable déchirement.

Elle partait, la petite Sœur, toutes s'en iraient ainsi, chacune de son côté, sans grand espoir de se réunir encore ici-bas, mais abandonnées à la volonté du bon Dieu.

Finies les prières en commun, finies les bonnes heures de la chambre de travail, finies les lectures pieuses, les récréations, les douces causeries. Fini tout cela !

Comme des abeilles dont la ruche est détruite, elles allaient toutes s'envoler, et un triste murmure s'élevait du petit essaim désemparé.

L'heure pressait. Le train partait à 11 heures. Sœur Tharsille n'avait que le temps de se rendre à la gare.

Courageuse, elle essuya ses larmes, embrassa la chère Mère, et, sa petite valise à la main, une maigre petite valise qui ne contenait que le strict nécessaire, elle se dirigea vers la porte.

En ce moment, le directeur entrait.

Il avait un air heureux qu'on ne lui avait plus vu depuis plusieurs mois et tenait une lettre à la main.

— Mes Sœurs, dit-il, une émotion dans la voix, le bon Dieu ne veut pas que la pieuse famille de Saint-Firminy soit dispersée. Sans doute, il demande un grand sacrifice, puisqu'il nous faudra quitta la France. Mais cet exil qu'il

www.ingramcontent.com/pod-product-compliance
Ingram Content Group UK Ltd.
Pitfield, Milton Keynes, MK11 3LW, UK
UKHW021005230726
13924UKWH00009B/1606